Obsessions

Bénédicte Rossi

Obsessions

Roman

LE LYS BLEU
ÉDITIONS

ISBN : 979-10-377-6126-2

Pour Charlotte et Bruno ♡

Manon, Céline, Sébastien, papa,

Et « les Vimos »,

Pour mes êtres chers et précieux qui veillent sur moi de là-haut…

Prologue

Je ne retournerai jamais en enfance, j'y suis toujours resté.
Tristan Bernard

Olivia

Me voilà de retour chez moi en Normandie…

Le voyage a été long. À mesure que j'approchais, cette chape de plomb si familière est revenue se poser sur mes épaules. Lentement, insidieusement, la boule a repris sa place dans mon ventre, comme une vieille amie que l'on retrouve, une sensation si familière…

Je m'appelle Olivia Charles, j'ai 20 ans. J'abandonne ma nouvelle vie en Italie, mes études en art et ma meilleure amie pour retrouver cette vie d'avant, celle de mon enfance.

Là où je suis née, là où j'ai connu l'enfer… Là d'où mon grand-père m'a sauvée.

J'ai longuement hésité avant de réveiller les fantômes du passé. Tellement de souvenirs m'assaillent, les pires prenant le dessus. Mais la vie est ainsi faite : on ne peut pas échapper éternellement à son passé.

Alors me voici, avec ma valise, devant le portillon.

— Courage ma grande… ferme les yeux, respire et fonce !

1
Retour sur mes terres

Nos souvenirs sont le revers de nos espoirs.

Maurice Chapelan

Olivia

Nous sommes fin juin 2021. En cette matinée d'été, l'air est frais. J'aime la douce sensation du vent sur mon visage. Le ciel est d'un beau bleu foncé et le soleil nous réchauffe timidement de cette brise fraîche et iodée. Du plus loin que je me souvienne, j'aimais ces odeurs, ce vent, le bruit des vagues. Mon esprit a tenté de gommer beaucoup de choses pour survivre, mais ça, c'est resté.

Nous avons toujours vécu ici dans « la maison des gardiens », au fond du terrain de ce magnifique manoir normand du début du XXe siècle, appartenant à la famille Cooper. Une petite et typique chaumière normande, avec un toit de chaume et des colombages, pleine de charme et de caractère. Au rez-de-chaussée, une cuisine ouverte sur le salon avec une belle cheminée. Un escalier en bois entre les deux espaces menant à l'étage et desservant sur un long couloir avec trois chambres et une salle de bain. Rien de bien extravagant, mais largement suffisant pour mes parents, ma sœur et moi.

Nous y avons eu des souvenirs heureux. Vraiment. Sur les hauteurs de Trouville, face à la mer. Maison totalement indépendante de la demeure principale. Notre entrée, notre jardin, notre intimité. D'énormes haies séparaient les deux familles. Une petite porte sur le côté nous permettait d'accéder au terrain des propriétaires. Mais j'avais pris l'habitude de franchir la haie à travers les branchages et de retrouver de l'autre côté mon meilleur ami Gabriel. Beaucoup plus fun de traverser la haie que de passer par une porte. Et surtout beaucoup plus discret.

À la fin de ses études, ma mère, Marie, a succédé à sa propre mère au service des Cooper, une famille bourgeoise sur des générations. Depuis 25 ans, elle travaille pour Émilie, Richard et leurs deux enfants Mia et Gabriel, respectivement 20 et 24 ans aujourd'hui. Émilie était une très belle femme, une dame du monde, le vrai cliché. Mais je l'adorais, son parfum, ses sourires me réchauffaient le cœur. Richard était souvent absent. Je n'ai jamais compris son métier, mais il travaillait beaucoup. Quand il rentrait de voyage d'affaires, il ne faisait pas de différence entre ses enfants et nous, les filles Charles. Il nous couvrait tout autant de cadeaux. J'adorais Mia. Elle était ma confidente de cœur, une sœur pour moi. Gabriel… aucun mot ne pouvait décrire notre relation. Un regard pour se comprendre suffisait. Gabriel… mon alter ego, l'ultime pièce du puzzle de mon cœur. Cucul, mais tellement vrai.

Mon père, Roger, détestait tout ça : les Cooper, leurs enfants, leur argent, leur situation. Il méprisait le travail de ma mère et il me haïssait moi d'être proche d'eux. À l'inverse de Richard, Roger était toujours à la maison, à fumer, boire et regarder la télé. Il avait eu un travail. Mais trop de retards, trop d'ivresse et de dérapage, l'usine l'a licencié. À partir de ce jour, mon enfer a commencé. J'avais six ans, je rentrais au CP. Ma sœur, Victoire, de quatre ans mon aînée, était la seule qui trouvait grâce à ses yeux. Nous étions différentes, très différentes à tout point de vue, et nous vivions nos vies chacune de notre côté. Elle collée à mon père et moi à ma mère.

Beaucoup de souvenirs m'assaillent, mais étrangement, au milieu de tous ces sentiments confus, je ne peux m'empêcher de penser à Gabriel, mon inséparable, mon double. À croire que ma vie s'est écrite à deux jusqu'à mes 14 ans. Il avait quatre ans de plus que moi. Il était mon mentor, mon protecteur, celui vers qui je me tournais… En toutes circonstances. Du plus loin que je me souvienne, j'ai toujours été secrètement amoureuse de lui. Je me suis si souvent demandé l'homme qu'il était devenu. Lui si rêveur, si drôle et attentionné.

J'ai hâte et peur à la fois de le retrouver pour reprendre notre amitié où nous l'avions laissée.

Mais avant toute chose, je dois retrouver ma mère et ma sœur.

« Mes souvenirs se voilent, à l'avant du bateau et ce quai qui s'éloigne vers un monde nouveau – une vie qui s'arrête pour un jour qui commence, c'est peut-être une chance. »[1] Les paroles de la chanson de Bruel retentissent dans mes oreilles à cet instant précis, comme un écho à ma réalité. Belle coïncidence.

J'éteins la musique sur mon téléphone, je retire mes écouteurs et je pousse le petit portillon.

---

[1] *Café des Délices*, chanson de Patrick Bruel.

2
Les retrouvailles

C'est seulement à l'instant de les quitter que l'on mesure son attachement à un lieu, une maison ou à sa famille.

Éric Cantona

Olivia

J'ouvre le portillon. Un bruit très désagréable agresse mes oreilles. Un peu d'huile ne lui ferait pas de mal. J'emprunte le chemin vers la maisonnette. C'est marrant comme la mémoire peut nous jouer des tours. Dans mon dernier souvenir, elle paraissait petite, étriquée et sombre. Ce chemin, si souvent emprunté, me semble à présent différent. Des roses et des arums l'habillent tout le long. Cette maison semble tranquille, apaisée. Tout l'inverse de la dernière fois où j'étais ici.

Devant, j'aperçois un pick-up noir qui démarre. Lorsque la voiture s'approche, les vitres teintées m'empêchent de voir les occupants. De toute façon, je ne connais plus personne ici. Alors, je baisse la tête et avance, plongée dans mes pensées, m'imaginant mes retrouvailles avec ma mère. Grand-père m'a dit que maman voulait me parler elle-même, en face à face, et qu'elle avait besoin de ma présence. Je sais juste que c'est suffisamment grave pour me demander de revenir ici.

— Oh putain de merde ! dit le chauffeur, vitre baissée.

La voiture pile et la portière côté conducteur s'ouvre.

— Olivia ? C'est toi ?

Dean descend de la voiture et se jette sur moi. Il me prend dans ses bras et me fait tourner dans tous les sens. Suivi de Max. Que c'est bon de les revoir ! Ils n'ont pas changé. Enfin si, au détail près qu'ils ont pris en muscle. De vrais beaux gosses !

— Gab ! Elle est de retour ! Putain c'est cool ! Comment tu vas ma princesse ?

Et je le vois… là en face de moi, immobile, de l'autre côté de la voiture. Mon Dieu ! Tout ce temps passé et il est là. Devant moi… un tee-shirt blanc près du corps, un jeans délavé qui lui tombe sur les hanches et ses boots noirs. Simple mais efficace. Il n'a plus rien d'un ado. Mon visage souriant est baigné de larmes, je suis tétanisée par sa présence. Je tremble. J'ai imaginé cette scène tellement de fois. Mais rien ne se passe comme prévu : il ne bouge pas, il ne vient pas vers moi. Sans m'en rendre compte, je continue de l'admirer. Son visage est magnifique, les traits sont ceux d'un homme à présent, son regard est si… noir, intensément noir, indéchiffrable… mais loin, très loin de mes émotions puériles. Il me fixe durement.

— Qu'est-ce que ça peut bien me foutre ? Allez les gars, on va être en retard.

Sa voix dure, sans émotion, me transperce. Je crois même que j'entends mon cœur tomber par terre et se briser en mille morceaux. Waouh, brutal retour sur terre. Une fille sort de la voiture et lui prend le bras. Elle se retourne vers moi et… Oh, mon Dieu !

— Vic ? C'est toi ? Victoire, c'est moi Olivia !

Deuxième coup au cœur en approche : ma sœur me regarde ou plutôt me dévisage de la tête aux pieds. Elle me toise, comme si je représentais un danger, une menace.

— Oui, je vois bien merci, daigne-t-elle me répondre.

Je suis sidérée, bouche bée de son attitude. Sans un mot de plus, elle remonte en voiture. Que lui ai-je fait ? Que me reproche-t-elle ? Je ne comprends pas. Je ne sais plus si elle était présente ce soir-là, mais elle sait ce qu'il s'est passé ! Alors pourquoi ce comportement ? Quelle douche froide ! L'humiliation de ces retrouvailles gâchées laisse peu à peu place à de la colère. Que j'ai été naïve et crédule ! Comme si une relation pouvait reprendre là où elle avait été interrompue… aussi bien avec sa propre sœur qu'avec sa soi-disant âme sœur.

Max et Dean s'excusent du comportement de Gabriel et de Victoire, m'embrassent chacun leur tour sur la joue et me disent à plus tard.

— Donne-moi ton numéro, me demande gentiment Max avant de remonter à l'arrière de la voiture.

Il ouvre la fenêtre, prend son portable et attend une réaction de ma part. Il me faut quelques secondes pour rassembler mes esprits et le lui donner. Il me salue de la main en mimant « merci », pendant que Dean se replace derrière le volant et me sourit de toutes ses dents blanches. Je lève timidement la main et leur dis au revoir. La voiture redémarre et je reste là les bras ballants quelques instants. Qu'est-ce qu'il vient de se passer ? Il y en a au moins deux contents de me retrouver. Le seul qui semble plus que contrarié de me revoir est celui-là même que j'ai idéalisé pendant six ans. Six ans à penser à lui, à nos fous rires et à m'imaginer nos retrouvailles. 2190 jours… quelle perte de temps et d'énergie…

Le retour sur mes terres s'annonce difficile et compliqué. J'entends un bip venant de mon sac à main. Je prends mon téléphone et lis le SMS d'un numéro inconnu :

— *Bon retour chez toi, Liv. Je savais que tu reviendrais, tu nous as trop manqué. On s'appelle très vite et pas de panique, on gère monsieur Ronchon. Max.*

PS : Garde bien précieusement ce numéro ! Tu sais, il y en a qui tuerait pour l'avoir !

Quel idiot ce Max ! Il arrive toujours à me faire sourire. Sourire que je perds immédiatement : Il gère Gabriel… voilà tout est dit.

La porte de la maison s'ouvre et ma mère apparaît sur le perron.

— Olivia, ma chérie !

3
Rêve ou cauchemar ?

L'absence est le plus grand des maux.

Jean de La Fontaine

Gabriel

Je ne veux pas y croire ! De la voiture, je l'ai tout de suite reconnue. Elle hésitait devant le portillon, perdue dans ses pensées. En jeans et converses, toute simplement vêtue, je la reconnaîtrais entre mille. Elle semble avoir une valise… Est-ce qu'elle reviendrait pour de bon ? Au début, j'ai cru que mon imagination me jouait des tours. J'ai tellement pensé à ce moment, ce jour où elle rentrerait chez elle… À la regarder ainsi, hésitant à avancer… Je retrouve une jeune femme là où j'avais quitté une adolescente. Toujours de beaux cheveux châtains raides qui lui reviennent devant le visage. Combien de fois lui ai-je remis cette mèche derrière son oreille ? Une coupe plus adulte. Fais chier, ça réveille en moi trop d'émotions que j'avais bien enfouies.

Les mecs l'accueillent, l'embrassent comme une déesse, comme le retour de l'enfant prodige. Elle est toujours aussi belle, rayonnante… mon ange… ce regard bleu profond baigné de larmes. Putain ses yeux m'ont hanté jour et nuit. Plus ils la touchent et la prennent dans leurs bras et plus je bous de l'intérieur. Je n'ai jamais apprécié voir d'autres bras l'enlacer. En moi, tout se mélange : colère, rage, nostalgie, joie… un arc-en-ciel de sentiments.

Et sa sœur qui me colle pour lui faire croire qu'elle a pris la place vacante laissée par son départ. La plaie cette meuf.

Silence de mort dans la voiture. Les mecs connaissent l'histoire, ils m'ont ramassé à la petite cuillère après son départ, ou plutôt sa fuite sans me prévenir ni même me dire au revoir. Rien. Après que sa mère m'a dit : « C'est pour son bien, elle devait partir. Je devais la protéger. Oublie-la, continue ta vie ». Impossible. J'ai harcelé sa mère, sa sœur, mes parents, Mia. Mais rien. Zéro info. Je me suis senti trahi, blessé, abandonné et seul. Son rire, ses yeux, sa tendresse… tout me manquait.

— On en parle ou bien ? tente Dean moqueur.

J'ai envie qu'il ferme sa gueule. Dean et Maxence sont mes amis, mes frères. Le trio inséparable pour le meilleur et pour le pire. Nous sommes tous les trois fraîchement diplômés d'une école de commerce. Ce n'était pas gagné d'avance. On est ensemble depuis la maternelle et on a tout fait ensemble… au grand désespoir de nos familles respectives. Dean a eu une vie plus compliquée : son père s'est barré sans prévenir quand il avait quatre ans. Sa mère l'a élevé seule et a dû cumuler plusieurs boulots. Max et moi avons eu la chance d'avoir des parents avec une situation plus aisée. On n'a jamais manqué de rien et on a toujours voulu en faire profiter Dean à parts égales. Mais malgré ce lien très fort, je pourrais leur péter la gueule s'ils s'aventurent sur ce terrain-là aujourd'hui.

On a des caractères très différents tous les trois. Moi je suis l'inaccessible, le rebelle, la tête dure. Je prends, je jette. Pas de relation, pas d'attache. Juste de la baise. Max, c'est l'intello. Le gars qui te retourne par ses belles paroles, le vrai séducteur. Et Dean, notre geek à la gueule d'ange, très secret, un dragueur sans attache et sans limites.

Je ne réponds pas à Dean. Mon attitude est sans appel.

— Elle s'imagine quoi cette conne ? Qu'elle revient et que rien n'a changé ! vocifère Vic.

Victoire… sa sœur. Son opposé, une vraie casse couille. Elle m'horripile. Je la tolère autour de nous car les mecs me demandent d'être cool avec elle. Mais le social, ce n'est pas mon fort.

— Je ne pensais pas qu'elle aurait le courage de revenir ici après avoir brisé notre famille et avoir disparu comme une voleuse, continue-t-elle.

— Tu la fermes ou tu descends !

À mes mots, elle se renfrogne et se tait. Je monte le son de l'autoradio. *It's my life* de Bon Jovi envahit l'habitacle de la voiture.

Les mecs se regardent et ne pipent mot. Ils ont compris que, dans l'état actuel des choses, aucune discussion n'est possible.

La sortir de ma tête et se concentrer sur notre rendez-vous : la réunion de fin de chantier de notre pub que nous avons racheté tous les trois, il y a six mois. Je me suis beaucoup investi dans ce projet. Ce lieu est cher à mon cœur. Lorsque nous étions au collège, les gars, Olivia et moi venions boire un sirop ou manger une part de tarte après les cours. Jo et Mandy, les propriétaires, étaient Anglais. Ils avaient laissé leur famille derrière eux au pays. Ils adoraient nous en parler et, nous, on adorait les écouter avec cet accent so british. Il y a un an, quand ils ont dit qu'ils rentraient au pays pour leur retraite, et qu'ils voulaient vendre, ça m'a brisé le cœur. Cet endroit me rattachait à Olivia et je ne pouvais pas me résoudre à le laisser partir dans d'autres mains. Tous les deux adolescents, on avait de grands projets pour cet endroit. Olivia surtout :

— *Je verrais bien un magnifique bar en bois, pile face à l'entrée, et une scène ici, à gauche, où tout le monde pourra tenter sa chance : des musiciens, des comiques, des magiciens. Et là, de l'autre côté du bar, on met deux billards, un jeu de fléchettes et un écran géant sur le mur pour le foot, le rugby, les JO ou Roland Garros. Et sur tous les murs, on accroche des œuvres de peintres, de photographes. Tous inconnus ! Une vraie galerie d'art gratuite et ouverte à tous ! Peut-être que moi aussi je pourrais y exposer mes toiles un jour ! Et le tout baigné dans une ambiance tamisée et feutrée. Rien d'extravagant, mais ça nous ressemblerait, hein Gab ?*

C'était notre projet à tous les deux.

Alors quand j'ai dit aux gars que je souhaitais le racheter, ils m'ont proposé de nous associer. Après discussion et selon le souhait de chacun, je suis devenu l'actionnaire majoritaire avec 50 % des parts, Dean et Max ont 25 % chacun. De notre association est née le pub : LIV'.

No comment.

4
Ma fille, ma chair

Toutes les douleurs de la séparation disparaissent à l'instant des retrouvailles.

Amor Abbassi

Marie

Elle est là, ma fille, plus belle que jamais ! Elle est là, enfin de retour.

— Maman !

— Ma chérie ! Tu m'as tellement manqué ! Tellement manqué !

Je pleure de joie.

— Moi aussi maman moi aussi ! Je t'aime tant !

— Ma chérie…

Les larmes m'empêchent de finir ma phrase. Alors je l'enlace, je la respire autant que possible. Six ans se sont écoulés, six longues années à me languir d'elle, à lui parler au téléphone, à la voir grandir à distance. Elle a tout de l'ange que j'ai laissé. Un ange devenu femme. Son regard est toujours aussi profond, empli de tendresse, de gentillesse. Ses magnifiques cheveux ont poussé et brillent sous le soleil normand. La chenille est devenue le plus majestueux des papillons. Cela apaise ma culpabilité de notre séparation, mais que c'était dur de l'éloigner d'ici pour la protéger.

Quand Roger a été licencié en 2007, nos vies ont basculé. Il est devenu taciturne, alcoolique et violent. Au départ, je centralisais toute sa haine et sa colère. Il me tapait sans laisser de traces. Puis l'alcool aidant, il en voulait davantage. Olivia ne supportait pas sa façon de me traiter et tentait de s'interposer. Elle voulait prendre les coups à ma place pour me défendre. Une vraie guerrière, si forte, si courageuse. Victoire, elle, regardait ailleurs, indifférente. Déjà, les deux ne s'aimaient pas, chacune avait malheureusement choisi un camp.

Olivia n'avait que six ans, quand il a commencé à l'insulter, à la rabaisser. Puis à dix ans, il l'a frappée avec sa ceinture. Si frêle… Elle restait digne, elle ne pleurait pas devant lui car si elle se plaignait, il redoublait ses coups sur moi. Elle tenait grâce à Gabriel, j'en suis sûre. Après chaque tempête, je sais qu'elle le retrouvait dans un endroit rien qu'à eux. Il lui faisait du bien et l'aidait à tenir, à rester debout et à grandir.

Olivia grandissait et l'adolescente se transformait petit à petit en jeune femme. Mais son regard à lui devenait de plus en plus vicieux, odieux, incestueux. J'avais peur pour elle. Gabriel aussi. Une nuit, de derrière ma fenêtre, je l'ai vu attendre Roger. Le fils Cooper venait d'avoir 17 ans. Roger tenait à peine debout quand il a passé le portillon. Il a remonté l'allée tant bien que mal. Au moment de saisir la poignée de la porte d'entrée, Gab l'a saisi par le col, l'a décollé de terre et l'a plaqué contre le mur. Gabriel ne criait pas. Pas besoin. Sa voix était basse, menaçante, autoritaire. Il était déjà bien musclé pour son âge et il dépassait Roger d'une bonne tête. Ce dernier n'a pas pipé mot, et je suis quasi sûre qu'il s'est fait dessus. Ce soir-là, je ne sais pas ce que le gamin lui a dit, mais j'ai rigolé de voir ce monstre autant le craindre. Pour une fois, la peur changeait de camp et ça faisait du bien. J'ai tant remercié Gabriel intérieurement.

Victoire, elle, restait toujours à l'écart, écouteurs sur les oreilles ou devant la télé. Indifférente à son environnement, indifférente à nous. Chouchoute de son père, elle a toujours été épargnée, nous narguant presque avec son immunité. Jamais elle n'a pris de nos nouvelles ou nous a soignées après un passage à tabac. Jamais. À présent, je le reconnais en elle. Je le vois dans son regard et ça m'effraie. Elle a depuis toujours choisi son camp et clairement, ce n'est pas le nôtre. Peut-être pour se protéger, se préserver, comme un instinct de survie. Je ne sais pas. Je n'ai jamais réussi à établir un lien entre nous deux et encore moins à discuter.

Un soir, où il se mettait minable au bar du coin et qu'il tenait à peine debout, Fabrice, le barman, m'a appelée pour me prévenir qu'il rentrait pour « dépuceler sa petite dernière ». J'avais envie de vomir. J'ai pris peur. Tremblante, j'ai appelé ma sœur, Marianne, pour qu'elle vienne m'aider. Je crois que j'avais compris que ce soir-là, il allait se passer quelque chose de définitif.

Victoire, Gabriel, Dean et Maxence étaient partis pour la journée surfer dans la Manche. Olivia était montée tôt dans sa chambre, l'air tristounet. J'espérais qu'elle soit endormie pour ne rien entendre de la tempête à venir. J'ai fermé sa porte de chambre à clef. Il était 21 h, et je l'ai attendu, un couteau de cuisine à la main.

Roger titubait en franchissant la porte, et ne cachait pas son envie de « se faire Olivia ». Il empestait l'alcool, le vomi et l'urine. Il me répugnait. Je ne retrouvais plus l'homme dont j'étais tombée amoureuse. Le monstre l'avait remplacé depuis bien longtemps.

— Ne l'approche pas ! Tu ne la toucheras pas. Prends-moi plutôt, je ferai ce que tu veux mais laisse-la !

Il riait de mes supplications. Il était abject. Son regard comme possédé.

— Je n'en ai rien à foutre de toi la vieille, c'est elle que je veux ! Et ce soir, elle va connaître le loup !

Il riait de plus en plus fort. Il a monté quelques marches et je me suis interposée dans l'escalier. Mais il m'a frappée au visage avant de me jeter contre le mur. J'étais assommée. La tête me tournait et je n'arrivais pas à me relever. Je l'ai entendu défoncer sa porte et Olivia crier. Quand je suis arrivée en haut de l'escalier devant sa chambre, il avait déjà arraché sa couette et son pyjama. La pauvre petite. Il riait d'un rire que je n'oublierais jamais. Il était démoniaque, terrifiant. Elle était tétanisée, blottie au bout de son lit, les genoux contre sa poitrine et elle pleurait. Elle aussi avait compris que ce soir-là, il n'y aurait pas de retour en arrière. Il fallait survivre.

Il commençait à baisser son pantalon. Il lui disait :

— Bah alors, il est où ton copain ? Pas là, c'est ballot pour lui. Mais je vais lui rendre un grand service. Je vais t'apprendre à faire plaisir à un homme. Tu vas voir ma petite fille chérie. On va faire plaisir à son papa. Arrête de chouiner et approche-toi !

Comme elle ne venait pas, il s'est énervé et l'a attrapée par les cheveux.

— Regarde-moi ça comme c'est beau.

Il a rejeté la tête d'Olivia en arrière, a baissé son caleçon et a commencé à se caresser devant elle. Alors j'ai vu rouge, je l'ai poignardé dans le dos du plus fort que je pouvais. Il a hurlé comme une bête blessée, s'est plié en deux et a posé un genou à terre.

— Je vais te buter salope !

J'ai lâché le couteau ensanglanté et j'ai couru vers Olivia pour la prendre dans mes bras et l'emmener loin de lui. Il m'a attrapée par la cheville, et nous a fait tomber toutes les deux dans le couloir. Il a ramassé mon couteau et a commencé à me poignarder… partout… et à plusieurs reprises. Ses yeux étaient injectés de sang. Sa rage était impressionnante. Je ne me souviens que peu de la suite. Sous la douleur, je perdais progressivement connaissance quand Marianne est arrivée et l'a frappé à la tête avec la batte de baseball que je cachais derrière le rideau de l'entrée. Il s'est écroulé sur moi.

Avant de sombrer, j'ai supplié Marianne d'emmener Olivia loin d'ici, loin de lui. Elle l'a prise dans ses bras, m'a rassurée et j'ai murmuré à Olivia que je l'aimais. Elles sont parties. Dans le silence, j'ai entendu approcher les sirènes.

C'était le 14 mai 2015. Six ans après, elle est là dans mes bras, en pleurs. Mais de joie aujourd'hui. Je la sens, je la touche. Que c'est bon !

En profiter tant que cela est encore possible.

5
Une si longue absence

Maman, tu es la plus belle du monde, car tant d'amour inonde tes jolis yeux.

Henri Salvador

Olivia

Nous nous enlaçons plusieurs minutes sans un mot. Les souvenirs affluent mais je les chasse et je profite de tout cet amour maternel qui m'a tant manqué. J'ai quitté une femme forte, maîtresse de ses émotions, toujours de bonne humeur. Je retrouve une femme physiquement marquée et plus vulnérable. Mais ses yeux sont les mêmes. Plein d'amour, de fierté et de tendresse. Mon dieu je l'aime toujours autant. Six ans, c'est long pour une adolescente. Très long. Sans sa maman et sans son meilleur ami.

— Rentre ma nénette, ne prends pas froid. Et raconte-moi tout. Je veux tout savoir de toi, me dit-elle doucement.

On s'installe toutes les deux devant la cheminée. Notre relation semble reprendre là où elle avait été brutalement interrompue. Tout paraît comme avant entre nous. Elle a préparé du thé, un apple pie est dans le four et des bûches brûlent dans la cheminée.

— Je suis toujours un cul gelé, et puis j'aime l'odeur du feu. Toujours autant, rit-elle. Tu pourras monter tes affaires dans ta chambre tout à l'heure, mais avant tout raconte-moi tout. Comment va papy ? Et toi comment te sentais-tu là-bas ? Tu es contente de revenir ? Pas trop triste d'avoir quitté tes amis ? Mais tu vas retrouver ton Gab ! Tu as vu quel bel homme il est devenu ? Quand je le vois, je te vois.

Elle me bombarde de questions, sans en attendre de réponses. Elle est si excitée de me retrouver.

— Doucement maman, ne t'enflamme pas ! Je n'ai même pas retenu toutes tes questions. Cependant, pour Gab, tu peux oublier. Il n'a pas semblé du tout heureux de me revoir.

— Mais non, laisse-lui du temps ! Tu sais, il a aussi souffert. J'ai eu mal pour lui, il m'a vraiment fait de la peine. Il t'a beaucoup cherchée.

Un long silence… Un voile de tristesse passe devant ses yeux en repensant à cette période.

— Ouais bah ce n'est pas le seul à avoir souffert. Bref, ma petite maman, comment tu vas toi ?

Moi aussi j'ai un tas de questions à poser, des « pourquoi » qui ont besoin de réponse.

— Ça va nénette ça va.

Son regard est fuyant. Une alarme retentit dans ma tête et les mots de grand-père me reviennent en mémoire : « Elle a besoin de toi ». Je ne pense qu'à une chose, l'angoisse me prend aux tripes. :

— Il est revenu maman ?

Elle comprend tout de suite de qui je parle et veut me rassurer aussitôt :

— Non ma chérie. Je sais qu'il est sorti de prison il y a quelques mois, mais il n'a pas cherché à nous revoir. De ce que je sais, il a un bracelet électronique et donc, s'il dépasse un certain périmètre, une alarme se déclenche. Non je ne m'inquiète plus de lui.

— Alors tu t'inquiètes pour Vic ? Elle aussi, elle était très heureuse de me revoir…

— De toutes les façons, entre vous, ça ne l'a jamais fait. C'est sûrement ma faute. Je l'ai trop laissé de côté, peut-être pour te protéger. Elle lui ressemblait tellement.

— Mais non maman, tu n'as rien à te reprocher. Tu as fait ce que ton cœur de maman te disait de faire. Elle était si proche de lui… Tu sais si elle l'a revu ?

— Elle ne m'en parle pas, mais je ne pense pas. Quand même, elle a vu ce qu'il m'a fait, ce qu'il nous a fait. Non je ne pense pas. Elle est très secrète, distante. Je vois bien que je l'embête, alors je la laisse vivre comme elle l'entend. Elle traîne beaucoup avec les garçons.

— J'ai cru voir ça ouais. Comment vont Mia, Émilie et Richard ? je demande pour changer de sujet, en prenant un morceau de gâteau.

Miam miam, il est succulent ! Comme dans mon enfance. Même odeur, même saveur.

— Oh, ils vont être tellement contents de te revoir. Ils me demandent sans cesse de tes nouvelles. Ils vont bien. Mia fait un tour du monde. Ça lui a pris comme ça un jour. Elle a tout arrêté et est partie. Elle appelle très souvent et envoie plein de photos de ses voyages. Elle profite, se fait sa propre expérience. C'est une bonne petite tu sais. Je l'aime bien. Émilie égale à elle-même, rit-elle. Et Richard, quel gentil homme ! Ils m'ont tant soutenue après cette nuit-là. Je leur serai à jamais reconnaissante.

— Oui, ils m'ont beaucoup manqué…

J'hésite, mais je me lance :

— Maman, pourquoi tu m'as laissée là-bas ? Pourquoi tu n'es jamais venue me chercher ?

Elle se tend, mes questions la dérangent. Elle répond à la hâte, brutalement, limite énervée, sans me regarder :

— Je pensais que tu avais compris… Tu étais plus en sécurité avec papy là-bas.

Elle se radoucit et en profite pour changer de sujet.

— Tu sais, c'était dur pour tout le monde. Gabriel s'est battu pour avancer… Tiens, au fait, il a racheté le bar des Mills. Il veut en faire un pub, si j'ai bien compris. Émilie dit qu'il était très attaché à cet endroit et qu'il ne pouvait se résoudre à le voir changer de mains, au risque que ce soit détruit. Richard ne comprend pas son entêtement, mais tu connais Gabriel : quand il a une idée en tête, impossible de le faire changer d'avis.

J'en avale de travers mon apple pie et manque de m'étouffer. Il a racheté notre QG ? Je n'en crois pas mes oreilles. C'était notre chez nous, là où nous aimions être tous ensemble, où nous refaisions le monde avec des rêves et des envies plein la tête. Que j'aimais cet endroit ! Sans m'en rendre compte, une larme coule sur ma joue et ma mère l'essuie.

— Ça va aller ma chérie, laisse faire le temps, me rassure-t-elle.

Elle prend sa tasse entre ses deux mains et se retourne face à la cheminée. Elle semble perdue dans ses pensées. Si triste.

— J'aimerais vraiment que ça s'arrange entre vous, vraiment. Ça me rassurerait, je pourrais partir en paix, dit-elle entre deux gorgées de thé.

— Désolée pour toi, mais ça n'a pas l'air à l'ordre du jour et je…

Je réalise soudain ce qu'elle vient de dire.

— Partir en paix ? Qu'est-ce que tu racontes maman ? Je viens tout juste de revenir ! De toute façon, pour ta gouverne, j'ai bien survécu six ans sans lui, je n'ai donc pas besoin de lui pour la suite.

Ma mère rit doucement. Elle ne croit pas plus que moi à ce que je viens d'affirmer.

Elle me prend doucement la main et la serre.

— Je dois te parler, me murmure-t-elle.

6
La naissance de mon projet

Que tes choix reflètent tes espoirs et non tes peurs.
Nelson Mandela

Gabriel

Le pub est top, exactement comme nous l'avions imaginé. Nous finissons de faire le tour. On se tape dans le dos, on est vraiment fier. On a réussi. On devrait être dans les temps pour ouvrir après l'été. Les travaux lui donnent un nouveau souffle. La commission de sécurité a bien tout validé.

L'artisan nous remet les clefs. Maintenant, c'est à nous de jouer, de lui donner vie. On doit trouver comment le meubler, employer du personnel, des artistes. On a encore du taf. Mais le challenge m'excite. J'essaie de hiérarchiser et de prioriser dans ma tête les choses à faire et de parer au plus urgent.

Mais aujourd'hui, j'ai du mal à me concentrer. Je n'arrête pas de me demander ce qu'elle en penserait. Serait-elle fière de moi ? Putain, on s'en fout qu'elle soit fière ou non. Elle t'a laissé. Avance, zappe-la.

Max s'approche de moi.

— T'es avec nous mec ? ricane-t-il.

— Tu veux que je sois où ?

Je lève le bras pour me débarrasser de lui et décide d'aller au bar pour fêter la fin des travaux. Je cherche une bouteille dans la réserve et je prends des verres dans les cartons derrière le bar. Et je la vois… là… radieuse… sur mes genoux. Merde, ça fout un coup. Je peux leur faire croire que je m'en fous de son retour, mais je ne peux pas me mentir à moi-même. Les gars ont agrandi et encadré une photo de nous. Ils l'ont accrochée derrière le comptoir face à l'entrée. *Elle sera avec nous dans cette aventure et nous portera chance,* disaient-ils. Cette photo nous représente tous les quatre, attablés et riants, dans le bar des Mills. J'avais 16 ans et elle, 12. Mais, l'âge ne comptait pas. C'était notre petite sœur. Enfin c'est comme ça que j'avais décidé que les autres devaient la traiter quelques années auparavant.

— *On fait un pacte les gars. Personne ne touche à Olivia !*

— *Bah pourquoi Gab ? Si elle veut sortir avec l'un de nous ? Sérieux, si je lui plais, je dis pas non !*

— *Ta gueule Dean, on ne la traite pas comme les autres. Elle fait partie de notre bande. Sinon ça pourrirait nos relations. Ça serait con de s'engueuler pour une nana. OK les gars ? On la traite comme ma sœur Mia ?*

« En beaucoup moins chieuse », m'étais-je dit à moi-même.

Déjà à l'époque, je ne suis pas sûr que j'étais crédible. Elle me voyait comme un grand frère, mais moi je l'avais dans la peau. J'avais ce besoin irrépressible de la protéger, de la voir, de la sentir. Donc si je ne pouvais pas l'avoir, personne ne l'aurait. Elle était à moi. Pas de discussion possible.

Sur la photo, elle est assise sur mes genoux, avec les bras autour de mon cou. Je lui tiens son diabolo fraise. Il y a tellement de possession et d'admiration dans le regard que je pose sur elle à l'époque.

Sans m'en rendre compte, je souris à ce souvenir. Il est tellement vivace dans mon esprit. Dean s'en rend compte et me murmure :

— T'es foutu mec.

Je baisse la tête et je dis non, sans grande conviction, tout en secouant la bouteille. Je fais péter le bouchon et le champagne jaillit !

— À notre avenir ici mes frères !

On trinque tous les trois et Max part dans la réserve, pour en ressortir le sourire aux lèvres.

— Les gars, j'ai réussi !

Il nous montre fièrement la télécommande de la sono et appuie sur un bouton. La musique pulse dans les enceintes. On l'applaudit. Il a galéré mais il a réussi. Un truc à rayer de ma to do list !

— Kitsch ou bof ? Spéciale dédicace rien que pour vous mes frères, rigole-t-il.

Il change la musique et balance : « Et c'est parti pour le show et c'est parti le stade est chaud [2]». Quel lourdaud celui-là ! Quand je pense que c'est l'intellectuel de la bande. Mon cul ! Je suis sûr qu'après il va nous mettre *Les sardines* de Patrick Sébastien ! On reprend le refrain tous les trois ensemble en se marrant.

Mon téléphone sonne. Je fais signe à Max de baisser la musique. C'est Mia, elle se rappelle que c'est aujourd'hui la fin des travaux.

— Salut sœurette, tu m'appelles d'où cette fois-ci ?

— Tahiti ! C'est trop génial ici. Alors les travaux ? Satisfaits ? hurle-t-elle.

---

[2] *Et c'est parti*, chanson de Nâdiya.

— Oui top ! J'ai hâte de l'inauguration. Ça te plairait, j'en suis sûr.

Un silence… Qui traîne un peu, surtout quand on la connaît.

— Rien à me dire ? tente-t-elle.

Voilà on y est, elle est au courant du retour d'Olivia. Y en a un qui a déjà fuité. Les bâtards ceux-là.

— Non, rien en ce qui me concerne.

— Tu te fous de moi ? GABRIEL ? Tu te fous de moi ? hurle-t-elle.

— Je ne te capte plus sur ton île. Je raccroche, rappelle-moi quand tu as du réseau !

— Ne me raccroche pas au nez ! GABRIEL !

Bip, bip, bip… Conversation terminée. Pour le moment. Elle ne lâchera rien. Ce n'est que partie remise.

7
Face à la maladie

Rien que d'en parler, la maladie, ça me tue.

Guy Bedos

Marie

Ça y est, je dois lui dire. Les mots sont durs à sortir. Pourtant, je les ai ressassés si souvent ces derniers temps.

— Nénette, papy t'a demandé de revenir car je pense que tu es en sécurité ici à présent. Et aussi car j'ai effectivement besoin de toi. Je suis très fatiguée depuis quelque temps et, si j'ai bien compris, ça ne va pas s'arranger. J'ai besoin que tu prennes mon service chez les Cooper pendant quelques semaines s'il te plaît.

— Euh oui maman, bien sûr ! Comme tu voudras.

Elle a l'air suspicieux.

— Mais si tu es fatiguée, pourquoi tu ne te fais pas arrêter ?

Je lui réponds non de la tête en regardant mes mains.

— Non ? OK… alors tu es fatiguée comment ? Tu as vu un médecin ? Tu as fait des analyses ?

— Oui.

Je m'arrête là, je déglutis difficilement, gênée par cette boule dans ma gorge.

— Oui et ?

Elle s'impatiente, mais se radoucit immédiatement.

— Maman, je peux tout entendre. Je suis là maintenant. Tu n'es plus seule. Je veux bien te remplacer chez les Cooper, ce n'est pas le problème. Même si je pense que tu as le droit d'être en arrêt une fois dans ta vie !

Elle me prend dans ses bras. Elle est tellement adorable. Je serre ses mains dans les miennes. Je caresse sa joue tout doucement. J'ai honte de lui demander tout ça.

— Ma nénette, si tu savais comme je t'aime. Je n'ai jamais cessé de penser à toi, tout ce temps où l'on était loin l'une de l'autre. Je sais que tu ne comprends pas tout, que tu ne comprends pas pourquoi on t'a maintenue éloignée si longtemps. Mais c'était pour ton bien, pour ta sécurité. Je voulais être sûre qu'il ne t'approcherait plus.

Elle pleure dans ma main. Elle comprend que je lui cache quelque chose, elle a peur. Alors, je lui raconte.

— Depuis plusieurs semaines, je me sens fatiguée. Mon corps pèse lourd. J'ai souvent mal au ventre.

Je prends sa main pour la poser sur mon ventre gonflé.

— Regarde, il est gonflé comme un ballon. Alors que j'ai toujours été mince. Et ne me dis pas que c'est la ménopause ! Je suis allée voir le docteur il y a quinze jours. On a fait des analyses, une écho puis un scanner.

Je continue doucement, revivant ce cauchemar minute par minute. En parler à haute voix le matérialise et le rend de plus en plus réel.

— Le médecin m'a appelée avec les résultats. Et puis, tout est allé très vite, tu sais. Il a pris rendez-vous avec un oncologue au centre Baclesse à Caen. J'y suis allée lundi dernier toute seule, car Victoire était occupée. Entre nous, je déteste cet endroit.

C'est froid, c'est lugubre. Vraiment ! Et il y a trop de malades partout ! Rien que d'y penser, ça me donne le bourdon. Bref, mes ovaires sont touchés et j'ai du liquide dans le ventre. Pour l'instant, on ne connaît pas l'étendue des dégâts. Mais ils sont sûrs que c'est un cancer. Ils m'ont dit que j'allais être opérée très rapidement et que j'aurais sûrement de la chimio. Et que j'allais perdre mes cheveux.

Je revis ce moment : je revois l'oncologue me l'annoncer. Le ciel me tombant sur la tête, j'étais abasourdie. Il parlait mais je ne l'entendais plus. J'avais comme buggé, paralysée par la peur. La seule chose que j'ai réussi à dire, c'était : « Je vais mourir ? ». Je sanglote en y pensant et je crains les épreuves à venir. Je continue :

— Je dois être opérée lundi prochain.

Olivia pleure et se blottit contre moi.

— Pas toi maman, pas toi ! pleure-t-elle. J'ai besoin de toi maman. Tu as déjà tellement souffert, ce n'est pas juste maman. On vient tout juste de se retrouver.

— Je sais ma chérie. Je ne vais pas te mentir : j'ai peur aussi. L'annonce a été dure, comme si un trente-trois tonnes m'avait foncé dessus ce jour-là. J'ai mis quelques jours à me relever. Et puis, comme je te l'ai toujours dit : pour chaque épreuve, il faut avancer, même dans les vents contraires. Je crois que le plus dur est d'accepter la maladie. Après… Après, on verra. Il y a toujours du ciel bleu après la tempête. Alors on va courber un peu le dos, quelque temps, en attendant les beaux jours.

Je souris tendrement en la réconfortant.

— Non, maman pas toi, pleure-t-elle.

— Regarde-moi ma chérie. On a affronté bien pire. C'est une épreuve de plus, mais on va y arriver. Ensemble.

— Qu'est-ce qu'ils vont te faire lundi maman ?

— C'est assez technique, mon ange. Ils m'ont dit qu'il fallait me retirer les deux ovaires, l'utérus, l'appendicite, aspirer le liquide et faire un curage dans mon ventre. Mais la médecine progresse tu sais. Le chirurgien m'a dit qu'avant, il ouvrait le ventre de haut en bas. Maintenant c'est avec un robot qu'il opère. Tu t'en rends compte ? L'opération est plus longue mais au final, il n'y aura que cinq trous dans le ventre, donc beaucoup moins de complications. Je devrais être vite debout.

— On a l'impression que tu me vends l'opération ! Tu as appris le prospectus par cœur ou quoi ? plaisante-t-elle entre ses larmes.

Elle a raison, je lui ai tout récité proprement.

— Moqueuse ! Je vais rester quelques jours à l'hôpital et après on verra pour le traitement. Étape par étape.

Olivia me serre les mains, puis en passe une dans mes cheveux. Elle les caresse. Son regard est doux et aimant. Tout ce dont j'avais besoin. De la tendresse.

— Merci ma chérie. Merci d'être là, merci d'être toi.

— Je serai toujours là pour toi, maman. Je t'aime.

On s'étreint de longues minutes, sans parler, dans le silence de la maison, bercées par le feu qui crépite dans la cheminée.

— Maman, bien sûr que je vais te remplacer et bien sûr que je serai à tes côtés. Mais maman, tu as toutes les raisons du monde de te mettre en arrêt.

— Si je me mets en arrêt, je ne toucherai pas l'intégralité de mon salaire. Et j'en ai besoin, dis-je penaude.

Olivia ne comprend pas trop.

— Oui d'accord, mais encore ?

Je vois qu'elle ne lâchera pas. Toujours aussi perspicace. Elle lit en moi comme dans un livre ouvert.

— Je dois payer les dettes de ton père.

Je murmure ces mots, en espérant qu'elle ne les entende pas.

— Quoi ? Mais enfin, comment ça ? Vous êtes divorcés maman. Chacun sa merde et la sienne n'est certainement plus la tienne, dit-elle énervée.

Aïe, aïe, aïe. Nous y sommes.

— Maman regarde-moi. J'ai dit regarde-moi ! Vous êtes divorcés, n'est-ce pas ?

— En fait, c'est plus compliqué que ça.

— Non ce n'est pas compliqué maman. C'est oui ou non ?

Comme un enfant pris en faute, je m'écrie :

— Non !

Je me détache d'Olivia et me place face à la cheminée. Je ne veux pas voir son regard.

— Non, nous ne sommes pas divorcés, dis-je plus calmement. J'avais beaucoup trop peur de lui, je ne voulais pas l'énerver avec une demande de divorce. Tu sais très bien quelle réaction il aurait pu avoir. Il ne nous aurait pas laissées tranquilles. Et moi, je voulais qu'il nous oublie. Alors j'ai dit à tout le monde que le divorce était prononcé. Mais j'ai rien fait. Comme on est toujours marié, je dois rembourser ses dettes. C'est sûrement le prix à payer pour t'avoir si mal protégée de lui.

Je pleure. Olivia, abasourdie, se lève vers moi et me prend dans ses bras.

— Je vais t'aider maman.

8
Le retour de l'enfant roi

On commence par se disputer parce qu'on ne s'entend pas, et l'on finit par ne plus pouvoir s'entendre parce qu'on s'est disputé.

Pierre Claude Victor Boiste

Victoire

Je suis sûre d'avoir encore raté mon entretien. Ça me soûle. J'ai besoin de tune pour lui, pour moi. Je ne suis pas d'humeur aujourd'hui. Elle qui revient et lui qui ne me répond pas, alors que je l'ai aussitôt prévenu de son retour par texto. Mais rien. Aucune réaction. Pourtant je sais qu'il n'a pas tourné la page.

Alors quand je rentre et que je les trouve là, toutes les deux, dans le salon dans les bras l'une de l'autre, je vois rouge. Le feu dans la cheminée, le thé, l'odeur de l'apple pie : piquant retour en enfance. Il ne manquerait plus que Gabriel apparaisse dans le salon, et là ça serait le pompon. Relaxe, tu es plus forte que ça maintenant. C'est toi qui as la main.

Un coup d'œil dans le miroir de l'entrée pour m'assurer que je suis à tomber, je claque bien fort la porte pour montrer que je suis rentrée et j'arbore mon sourire le plus hypocrite.

— Ça va ? Je ne vous dérange pas ? On fête quoi aujourd'hui ? je demande faussement guillerette.

— Victoire s'il te plaît, me dit maman de manière lasse. Enterrez la hache de guerre. Il est temps, non ? Viens profiter d'un morceau de gâteau et d'un bon thé, me supplie-t-elle.

Elle a toujours été si faible, surtout face à elle. Mais là, je la trouve usée. De plus en plus. C'est marrant, mais ça ne me fait ni chaud ni froid.

— Oui Victoire, viens s'il te plaît. Je suis vraiment contente de te revoir. Tu es si belle, si waouh ! Je t'avais à peine reconnue tout à l'heure.

Elle s'avance pour me prendre dans ses bras. Mais je recule en mettant les mains devant moi.

— Oui c'est bon, pas besoin d'en rajouter Olivia. Tu as l'air en forme toi aussi. L'absence et la distance t'ont fait du bien.

C'est vrai qu'elle n'a pas l'air mal du tout la frangine, pas un poil de graisse. Fais chier. Je pars dans la cuisine pour me prendre un mug de thé et une assiette d'apple pie. Je les rejoins et m'assois dans le canapé.

— Je viens de lui annoncer mon cancer.

Ah oui, tiens, j'ai oublié de le raconter à papa quand on s'est vu la dernière fois, que la vieille était malade. Note pour plus tard : penser à le lui dire. Il va sûrement faire péter la bouteille et me dire que la roue tourne. Pour le moment, feindre la tristesse et non l'indifférence.

— Oui c'est triste. Sympa de ta part d'être revenue pour ça, mais je peux aussi m'occuper d'elle.

— Je sais, je n'en doute pas, me répond Olivia, un peu stupéfaite par mon attitude.

— Victoire, on en a déjà parlé. Tu sais bien que j'ai besoin de garder mon travail chez les Cooper et tu ne voulais pas me remplacer. Olivia accepte.

— Évidemment, ô sainte Olivia. Et effectivement je ne travaillerai pas pour mon petit-ami maman.

Bam ! Dans ta face petite sœur. Je la vois pâlir et essayer de cacher son désarroi. Ma mère lui prend la main de suite pour la rassurer. Elles m'écœurent.

Maman continue :

— Je sais, je comprends. Olivia va m'aider financièrement. Tu sais pour les soins de confort…

Je lui coupe la parole :

— Les soins de confort ? C'est quoi ce truc là encore ?

Je vois qu'elle prend sur elle pour me répondre et ne pas me contrarier :

— Ça aide à supporter les traitements. Et puis il y a aussi pour les dettes de papa. Olivia va chercher un job en plus de ses cours et des Cooper.

— Oh mais c'est tellement gentil ça, dis-je en exagérant mes intonations. Mais c'est vrai que tu auras le temps toi Olivia. Tu n'as plus de vie ici, plus de potes. C'est quoi déjà que tu fais chez toi en Italie ? Une fac de dessin ? Moi mes études me prennent trop de temps. D'ailleurs j'ai des livres à acheter pour l'année prochaine maman.

— As-tu trouvé un job pour cet été ? me demande maman hésitante.

Et voilà, dès qu'on parle d'argent, elle revient à la charge avec un job à mi-temps en complément de mes études.

— Et non, pas encore. D'ailleurs, peut-être que je fais fausse route. J'ai besoin de repos après une année aussi dure. Je vais peut-être aller retrouver Mia à Tahiti cet été. Je te dirai pour le billet. Je ne sais pas, on va voir avec Gabriel.

Gros mensonge, qui je suis sûre, fout les boules à ma sœur.

— On verra Victoire, j'ai beaucoup de frais et je ne peux pas faire face à tout, me dit maman faiblement.

Elle me craint depuis toujours. Elle le voit en moi. Elle ne m'en a jamais parlé, mais je le sens.

— Toi, toi, toi, toujours toi, toi, toi ! T'inquiète, Olivia est là pour t'aider maintenant, dis-je en souriant. Oulala mais il n'est pas assez cuit ton apple pie ! Il est vraiment dégueu. De toute façon, j'arrête de manger du sucre. Je veux être parfaite dans ma petite robe rouge pour l'inauguration du pub de mon copain.

Que c'est bon de voir la souffrance que ça inflige à Olivia ! Tellement jouissif.

Pourquoi je la hais autant ? Il n'y a pas d'évènements précis. D'aussi loin que je me souvienne, nous étions différentes. Elle est la lumière, je suis l'ombre. Elle est la gentillesse, je suis le mal. Elle rayonne et attire les regards, les attentions. Pas moi. Je suis sa sœur, l'autre. Tout le temps où elle était là, Gabriel ne voyait que par elle. À présent, nouvelle donne. Il ne me regarde pas de la même façon, mais je sais qu'il y a un truc maintenant. J'en suis sûre. Et puis, c'est de leur faute si la famille a éclaté et que papa s'est retrouvé en prison. Elles l'ont poussé à bout. Je suis allée le voir toutes les semaines depuis son arrestation. Il a sombré, mais j'étais là pour lui. Il s'est beaucoup confié et m'a révélé nos petits secrets de famille. Il m'a dit de tenir bon, de rester à la maison, que maintenant je serai ses yeux et ses oreilles sur place. Il a dit : « On est en guerre Victoire. Nous avons perdu une bataille. Profil bas pour les endormir à présent. Patience, patience. Et quand on réapparaîtra, ce sera pour de bon ».

Sur ce, je finis mon thé et laisse tout en plan sur la table basse. Je monte dans ma chambre me préparer, au cas où les garçons m'appelleraient pour une soirée.

9
Nostalgie, quand tu nous tiens !

Le temps adoucit tout.

Voltaire

Olivia

J'aide maman à ranger et je monte mes affaires dans ma chambre. La dernière fois que j'ai franchi cette porte, ma mère était en sang par terre, mon père par-dessus. Ma tante pleurait. Joli portrait de famille.

J'ouvre la porte, non sans une petite appréhension, et replonge dans mon enfance. Maman a tout remis en ordre, comme si rien ne s'était passé, comme si je n'étais jamais partie. Je pose ma valise sur le lit. J'ai 14 ans à nouveau. Tout est là, à sa place. Tout le cadre de mon lit est décoré de photos, principalement de Gabriel et de moi. Nous étions si proches, quel gâchis ! Je ne peux pas me résoudre à les enlever, on était si bien ensemble. Je passe mes doigts dessus, je les effleure et revis ces moments. Au milieu de cet album photo mural, une image plus grande est punaisée par-dessus les autres. Je la prends dans mes mains et m'assois en tailleur sur mon lit. Je la fixe et l'approche de mon visage. Je ferme les yeux et la hume. Nous deux sur le ponton, en bas du chemin privé des Cooper. C'était notre endroit, notre bulle de protection. Mes yeux s'humidifient très rapidement à ce souvenir.

Gabriel est venu me chercher, il a quelque chose à me dire. Ça ne doit pas être une super nouvelle. Il me tient la main, son visage est fermé. Dans ces cas-là, je ne le force pas à parler, je sais qu'il va s'ouvrir quand il l'aura décidé. Comme à chaque fois que l'on descend le petit sentier, j'observe ce si beau paysage. La mer m'apaise. Arrivés au début du ponton, je ferme les yeux et respire cet air iodé. Gabriel me tire le bras et m'emmène au bout où l'on s'assoit, les pieds dans le vide. Il me tient toujours la main, les yeux perdus au loin. Je commence à m'inquiéter, alors je lui caresse doucement le dessus de sa main pour l'encourager. Il tourne son visage vers moi et me sourit tristement.

— Livie, mes parents veulent que je travaille cet été. Il m'envoie en juillet et en août chez ma tante à New York. Ils disent que je dois gagner mon propre argent et progresser en anglais. Que c'est important pour mon avenir.

— Les deux mois complets ? demandé-je timidement, la gorge nouée.

— Oui, ma princesse... les deux mois.

Nous restons là, à regarder la mer sans rien dire. Je pleure en silence. Deux mois me semblent une éternité.

— Je ne veux pas y aller, mais je n'ai pas le choix. Ils ne veulent pas que tu viennes avec moi, parce qu'ils ont peur qu'on reste tout le temps ensemble et que je ne progresse pas en anglais.

— Ce n'est pas faux, je murmure. Tu ne m'oublieras pas hein ? dis-je dans un souffle.

— Livie, comment tu peux penser ça ? Tu es tellement importante pour moi, finit-il par chuchoter. On s'appellera tous les jours, d'accord ?

— Je te rappelle que je n'ai pas de portable.

— Fais chier ! Alors on s'écrira, OK ?

— Promis, je t'écrirai toutes les semaines, je t'enverrai des photos d'ici.

Clairement, je feins l'excitation.

— Tiens, approche-toi, ma princesse, je veux le plus beau des selfies !

Alors on s'est collé l'un à l'autre, visage contre visage et on a souri. La photo est sublime et Gab la met en fond d'écran sur son téléphone. On reste, encore un peu là, tous les deux en silence, à regarder le coucher de soleil sur la mer.

Quelques jours plus tard, il est venu toquer à ma porte de chambre. Quand je lui ai ouvert, il a foncé vers ma tête de lit et il a accroché la photo en grand format en plein milieu des autres.

— Là tu ne pourras pas m'oublier.

C'était la veille de mon départ forcé…

La promesse, je l'ai tenue. J'ai bêtement cru qu'il répondrait à mes lettres, écrites et envoyées chaque semaine d'Italie. Il ne m'a jamais répondu. Il y a deux ans, j'ai arrêté de les envoyer, d'espérer, mais je les écrivais quand même et je les rangeais dans une boîte.

Avant de la raccrocher sur le mur, je la prends en photo pour la garder avec moi dans mon portable. Malgré tout, elle me fait du bien. Sur ma table de nuit, il y en a une qui a été décrochée et posée là. Ce doit être ma mère qui les a regardées. Je l'adore celle-là aussi. Je suis sur mon lit, entourée de sachets de M&Ms,

Schokobons et Haribo. J'ai la bouche pleine et j'ai un fou rire que Gab a immortalisé.

Ce soir-là, je suis triste. J'ai mal. Roger a passé sa colère sur moi, car je l'ai empêché de taper maman. Mais il n'y est pas allé de main morte. Dès que j'ai pu retourner dans ma chambre, j'ai verrouillé la porte et je suis allée à ma fenêtre pour accrocher un foulard rouge. C'est notre code. La couleur du foulard révèle l'urgence de la situation. Et rouge est le maximum. Je me mets en boule dans mon lit et je pleure. Gab ne met pas longtemps à arriver par la fenêtre. Il l'ouvre et se précipite vers moi. Il me prend dans ses bras. Il souffre pour moi, quand il voit l'ampleur des dégâts. Dans ses yeux, plein d'émotions brutes : une rage profonde et vibrante, mélangée à tout son amour pour moi. Dans ces instants, je ne doute pas de ce qu'il ressent. Il me chuchote des mots à l'oreille, me réconforte et me soigne. Comme à chaque fois, il prend le temps de panser chacune de mes blessures, chacun de mes bleus. Puis il m'allonge dans le lit. Il prend l'ordinateur portable et lance Dirty Dancing. Il sort de son sac à dos des bonbons et des gâteaux. Il me connaît par cœur. Il sait que le meilleur des réconforts pour moi, c'est avec lui devant un film romantique et plein de cochonneries sucrées à manger. Cela me fait rire, rien qu'à penser qu'il va râler tout le film. Il déteste ce genre de cinéma et moi, j'adore. Je me jette sur les chocolats. J'ai la bouche pleine et il s'amuse à me chatouiller pour que je recrache tout sur la couette. Il en profite pour prendre mon polaroid et me prendre en photo. Il la punaise sur mon mur.

— On ne laisse pas Bébé dans un coin[3]*, dit-il solennellement, la main sur le cœur. Il appuie son dos contre le mur et pose ma*

[3] Phrase culte de *Dirty Dancing.*

tête sur son torse. Il me caresse les cheveux doucement, comme si j'étais une poupée fragile et hors de prix.

Je l'aime tant.

Pleine de tristesse et de nostalgie, je décide d'aller courir pour me vider la tête. Le temps a tourné et il pleut. J'attends que la pluie passe et appelle ma meilleure amie Flora en Italie. Le regard au loin, je m'installe sur le rebord de ma fenêtre.

— Gattino[4] ! Enfin, je commençais à m'inquiéter ! crie-t-elle.

J'écarte le téléphone de mon oreille en rigolant de sa réaction. Si excessive en permanence. Dès le début, on a matché toutes les deux. Habitant avec ses parents de l'autre côté de la rue, nous étions deux Françaises avec un passé chaotique au milieu de la région du Piémont. Elle était arrivée quelques mois avant moi. De ce que j'en sais, ils avaient fui la France pour se terrer dans la maison, qu'ils venaient d'hériter de son arrière-grand-mère. Son père, prof d'histoire, avait été au cœur d'un scandale dans son collège. Il avait reçu de nombreuses menaces, qu'il prenait très au sérieux. Flora n'en parlait pas. « Les gens peuvent être bêtes et deviennent dangereux quand ils se regroupent. Je n'aime pas les gens. Ils parlent sans savoir. Ils préfèrent suivre la meute plutôt que de réfléchir par eux-mêmes », me disait-elle de temps en temps. Je les sentais très marqués tous les trois. Alors, d'un commun accord, nous ne parlions pas de nos blessures.

— Coucou Flora ! Tu vas bien ?

— Mais oui je vais bien ! Mais on s'en fout. Toi, raconte-moi !

— Pfff, je suis arrivée que depuis quelques heures, et j'ai l'impression que ça fait une éternité : entre Gabriel qui me déteste, ma mère qui a un cancer, qui rembourse toujours les

---

[4] Chaton en italien.

dettes de mon père, et ma sœur qui se tape Gabriel, je suis à deux doigts de fuir ! Tu me manques déjà ! je dis tristement.

— Quoiiiiiii ? Mais allô quoi ?

J'éclate de rire devant sa réaction. Elle a le don de me détendre dans les moments critiques.

— Ta mère a un cancer ? Merde. Comment tu le prends ?

— Oui des ovaires. Elle dit qu'il faut attendre l'opération pour en savoir plus. C'est lundi. Elle m'a demandé de la remplacer chez les Cooper pour qu'elle puisse toucher sa paie en entier. Pfff je me sens déjà bien seule ici. J'ai peur, elle semble déjà si fragile.

— Putain de maladie de merde… Tu veux que je vienne ?

— Non ne t'inquiète pas. Je vais essayer de l'aider financièrement. Pour l'apaiser le plus possible déjà. Et puis je vais m'occuper d'elle. Elle a l'air bien seul. J'ai aussi lu que les médecines douces pouvaient adoucir le quotidien des malades. Pourquoi pas ? On va tout essayer. Mais il me faut de l'argent. En plus des Cooper, je vais me chercher un autre boulot demain. Faut que je regarde les annonces… ou j'irai directement en ville.

— Bon bah au moins on sait pourquoi le grand-père voulait que tu rentres. Et ta sœur, elle fait quoi elle ? Je veux dire pour ta mère ?

— À part se taper Gab ? Rien… comme d'hab, je soupire amèrement. Elle dit qu'elle n'a pas le temps. Je m'en fous de toute façon. Elle n'a pas changé, enfin si… mais je ne peux pas te dire comment. Il y a un truc en elle, elle fait mauvaise, vraiment mauvaise. Elle ressemble à Roger, tu sais. Et ce n'est pas un compliment.

Flora ne dit rien. Elle intègre ces nouvelles informations.

— Elle sort avec Gabriel ? tente-t-elle doucement.

Je lui ai tellement parlé de lui, de nous. Je passais des nuits entières à le dessiner au bord du lac. De lassitude, elle s'endormait à côté de moi. Elle était sûre qu'on allait se retrouver comme dans nos films à l'eau de rose. Et moi aussi je voulais croire à cette version.

— Olivia, tu veux en parler ? Tu sais, moi je n'y crois pas qu'elle soit avec. Pas après tout ce que tu m'as raconté sur lui. Ce n'est juste pas possible gattino.

J'essaie de retenir mes larmes.

— Je ne sais pas ce qui me fait le plus mal en fait : qu'elle soit avec ou la manière qu'il a eu de me regarder ? Si froid, si impersonnel. Comme une inconnue, pire une étrangère. Tu sais je n'avais qu'une envie : lui sauter dans les bras, mettre mon nez dans son cou et le sentir. Mais pas lui manifestement.

— Il a changé ? Je veux dire physiquement. Il a une grosse verrue sur le nez ? Un ventre bedonnant ? Un gros cul ?

Je ris. Qu'elle est bête !

— Non, rien de tout ça ! Il n'a pas changé, enfin si. Je ne l'ai pas trop regardé, on ne s'est vu que quelques secondes. Il fait homme maintenant, mais un vrai homme, tu vois. Il doit toujours faire du tennis, parce qu'il est bien musclé. Et je le soupçonne de faire de la muscu aussi, parce que son tee-shirt blanc était assez serré pour laisser deviner ses abdos bien dessinés, son jeans assez moulant pour voir ses fesses. Ses cheveux ont poussé aussi, ça lui retombe devant les yeux. Tu vois la même coupe que Brad Pitt dans *Rencontre avec Joe Black*. Il a une petite barbe de quelques jours… J'avais bien envie de passer ma main sur sa barbe. Il est vraiment beau gosse… en toute objectivité.

— Mais bien sûr en toute objectivité ! Et tu as vu tout ça en quelques secondes ? Olala gattino, tu rechutes !

— Non ne t'inquiète pas, un seul regard et je suis revenue sur terre. S'il avait pu, il m'aurait mitraillée sur place.

Nous en rions toutes les deux.

— En attendant, comment deux ados aussi proches peuvent devenir de vrais étrangers quelques années plus tard ? Je n'y suis pour rien moi, mais son attitude était agressive, pleine de reproches. Ça fait mal, Flora.

— Je sais ma copine d'amour, je sais. J'aimerais vraiment être là pour te soutenir. Je dois y aller, j'ai sport ce soir. On s'appelle plus tard ?

— Oui bien sûr ! Dépense-toi bien ! Je t'aime fort Flora.

— Moi aussi Gattino, fais attention à toi. Promis ?

— Oui ! Ciao bella.

10
Une Jaguar noire

La tristesse est un mur élevé entre deux jardins.

Khalil Gibran

Olivia

J'ai mis un legging, mes baskets, mes écouteurs et je suis partie courir. J'en ai besoin, c'est viscéral. L'air s'est bien rafraîchi, une fine pluie tombe sans discontinuer. La mer m'a tellement manqué que je décide de partir par la plage. Je cours dans le sable mouillé, je respire les embruns. Que cela fait du bien ! Je ne suis arrivée que depuis quelques heures et déjà j'étouffe. Je m'étais reconstruite, recréée une vie là-bas. Difficilement, je sortais la tête de l'eau.

Revenir me fait souffrir. Les souvenirs, les drames et son absence me brûlent. Son indifférence, son putain de regard. J'ai ressenti sa haine, sa rage contre moi. Il m'en veut. Mais de quoi ? Il croit quoi ? Que j'étais aux Baléares à me dorer la pilule ?

Ma tante Marianne me prend dans ses bras, j'entends maman me murmurer qu'elle m'aime. Tatie me rassure en me disant que ça va aller, qu'elle est là. Mais moi je veux Gabriel. Je me rappelle hurler son nom, l'appeler à l'aide. Elle m'a allongée dans sa voiture et a démarré. Je frappais à la fenêtre de la voiture, j'ai vu Richard courir vers notre maison, la police et les pompiers arriver. Tatie me disait de me calmer, qu'elle allait me sortir de ce merdier. Mais je ne voulais que Gab. Je me sentais si mal dans cette voiture, j'avais froid, j'avais peur. Nous avons roulé toute la nuit. J'étais recroquevillée à l'arrière, je ne parlais plus. Pas la force, pas l'envie. On a passé Dôle, Pontarlier, les Hôpitaux Neufs. On a franchi la frontière suisse vers Lausanne et on a grimpé le col du Simplon. J'avais bien compris où elle m'emmenait. Je connaissais ce trajet par cœur. Plus elle roulait, plus je comprenais que je ne reverrais pas Gabriel de sitôt et plus mon cœur se noyait dans mes larmes. Elle s'est arrêtée en haut du col, à côté de la statue de l'aigle. Petites, avec ma sœur, nous faisions toujours une bataille de boules de neige à cet endroit-là. Elle a téléphoné à quelqu'un (mais qui ?) pour prendre des nouvelles de ma mère et de Victoire. Elle semblait rassurée en revenant vers moi. Elle me parlait, mais je ne répondais pas, je ne l'écoutais pas. Je lui en voulais de m'avoir séparée de Gab sans avoir pu lui dire un mot et de m'avoir obligée à laisser maman gisant dans son sang. On a repris la route, redescendu le Simplon, passé la frontière italienne direction Intra. Nous y avons attendu le bateau pour traverser le lac Majeur jusqu'à Laveno. Nous avons repris la route vers le petit village de Cellina, sur les hauteurs du lac. Avant petites, c'était la première de nous deux qui apercevait le clocher, qui gagnait. Le voir voulait dire qu'on était arrivé. Mes grands-parents habitaient la maison au pied de l'église. Je n'y suis pas revenue depuis que mon père a été licencié. Le portail s'est ouvert, mes grands-parents ont couru vers nous. Grand-père m'a prise dans ses bras et j'ai pleuré. Pleuré de toute cette merde, de l'ignominie de mon père, de sa violence, de ma mère en sang, de mon amour dans l'ignorance de mon départ, à 15 h de route de moi. Je devais retourner là-bas. Pourquoi ne me laissait-on pas repartir ?

Je suis surprise de voir que la nuit a déjà commencé à tomber. Je ne me suis pas rendu compte que je courrais depuis si longtemps. Maman risque de s'inquiéter. Je décide de reprendre un sentier qui me ramène sur la route principale. C'est moins agréable mais c'est plus rapide pour rentrer. Le chemin pour revenir sur l'axe principal est bien pentu. Je m'arrête un peu pour reprendre mon souffle. Je ne m'étais même pas rendu compte que ma musique s'était arrêtée. Je trifouille mon téléphone, j'en cherche une nouvelle pour me motiver et finir en courant.

Je choisis une playlist des Beatles. Ça faisait longtemps. La pluie s'est arrêtée. Le chemin est bien abîmé et gadoueux. Par sécurité, je décide de marcher sur la route à contre sens pour épargner mes runnings. Je reprends en petite foulée. Une voiture me dépasse sur l'autre voie, je la regarde s'éloigner. Au loin, je vois qu'elle s'arrête sur le bas-côté. Intérieurement, je me maudis d'être partie sans rien pour me défendre. En temps normal, je suis une vraie trouillarde. Donc ce n'est pas le scénario idéal de me retrouver seule sur une route déserte à la nuit tombée. J'essaie de me raisonner et j'accélère ma course. La Jaguar noire fait demi-tour et vient dans ma direction. Ressaisis-toi, ne flippe pas d'un rien. Je vois la voiture qui accélère au fur et à mesure qu'elle se rapproche. Mais c'est quoi ce bordel ? Elle me fonce clairement dessus. Je lui hurle de freiner et je me jette dans le fossé pour l'éviter. Je tombe sur mon coude gauche qui me lance immédiatement. J'entends la voiture s'arrêter. Putain il va revenir. J'essaie de me relever mais je glisse dans toute cette boue. Je tombe à nouveau. Je ne cesse de regarder en arrière. Je vois ses feux se rapprocher. Il revient ! Un seul soir ici et je tombe déjà sur un sadique. Cette région ne me réussit définitivement pas. Je me relève et reprends ma course avant de glisser et de chuter à nouveau. Ce mec joue avec moi. Mais c'est quoi son problème ? Je ne bouge plus, essoufflée, et je fixe la voiture. On se croirait dans le film *Christie*, avec la voiture tueuse. Très intelligent de penser à ça maintenant ! De toute façon, quoi que je fasse, je serais perdante. Il pourrait me rattraper en deux secondes. Je vois les phares d'une autre voiture arriver à contre sens. Je saisis ma chance, je saute sur la route pour l'arrêter. Je crie et fais de grands gestes. Le 4x4 pile, tandis que la Jaguar redémarre et fonce dans le sens opposé. Les mains dans les cheveux, je la regarde partir, mais je ne vois pas la plaque. Je me plie en deux au milieu de la route pour reprendre mon souffle et le contrôle de mes émotions.

J'avais complètement oublié l'autre voiture. J'entends la portière s'ouvrir et quelqu'un en descendre.

— Ça va ? Qu'est-ce qui s'est passé ? Tu n'as pas un autre moyen d'attirer mon attention, non ? me crie-t-il dessus.

Je cauchemarde. Il fallait que ce soit lui… bah oui sinon ça n'aurait pas été drôle.

— Hé, je te parle ! Olivia ? crie-t-il, apparemment très énervé.

« Olivia »… sa voix… mon prénom… Ça résonne en moi.

— Tu te fous de ma gueule ou quoi ?

Je reviens sur terre et j'explose complètement :

— Parce que t'as l'impression que je joue là peut-être ? Un connard a voulu me renverser et, toi, tu crois que j'essaie d'attirer ton attention ? T'as toujours été aussi con ou bien ?

Il donne un coup de pied dans le pneu avant gauche de sa voiture. Je le sens tirailler intérieurement : sa haine contre moi versus son besoin de me protéger.

— Tu es blessé ? demande-t-il plus calmement, essayant de se contenir.

— Qu'est-ce que ça peut te foutre ? je lui réponds. La colère a remplacé la peur.

— Monte je te ramène chez toi. Allez, magne-toi !

Je ris jaune.

— Je rêve ! Tu crois que je vais obéir parce que tu me siffles ? Tu m'as prise pour qui ? Victoire ? T'as la mémoire bien courte mon pauvre Gabriel. Retourne près de ma sœur, je suis sûre qu'elle n'attend que ça… tes ordres.

Et je reprends en boitant la route pour rentrer chez moi. Je fulmine. Mais quelle journée de merde !

Il râle derrière moi, j'entends ses boots claquer le sol. Ses bras m'attrapent par la taille et me placent sur son épaule comme un sac à patates. Je me débats et le frappe dans le dos.

— Je n'ai rien oublié princesse… Rien, dit-il à voix basse.

Il me jette sur le siège passager et prend place derrière le volant. Il démarre. En rébellion, je lui tourne complètement le dos. Je boude. Mon attitude le fait sourire. Il me demande si je veux aller au commissariat ou à l'hôpital. Je réponds par un doigt d'honneur. Cette fois-ci, il rigole ouvertement. Plus il rit, plus j'enrage.

Enfin j'aperçois ma maison. Il met le clignotant pour tourner à gauche dans mon allée. Alors j'ouvre la portière et saute de la voiture :

— C'est bon, je peux finir toute seule. Merci.

Et je claque la portière, n'écoutant pas sa réponse.

Maman me voit revenir dans un état lamentable. Je la rassure en lui disant que j'ai chuté. Je fonce à la douche pour me décrasser et surtout me réchauffer.

Pourvu que les autres journées soient plus calmes.

11
Le ponton

Le souvenir du bonheur n'est plus du bonheur ; le souvenir de la douleur est de la douleur encore.

Lord Byron

Olivia

J'ai eu beaucoup de mal à trouver le sommeil ce soir-là. Alors quand maman est venue me réveiller au petit matin, j'ai mis du temps à replacer mentalement les éléments dans l'ordre.

Hier soir, après le repas, j'ai eu le besoin irrépressible de retourner sur notre ponton. J'ai mis la fonction lampe torche sur mon téléphone, revêtu un sweat à capuche, un legging et mes hugs et je suis passée par la fenêtre de ma chambre. J'ai contourné la maison et j'ai descendu le petit sentier privé vers la plage. Une fois sur le sable, je me suis arrêtée face à la mer. La lune s'y reflétait, et j'écoutais, les yeux fermés, le bruit des vagues s'échouant sur la plage. J'ai tourné la tête sur la gauche, et j'ai vu le ponton. Mon ponton. Notre ponton. J'ai avancé tout doucement. Un vieux ponton en bois que je retrouve comme un vieil ami que j'avais perdu de vue. Tellement d'émotions me submergent. Ce vieux truc me bouleverse et me met les larmes aux yeux. Le ridicule de ma réaction me fait sourire. Je vais jusqu'au bout, je m'assois les jambes dans le vide et perd mon regard dans l'horizon. Je m'allonge et ferme les yeux. Je caresse le O et le G, gravés au couteau sur l'une des lattes du ponton.

Quand j'avais 10 ans, pendant les grandes vacances, Gabriel était arrivé en final d'un tournoi de tennis dans sa catégorie à St-Aubin sur Mer. J'étais super fière de lui. Émilie, Richard, Mia et moi étions allés l'encourager. J'adorais le voir jouer : Toujours classe, toujours fair-play. Tout comme son idole : Pete Sampras. J'avoue que je l'adorais aussi ce grand champion, mais peut-être pas pour les mêmes raisons !

Le visage fermé mais concentré sur son objectif. C'était ça mon Gabriel : quand il voulait quelque chose, il travaillait dur, il s'accrochait. Parce que rien n'était inaccessible.

— Princesse, si tu désires quelque chose très fort, alors accroche-toi. Il y a de la place pour tout le monde. Vise loin et fonce. Ne laisse personne te dévaloriser.

Il avait gagné ce jour-là. J'étais si fière. En rentrant, nous étions tous allés prendre le goûter sur la plage. Gabriel jouait avec Mia dans l'eau et moi j'étais assise sur le ponton en train de manger un pain au chocolat. Il avait nagé jusqu'à moi et m'avait attrapé les jambes pour me faire peur. Nous avions beaucoup ri ce jour-là. Il était allé chercher un couteau dans le panier d'Émilie, qui lisait tranquillement sous son grand chapeau sur le sable. Il était venu me rejoindre et, entre nous deux, il avait gravé un G et un O. Il m'avait regardée tendrement :

— C'est notre ponton, maintenant tout le monde le saura. C'est aussi toi et moi, ensemble, contre le reste du monde. Et puis regarde, surtout, nos initiales, ça fait GO. Et on doit toujours foncer dans la vie, ne pas perdre de temps à regarder

en arrière. On doit toujours avoir des rêves et les réaliser. C'est ça notre vie ma Livie.

Je m'étais blottie dans ses bras et lui avais fait un énorme bisou sur la joue. J'avais 10 ans et mon monde ne tournait qu'autour de Gabriel Cooper.

Je décide qu'il est temps de rentrer. Le vent se lève, le ciel redevient menaçant. Si je ne veux pas me retrouver à nouveau trempée, il vaudrait mieux que je rentre. Au moment de me relever, j'entends un craquement au loin. Je pense que la nuit me joue un tour. J'avoue qu'avec ce qu'il s'est passé tout à l'heure, ça me fout un peu les pétoches. Je remonte le ponton avec la très désagréable impression d'être observée. J'accélère le pas. J'ai vraiment peur. Quelle idiote d'être encore partie sans quelque chose pour me protéger ! Je cours sur le sentier, escalade mon mur et passe par la fenêtre. Aussitôt à l'abri, je la verrouille et tire mon rideau. Je me suis encore fait une belle frayeur. Je retire mes hugs, mon legging et mon sweat. Je mets mon pyjama et me roule sous ma couette. Comme un bon vieux réflexe, je regarde ma fenêtre attendant vainement un « toc toc » venant de l'extérieur. Mais rien, tout cela est bel et bien fini. Nostalgie et tristesse, quand tu nous tiens.

Le jour où Gabriel avait gagné son tournoi de tennis, alors que l'orage grondait, il avait frappé à ma fenêtre. Il était 23 h, et il était trempé. Il avait l'air si triste. Il était entré, avait enlevé ses chaussures et son manteau et s'était glissé sous ma couette, dans mes bras. J'avais caressé ses cheveux doucement et attendu qu'il me parle. Il m'avait alors confié que Richard refusait qu'il fasse un sport étude tennis. Son père voulait que le sport reste un loisir et non un métier. Gabriel était abattu. Il était difficile de dévier Richard de ses ambitions scolaires pour ses enfants. Alors j'avais pris mon carnet et j'avais fait ce que je savais le mieux faire. Je l'avais dessiné là dans mon lit. Une fois terminée, je lui avais tendu mon dessin :

— Je peux avoir un autographe s'il te plaît Gabriel Cooper ! Vous êtes mon idole à moi et avec vous, je rêve d'un bel avenir sans cri, sans violence.

Il a rigolé et a dédicacé son portrait : À ma Livie, ma princesse, mon souffle. À jamais à toi. Gab.

Sur ce tendre souvenir, je me suis endormie.

Maman me secoue pour me réveiller. Ouvrant doucement les yeux, je fais la mise à jour en clignant plusieurs fois des yeux et entreprends de m'étirer comme un chat. Mais mon corps endolori par la veille se rappelle bien à moi. Cela faisait des années que je n'avais plus ressenti de douleurs physiques au réveil. Depuis que j'étais partie…

— Allez, ma chérie, prépare-toi. Je t'attends en bas pour ton petit-déjeuner.

Je me retourne, grogne pour la forme et me redresse. Maman me dépose tendrement un baiser sur le front avant de s'éloigner.

— J'arrive maman, j'arrive. Je suis au taquet !

Et je lève le pouce en sa direction. Maman rigole et referme la porte. Je l'entends descendre les escaliers et s'affairer en bas.

Je fonce sous la douche, la traversée du couloir est saisissante. Il caille ! Je prends une douche bien brûlante. Une fois lavée et séchée, je me coiffe d'un chignon strict et me maquille légèrement. Je reviens dans ma chambre et je mets l'uniforme que maman m'a préparé. Une robe noire, droite, col rond, manches trois quarts, qui m'arrive au niveau des genoux. Un tablier blanc, des ballerines cirées noires et me voilà fin prête pour jouer à *Devious Maid*[5].

---

[5] Série américaine.

Je descends doucement l'escalier pour ne pas réveiller Victoire. Il n'est que 5 h 30 et elle doit encore dormir profondément.

Arrivée dans la cuisine, maman chantonne. Elle a l'air heureuse. Mon chocolat chaud m'attend avec deux tartines de Nutella et un fruit. Elle est en train de me presser une orange. Waouh, mieux qu'un hôtel. J'adore être chouchoutée comme ça par maman. Ça m'avait tellement manqué.

— Mange bien, ma nénette. Il ne faut pas que tu aies une fringale. Mais ne t'inquiète pas, rien n'a changé. Nous prenons toujours le thé avec un biscuit vers 10 h en compagnie d'Émilie. C'est notre rituel depuis… depuis toujours ! rit-elle.

Elle me fait sourire. On dirait une petite fille. Elle adore son travail et s'occuper des Cooper. Je crois que ça a été un coup de foudre amical entre les deux femmes.

Je suis impatiente de revoir Émilie et Richard. Et Mia aussi, elle me manque tellement. Est-ce qu'elle m'en veut autant que son frère ? Je réalise soudain qu'il existe une infime possibilité que Gab ne soit pas là. Après tout, à 24 ans, il a peut-être son propre appart. C'est vrai ça, je n'ai même pas imaginé une seule seconde qu'il n'habitait plus ici. Cette pensée me soulage, car je n'aurais pas la force de le confronter tous les jours. Car si lui a tourné la page, moi elle est loin de l'être… très loin.

Perdue dans mes pensées, ma mère me donne un coup de coude.

— Ton chocolat va être froid si tu continues à rêvasser comme ça.

Je rougis, prise sur le vif, et me plonge dans mon bol. Une fois terminé, je remonte me laver les dents et me regarder une dernière fois dans le miroir. On ne sait jamais…

12
Retour en enfer

L'amour-propre est, hélas ! le plus sot des amours.
Madame Deshoulières

Gabriel

Je me suis levé tôt aujourd'hui, car avec Max, nous allons chercher du matériel sur Paris. Son père, plombier, nous a prêté sa camionnette.

J'ai mal dormi et je suis de très mauvaise humeur. Il ne va pas falloir qu'il me chauffe de trop avec Olivia. Je passe vite sous ma douche, et m'assure de tout bien ranger pour ne pas donner trop de travail à Marie. J'allais sortir de ma chambre, quand je fais demi-tour pour aller ouvrir mon volet. Instinctivement je regarde par ma fenêtre pour voir celle d'Olivia. De ma chambre, j'ai une vue directe sur la maison des Charles. Grâce à ça, on pouvait communiquer très facilement. On avait mis en place un stratagème codé pour savoir quand venir et l'urgence de la situation. Ce souvenir me fait sourire. On était jeune.

Même après son départ, j'ai continué à regarder par la fenêtre un quelconque signe de son retour. Mais il n'y en a plus eu. Il suffit qu'elle revienne pour qu'à nouveau, d'instinct je regarde.

D'ailleurs, c'est en checkant vite fait hier soir, que je l'ai vue passer par la fenêtre et prendre le sentier. Pas besoin d'être devin pour savoir où elle allait. Et instinctivement je l'ai suivie. Il était 23 h, je devais retrouver Dean en ville pour fêter la fin des travaux du LIV'. En quittant la maison, je l'ai appelé pour annuler. Il n'entendait rien, trop de bruit autour de lui. Ça m'a gonflé, j'ai raccroché et lui ai fait un texto : « Désolé, sans moi ce soir ». Un peu sec, mais je n'avais pas le temps de m'éterniser et pas envie d'éveiller des doutes chez mon ami, ce qui engendrerait obligatoirement un interrogatoire sans fin.

Après l'avoir mis sur silencieux, j'ai remis mon portable dans ma poche et je l'ai suivie à bonne distance. De nuit, son ombre flirtait avec les reflets de la mer. Elle était si légère, si gracile. Je l'ai vue s'arrêter en bas du sentier. Je la devinais sans problème dans la nuit. Je savais qu'elle fermait ses yeux et humait le temps. Elle respirait à plein poumon, avant de se remettre en route vers notre ponton. Je restais bien caché dans les feuillages. C'était marrant, car de là où j'étais, je ressentais son émotion. Elle se réappropriait les lieux. Si elle savait que je continue d'y venir au moins une fois par semaine et que je fais la même chose qu'elle, le même rituel. Je m'assois, j'observe l'horizon et je m'allonge. Très souvent, je voyage dans mes souvenirs avec elle. J'en ai besoin, ça me permet de rester connecté avec la réalité et sûrement avec elle.

J'avais vraiment envie de la rejoindre, de la prendre dans mes bras, comme si six putains de longues années d'absence n'avaient pas existé. Je lui en veux tellement et pourtant à nouveau je suis en train de fondre. Elle a un tel pouvoir sur moi. Ça me rend fou cette perte de contrôle. Depuis que je l'avais revue cet après-midi, j'étais en surchauffe. Je ne cessais de penser à elle, de la maudire, de la détester et d'un autre côté je n'arrêtais pas de m'inquiéter pour elle, de me demander si elle allait bien. Toutes mes questions sur cette soirée de merde de mai 2015. La vérité… savoir… comprendre.

Pendant qu'Olivia se replongeait sûrement dans son passé, moi aussi je revenais en arrière.

14 mai 2015. Je passe la journée avec Max, Dean et Victoire. Je n'aime pas la sœur d'Olivia. Je la trouve malsaine et vulgaire. Elle me colle beaucoup trop à mon goût. Je pense qu'elle est très envieuse d'Olivia. Nous sommes en terminale, mais aujourd'hui nous n'avons pas cours. Alors on a décidé d'aller surfer dans la Manche. La journée est belle et les conditions idéales. Mia et Olivia ont cours. Roger a refusé que sa cadette sèche pour nous suivre. Ça me fait chier, je n'aime pas m'éloigner d'elle. Je suis passée la voir avant qu'elle ne parte au collège. Installée sur la table haute de la cuisine, elle me sourit, me souhaite de m'amuser et d'en profiter.

Son père assis dans le salon se moque d'elle :

— Ne t'inquiète pas ma petite, il va bien s'amuser. À son âge, je peux te dire qu'on s'amuse bien, dit-il d'un air salace.

Il me décoche un clin d'œil, comme si, lui et moi étions complices. Je le hais du plus profond de mon âme. Je n'ai qu'une envie : l'encastrer dans le mur. Je vois qu'Olivia se rembrunit. Il sait comment la peiner et ça marche à chaque fois. Je lui soulève le menton avec mon doigt et lui dépose un baiser sur le nez.

— Tu vas me manquer princesse. Ce soir, on se prend des pizzas et on se fait un film dans ta chambre. OK ?

Elle acquiesce et me sourit timidement.

— Gab, t'es là ? Cool, je prends quoi comme affaires dans mon sac ? me demande Victoire en descendant l'escalier.

Merde il ne manquait plus qu'elle. Je sens Olivia se raidir. Apparemment j'avais omis de lui préciser que sa sœur venait. Et là je vois qu'elle a clairement les boules. Je ne réponds pas à Victoire qui hausse les épaules et va rejoindre son père dont elle est très proche.

Je chuchote à Olivia :

— Ça me fait chier qu'elle vienne ! Tu n'as pas intérêt à me mettre un de tes films pourris ce soir, parce que je dois oublier que je me suis coltiné ta sœur toute la journée, lui dis-je en mimant un homme qui se pend avec une corde autour du cou.

Elle rigole. Je préfère ça. J'entends Dean se garer devant la maison et klaxonner.

— Je suis trop contente, ça va être génial ! À ce soir papa, à plus Olivia. Ne t'inquiète pas, je m'occuperai bien de lui, dit Victoire en m'attrapant par le bras.

— Cool, répond Olivia laconiquement. Bonne journée, me dit-elle dans un demi-sourire.

— Et moi, je m'occuperai bien d'elle mon grand, renchérit son père amusé de la situation.

Je n'aime pas la façon dont on s'est quitté. Je n'aime pas la façon qu'a son père de la regarder. Je n'aime pas la laisser seule avec lui. La journée va être longue.

Avec Max et Dean, nous passons tout notre temps à surfer. Putain que c'est bon. La mer est excellente, le temps parfait. C'est la vraie vie. Il ne me manque qu'Olivia. Victoire est restée sur la plage toute la journée. Elle doit se faire chier, mais on s'en fout. Elle nous gonfle avec ses réflexions : L'eau est trop froide, il doit y avoir des méduses non ? il fait trop chaud, je déteste le sable, ça me colle avec la crème solaire, et j'en passe. La plaie cette meuf.

Vers 18 h, au moment de partir, Son Altesse a faim. On lui dit qu'elle mangera en rentrant dans 1 h, mais elle se plaint tout le long de la remontée vers la voiture.

— Les gars, ce n'est pas votre pauvre sandwich de ce midi qui peut me rassasier. Allez s'il vous plaît, on se fait un burger avant de rentrer, s'il vous plaît, nous supplie-t-elle.

Je m'apprête à lui répondre de se la fermer, quand Max craque :

— OK, on se fait un burger, et après on rentre. Mais tu te la fermes tout le trajet retour ! Tu nous fais vraiment chier. Si tu n'aimes pas la plage, le surf ou le soleil, pourquoi t'as voulu venir ?

— Pour faire chier Olivia, pardi, je lui réponds naturellement.

Elle hausse les épaules et part devant. Je sais que j'ai tapé dans le mille. Ça me gonfle. Olivia va m'attendre et je ne peux même pas la prévenir. Vivement qu'elle ait un portable en seconde.

À 20 h, nous reprenons la route. J'y crois encore à ma soirée. On peut espérer arriver vers 21 h. C'était sans compter sur les arrêts pipis de Victoire et sur un pneu crevé. La loose.

Cette nuit-là, quand nous empruntons le chemin de la maisonnette, je comprends que quelque chose s'est passé. Il y a des lumières qui clignotent partout, des sirènes qui retentissent. Mon père est devant l'ambulance et ma mère est, en pleurs, avec un policier. Je saute de la voiture et cours vers la maison. Mon père m'intercepte.

— Viens fiston, viens par là.

— Oh Gabriel, mon chéri !

Ma mère pleure et me prend dans ses bras. Je comprends que mon monde est en train de basculer. Si on était parti à 18 h comme prévu, si on n'avait pas crevé, peut-être que je l'aurai sauvée. Mais avec des si…

J'ai entendu un bruissement sur le côté, sans pouvoir voir ce que c'était. Ce bruit a aussi ramené Olivia à la réalité. Elle a regardé d'où cela pouvait venir. D'ici, j'ai ressenti son stress. Elle est vite remontée. Je me suis assuré de loin qu'elle rentrait en toute sécurité chez elle. Puis j'ai vérifié une nouvelle fois si tout était en ordre autour de chez elle.

En retrouvant ma propre chambre, je suis toujours plongé dans mes souvenirs.

Je me débats comme un lion en cage. Je m'échappe des bras de maman et je fonce dans la maisonnette en repoussant tous ceux qui se mettent sur mon passage. J'entends crier : Arrêtez-le, empêchez-le de monter, Gabriel non ! Mais je m'en fous, je dois la voir. J'arrive comme un fou devant sa chambre. Il y a des policiers qui prennent des photos. Ils n'ont pas le droit, c'est SA chambre. Et là je vois tout ce sang… tellement de sang par terre, sur le mur. Tout est en bordel, la couette est au sol, des cartons de pizzas tombés à côté du lit. Ça me fout la gerbe. J'aurais dû les manger avec elle, putain de merde. J'ai la rage, ma vision devient floue à cause des larmes que j'essaie de contenir. Et puis je vois par terre son pyjama, arraché. Je flanche. Qu'est-ce qu'il s'est passé ? Où est Olivia ?

— Où est Olivia ? C'est son sang ?demandé-je paniqué au policier devant moi.

J'ai peur de sa réponse.

— Monsieur, calmez-vous. Je ne peux rien vous dire, mais ce n'est pas son sang.

Mon père nous rejoint et place son bras autour de mes épaules. Je hurle :

— C'est lui ! C'est ce connard ! Il l'a touchée putain…

Je me prends la tête entre les mains et tombe à genou.

— J'aurais dû être là papa...

Il me prend dans ses bras.

— Ça va aller fiston. Si j'ai bien compris, sa tante l'a éloignée. Mais elle va bien physiquement. C'est le sang de Marie.

— Est-ce qu'elle est ...

— Non, Gabriel, elle est dans l'ambulance. Elle a reçu beaucoup de coups de couteau. Maman est avec elle. Olivia n'aurait pas été blessée, Marie l'a protégée. Il a voulu abuser d'elle, finit-il par me dire.

— Je vais le buter, je vais le buter !

Je me lève violemment et redescends. Comme un fou, je le cherche. J'intercepte le premier policier sur mon chemin.

— Il est où ?

Il ne me répond pas. Je réitère beaucoup plus fort à l'attention de tout le monde :

— Il est où ce fils de pute ?

J'aperçois une voiture de police dans l'allée et je fonce vers elle. Ce connard est là. Je frappe à plusieurs reprises sur la vitre. Deux types m'enserrent. Il y a quelque chose de démoniaque dans son regard. Roger est calme. Il me fixe, un petit sourire aux lèvres.

— Je te buterai de mes mains connard, et ce jour-là ton petit sourire de merde, je te le ferai bouffer. T'es un homme mort.

Un policier m'ordonne de me calmer et de m'éloigner de la voiture.

— C'est bon, dit mon père. Laissez-le tranquille. Viens fiston, viens.

Je suis docilement mon père, complètement abattu, perdu. J'ai un haut-le-cœur, et me mets à vomir tout ce que je peux dans l'allée.

— Ça va aller, Gabriel, ça va aller, tente-t-il de me rassurer en me caressant le dos.

Dean et Max ont été bloqués au milieu de l'allée, ils ne peuvent pas me rejoindre et m'appellent. Je les entends sans vraiment réagir. Mais elle, je l'entends. Victoire pleure sur le banc en pierre à côté de la maison. Quelqu'un lui a mis une couverture de survie sur les épaules et lui a donné une boisson chaude. Elle la tient de ses deux mains. Ma mère s'approche d'elle pour la réconforter.

— Ta maman est forte Victoire, elle va s'en sortir. Nous sommes là, nous allons nous occuper de toi.

Sa réponse me glace :

— Mais papa ? Comment vais-je faire sans lui ?

À l'évocation de ce souvenir et des émotions que cela réveille, je ne trouve évidemment pas le sommeil tout de suite.

D'où ma mauvaise humeur ce matin, je suis claqué. J'aperçois de la lumière dans la chambre d'Olivia. Elle semble bien matinale elle aussi.

Je descends les escaliers, la maison est dans le noir, les parents dorment encore. Il est bientôt 6 h. Max passe à 6 h 15. J'allume la lumière de la cuisine, mets en route la machine à café et m'installe à l'îlot central. Quand je repense à hier après-midi quand même, j'ai bien failli l'écraser ! Elle a surgi de nulle part en faisant de grands signes. À croire qu'elle attendait que je passe par là, qu'elle a manigancé tout ça. J'ai bien vu la voiture qui a redémarré en trombe quand je suis passé à sa hauteur. C'était peut-être une coïncidence. En tout cas, elle était bien énervée quand elle s'est rendu compte que c'était moi au volant du 4x4. Je lui ai aboyé dessus, mais elle a gardé son aplomb et m'a tenu tête. Je crois que c'est à ce moment précis que j'ai compris que j'avais flanché. Je n'ai jamais pu lui résister. Et la voir bouder dans la voiture, c'était tellement craquant et… bandant. Putain rien que d'y repenser, je durcis. C'est quoi mon problème !

— Oh, bonjour Gabriel, tu es déjà debout ? Je ne savais pas que tu devais partir si tôt. Fallait me le dire mon grand. Attends, ne bouge pas, je vais te préparer ton petit-déjeuner ! Ferme la porte Olivia, tu fais rentrer tout le froid de dehors ! s'écrie Marie.

Voilà pourquoi elle était matinale…

13
Un Cooper peut en cacher un autre

Tristesse au cœur,
Quand je t'entends, coucou,
Ma solitude est plus profonde…

M. Basho

Olivia

Il a vraiment l'air ravi de me voir ce matin. Ironie quand tu nous tiens…

— Tu te souviens d'Olivia, mon grand ? dit maman malicieusement.

Je rêve ! Comment me mettre la honte en deux secondes chrono.

— Oui, Marie, je me souviens vaguement de ta fille, dit-il en lui souriant.

Elle lui ébouriffe les cheveux et les deux rigolent, complices. Il rajoute solennellement :

— Bonjour, mesdames.

Je ne dis rien et ferme la porte-fenêtre. Il est 6 h du matin. Je suis levée depuis moins d'une heure et je suis déjà énervée et embarrassée. Cette journée s'annonce du même acabit qu'hier.

Je relève la tête et vois ma mère face à moi de l'autre côté de l'îlot central, les mains sur les hanches.

— Je ne pense pas t'avoir élevée de cette manière jeune fille.

Je la regarde ahurie devant sa réaction. Du coin de l'œil, je vois que Gabriel rit sous cape, le nez dans son café. Il se permet de rajouter :

— Ne t'inquiète pas, Marie, les bonnes manières se perdent de nos jours… Et la politesse aussi.

Ma mère me regarde durement et tape du pied d'impatience.

— Je te rappelle que nous travaillons pour la famille Cooper et Gabriel est un Cooper. Donc la moindre des choses est de lui dire « Bonjour ».

J'adore me faire remonter les bretelles de si bonne heure. À contrecœur, je me retourne et avec la plus grande hypocrisie et le sourire le plus forcé qu'il soit, j'articule :

— Bonjour, monsieur Cooper, je vous prie d'accepter mes excuses les plus sincères face à mes manières déplorables. Cela vous convient-il mère ?

— Olivia me sermonne-t-elle, ça suffit ! Je suis désolée Gabriel, je ne sais pas ce qu'elle a.

— Ne t'inquiète pas Marie, elle a toujours été border line, rajoute-t-il en souriant de toutes ses dents.

Il se lève pour mettre son mug au lave-vaisselle, mais ma mère l'intercepte pour le faire à sa place.

— Je vais sur Paris aujourd'hui. Max passe me chercher, dit-il à maman. On va chercher du matériel pour le pub.

Il s'arrête, comme bloqué par quelque chose, et me regarde. Mais je n'arrive pas à lire ce qu'il y a dans ses yeux. De la gêne ? De la nostalgie ? Impossible à déchiffrer. Il reprend :

— On y va avec le camion de son père. On sera rentré en fin de journée j'espère.

Intérieurement et amèrement, je me dis que j'ai déjà entendu cette phrase quelques années plus tôt…

— Oui, ta mère m'a dit que la commission de sécurité avait validé les lieux hier. C'est super, je suis fière de toi mon grand. Tu vas en faire un endroit génial !

— J'espère ! En tout cas, tu me connais, je vais tout faire pour.

On entend le camion s'arrêter devant le manoir et la porte d'entrée s'ouvrir. Puis des pas et la porte de la cuisine s'ouvrir sur un Max complètement endormi et décoiffé.

— Salut la compagnie !

— J'en connais un qui a encore abusé hier soir, dit ma mère en lui tirant l'oreille.

— Aïe ! Mais il faut bien que jeunesse se fasse Marie. Oh Princesse, t'es là ? Magnifique ce costume, siffle-t-il en me prenant dans ses bras.

— Merci, Max, dis-je en me libérant et en tournant sur moi-même. Comme dans *Devious Maid*, la vraie classe !

— Vas-tu trouver qui est le vrai meurtrier ? Tadadam, rajoute-t-il sur un ton mystérieux et solennel.

Nous rions ensemble de notre référence. Cela fait du bien de voir que notre complicité a survécu. Tout est si simple avec lui. Comme avant. Gabriel n'apprécie pas notre échange. Il se lève, prend une pomme, et embrasse ma mère sur la joue.

— À plus tard, Marie.

Et il sort sans un mot pour moi, sans un regard.

Max m'embrasse, salue ma mère en nous décochant un clin d'œil et suit Gabriel.

— Je ne sais pas à quoi tu joues, mais tu as intérêt à te ressaisir jeune fille, me gronde maman.

Je la regarde interloquée et décide d'ignorer sa remarque.

— Bon, maman, alors je dois faire quoi en ton absence ?

Elle lève les yeux au ciel, prend un calepin et me fait signe de venir m'asseoir à côté d'elle.

— Alors, je te demande de prendre ce travail très au sérieux. Ce qu'il s'est passé ce matin ne doit pas se reproduire. Chut ! Je ne veux pas d'explications à ton comportement.

Je hausse les épaules et je commence à regretter d'avoir accepté de l'aider. Keep cool and relax.

— Tu prends ton service à 6 h, pas une minute plus tard. La ponctualité est la base du respect. Tu t'assures qu'il y a de l'eau dans la machine à café et dans la bouilloire. Tu remplis de capsules le pot à café et de sachets le pot à thé, en t'assurant que tu as mis plusieurs choix possibles. Tu présentes, dans un plat, les viennoiseries, que le boulanger dépose chaque matin chez nous à 5 h 30, et tu les mets au milieu de l'îlot central avec des fruits frais à côté. Tu presses une dizaine d'oranges et tu places le jus au frigo.

— Oui chef, dis-je.

— Ne te moque pas, jeune fille !

— Tu peux arrêter de m'appeler « jeune fille » et de me sermonner comme ça ! Je n'ai plus 4 ans. Et je te rappelle que j'ai accepté de t'aider. Donc c'est bon, fais-moi confiance.

Elle ne prend pas la peine de me répondre et le chefaillon continue :

— Jusqu'à 9 h, tu évites de faire du bruit. Richard descend vers 7 h et Émilie vers 8 h 30. Les enfants n'ont pas d'horaires spécifiques. Donc, tu restes disponible pour leur petit-déjeuner. Mais tu es discrète. Je te conseille donc de faire le ménage au niveau du rez-de-chaussée. À 9 h, tu peux monter au 1er étage et faire le ménage dans la chambre de Richard et Émilie, ainsi que dans leur salle de bain. Tu vérifies que la bibliothèque est en ordre ainsi que le dressing d'Émilie. Nul besoin de te rappeler que le 1er étage appartient aux parents et le 2ème aux enfants. À 10 h, tea time ! Avec Émilie, nous aimons nous retrouver une vingtaine de minutes autour d'un thé et d'un biscuit. Nous avons l'habitude de papoter. Vers 10 h 30 et jusqu'à 11 h 30, ménage au 2ème. Tu redescends au plus tard vers 11 h 45 et tu prépares des club sandwichs pour Émilie. Je te montrerai comment préparer son plateau-repas. Elle mange dans le salon devant la télé. Toi tu restes dans la cuisine, et tu manges si possible en vingt minutes. Puis tu prépares le repas du soir que tu places au frigo avec une note pour leur dire comment le réchauffer, tu nettoies la cuisine et à 14 h, tu repars par la porte-fenêtre. Du lundi au vendredi, week-end off.

— Waouh ! Ça, c'est du timing ! dis-je en vérifiant si j'ai bien réussi à tout noter.

La porte de la cuisine s'ouvre sur Richard, le nez dans son journal. Toujours le même, il n'a pas changé. Gabriel lui ressemble comme deux gouttes d'eau. Il est grand, poivre et sel à présent, rasé de près dans son costume hors de prix. Il a un charme fou, une vraie prestance !

En le voyant, maman défroisse machinalement son tablier et sa robe. Je l'ai toujours soupçonnée d'avoir un petit faible pour lui. Elle minaude avec son « bonjour Richard ». Il lève les yeux de son journal pour la saluer et marque un temps d'arrêt.

— Olivia ? Mon Dieu, c'est toi ? Viens là, ma grande, me dit-il.

Il me serre si fort dans ses bras, que je suis sûre d'entendre l'un de mes os se rompre.

— Bonjour Richard, dis-je timidement. Ça me fait tellement plaisir de vous revoir. Vous avez l'air en pleine forme.

— Mon enfant, je vais parfaitement bien. Plus ce serait indécent, me dit-il avec un clin d'œil. Tu es toujours aussi resplendissante ma belle. Tu vas bien ? Ta mère m'a dit que tu faisais des études d'art ? Tu as toujours eu de la magie au bout des doigts, me dit-il comme un secret.

Je rigole.

— Oui, j'adore ça ! Toujours autant !

— Viens, prends un café avec moi et raconte-moi tout.

Ma mère s'apprête à lui dire que ce n'est pas ma place. Mais il lui fait stop de la main. Elle ne pipe mot et se met au travail. Il me prend la main et me couve de ce regard paternel qui m'a tant manqué. Je ne sais pas combien de temps nous sommes restés tous les deux à discuter, mais il ne m'a jamais lâché la main. Émilie entre à son tour et nous cherche du regard. Ma mère a dû la prévenir. Elle me voit, et tout émue, se précipite vers moi.

— Olivia, ma chérie !

Que c'est bon de les revoir ! Nous sommes restés toute la matinée tous les trois ensemble, à rattraper le temps perdu. Richard tenant ma main, Émilie me caressant les cheveux ou la joue.

Le téléphone de Richard sonne et le visage de Gabriel apparaît sur l'écran. Sa voix résonne dans la pièce :

— Salut papa, ça va ?

— Bonjour fiston, ça va très, très bien. Vous avez bien roulé ? dit-il enjoué.

— Euh oui, très bien, répond-il de manière très suspicieuse. Tu n'es pas à ton bureau ? Je t'ai envoyé un mail urgent sur la route, mais tu n'as pas l'air de l'avoir lu.

— Mince, je n'avais pas vu qu'il était déjà 11 h 30 ! Effectivement, je n'ai pas encore lu mes mails. J'y vais fiston, j'y vais de ce pas.

— T'es sûr que tout va bien papa ?

Émilie sourit tendrement en entendant son fils. Elle me regarde et lève les yeux au ciel. Elle me chuchote :

— Gabriel, il sait que tu es de retour ?

J'opine en grimaçant. Elle fronce les sourcils et ne semble pas y croire.

— Coucou mon garçon, c'est maman !

— Oui je m'en serais un peu douté, lui répond-il du tac au tac. Tout va bien ?

— Parfaitement ! Je suis désolée, on a retenu ton père ce matin. Mais avec Olivia, on avait tellement de choses à se raconter, dit-elle malicieusement.

Silence… Un ange passe… Et repasse…

— Pourquoi ne m'as-tu pas dit qu'Olivia était revenue ? le sermonne-t-elle.

Sèchement, la réponse fuse.

— Je n'en voyais pas l'intérêt. C'est un non-évènement pour moi. J'ai du boulot maman. Dis à papa de lire mon mail s'il te plaît, c'est urgent. À tout'.

« Un non-évènement » ! Je suis un « non-évènement » ! Émilie me prend la main et cherche à me rassurer.

— Ne t'inquiète pas, il a besoin de temps.

« Un non-évènement », voilà ce à quoi je suis réduite dans la vie de Gabriel Cooper. Tristesse ou colère, ces deux sentiments se livrent une guerre sans merci dans mon cœur.

14
À la recherche d'un job

Un jour tout sera bien, voilà notre espérance :
Tout est bien aujourd'hui, voilà l'illusion.

Voltaire

Olivia

Ma mère et moi sommes parties à 14 h de chez les Cooper. Je me suis changée vite fait en essayant de trouver des vêtements plus professionnels que mes sempiternels jeans, converses et tee-shirt. Je choisis un chemisier blanc qui se noue au niveau du ventre, un pantalon noir slim 7/8e et des talons fins. Je change de sac pour un plus classe et plus fin. Je prends mon téléphone et ferme ma porte. Je jette un coup d'œil dans la chambre de maman, qui fait tranquillement sa sieste. Elle a l'air si serein. Je ferme bien sa porte et je descends à la cuisine. Victoire est attablée, écouteurs sur les oreilles. Elle n'a pas bougé depuis que nous sommes rentrées. Je prends un verre d'eau et une pomme. Je récupère les clefs de voiture sur le meuble d'entrée et m'apprête à sortir.

— T'as demandé à qui pour la voiture ? me crie-t-elle.

— Bonjour à toi, Victoire, dis-je en insistant bien sûr ces premiers mots. À maman. Je n'ai pas le temps pour une petite discussion entre sœurs. On se voit plus tard ?

Elle se retourne, refait face à son sandwich et, en trifouillant son téléphone, elle me lance :

— En fait, je m'en fous. Gab me conduira si j'ai besoin de me déplacer.

— Évidemment, Votre Altesse !

Et je claque la porte. Je m'en veux de lui avoir montré que ses mots me touchent. Je dois mieux me contrôler. Je me dirige vers le garage où la voiture est garée. Je crois que j'ai toujours vu maman avec cette voiture. C'est une très vieille Super 5 blanche, 3 portes. Elle a des bosses et des éraflures un peu partout. Elle est capricieuse au démarrage l'hiver, mais maman y tient à sa « titine ». En même temps, elle ne paie pas de mine, mais elle nous a toujours été fidèle. En montant dedans et en reprenant mes marques à l'intérieur, je me dis que même la Fiat Punto de grand-père semble plus récente. Ça me fait sourire et me pince un peu le cœur de repenser à papy. Il me manque beaucoup.

Je remonte doucement l'allée et prends la route de la ville. Je trouve sans peine à me garer le long du port et commence à arpenter la ville à la recherche d'un mi-temps. Je me prends refus sur refus dans le casino, les hôtels, les restaurants touristiques… Ils veulent des temps pleins. Jusqu'à apercevoir un Dinner donnant sur la plage. En poussant la porte, la clochette retentit. À l'intérieur, c'est petit, décoré à l'américaine. De prime abord, le patron n'a pas l'air commode. Il y a un vieux papy, assis à une table au fond, et on entend du bruit provenant de la cuisine. Plutôt quelqu'un qui hurle. La serveuse vient vers moi. Elle a la cinquantaine et paraît complètement blasée. Je m'apprête à faire demi-tour lorsqu'elle me demande ce que je veux. J'hésite avant de lui répondre. Mais j'ai besoin d'argent, alors je tente.

— Je me permets de vous déranger quelques instants, je recherche un travail, un contrat de quelques heures, et je voulais savoir…

— André ! C'est pour toi ! me coupe-t-elle en criant en direction de la cuisine.

Le supposé André sort. Le cliché parfait : ventre bedonnant, de taille moyenne et plus que dégarni. Il a une moustache et une barbichette mi-longue. Il s'approche en la caressant.

— Que puis-je faire pour vous gente dame ?

— Je voulais savoir si à tout hasard, vous auriez besoin d'une serveuse.

Il me détaille de la tête aux pieds.

— Tu as déjà travaillé dans un restaurant ?

Au terme « restaurant », la serveuse glousse. André lève les yeux au ciel et me fait signe de la main de ne pas me préoccuper d'elle. Les deux me font sourire.

— Non, dis-je honnêtement.

Je m'empresse de rajouter :

— Mais ça ne me fait pas peur. J'apprends vite, très vite.

Il se caresse la barbe et réfléchit sans cesser de me regarder.

— Je viens de perdre un serveur. J'avoue que ça m'arrangerait.

— Oh oui, s'il vous plaît ! Je ne vous décevrai pas, promis !

— Attends petite : pas sûr que les horaires te conviennent. C'est le samedi et dimanche matin : 6 h-14 h. Payé au smic et tu gardes les pourboires.

Je réfléchis à sa proposition. C'est le mieux que j'ai trouvé de toute façon et les horaires me vont.

— C'est parfait pour moi, dis-je tout sourire.

— Repasse demain à la même heure pour le contrat et tu commences la semaine prochaine.

— Merci André, euh pardon, monsieur André !

Il rigole et repart en cuisine, en me disant que « André » suffira.

— Moi c'est Gwladys. Enchantée.

— Et moi Olivia. Enchantée Gwladys.

Elle me sourit tendrement et se dirige vers le papy pour taper un brin de causette.

Je ressors satisfaite de cet endroit. Un contrat de 16 h, ce n'est pas si mal. Je repars en flânant dans les rues. Il fait bon et j'en profite pour faire quelques boutiques. Curieuse, je décide de pousser jusqu'à l'ancien bar des Mills. Juste comme ça, pour voir. De toutes les façons, je ne risque rien. Gabriel n'est pas là. Il est à Paris.

Cinq minutes plus tard, je suis en face du pub. Stupéfaite, mes yeux sont bloqués sur l'enseigne : LIV'. Je suis confuse. Peut-être, que je me fais des idées, mais pourquoi ce nom ? C'est forcément en rapport avec moi, non ? LIV' et Olivia = CQFD, non ? Je suis vraiment bouleversée par l'enseigne : je ne comprends vraiment pas l'attitude de Gabriel. Il est odieux et méprisant, mais en même temps il rachète notre QG et lui donne mon surnom. C'est totalement incohérent !

— Liv ! Eh oh Liv !

Fumant devant le pub, Dean m'interpelle en me faisant de grands signes.

— Tu te décides à rentrer ou tu prends racine sur le trottoir d'en face ?

Je secoue la tête en riant. Ils savent vraiment parler aux femmes ces trois-là ! Je traverse la rue et me dirige vers lui. Il me serre dans ses bras, puis il nous met face à l'enseigne, un bras sur mes épaules.

— Ça te plaît ? Ça en jette hein ? Viens voir l'intérieur. Ça a bien changé.

Sans attendre ma réponse, il m'entraîne fièrement dans le pub. Je suis scotchée. Cela ressemble en tout point à nos projets d'enfants.

— Max et moi, on n'a pas trop eu notre mot à dire pour la répartition des espaces. Gabriel savait exactement ce qu'il voulait et c'était non négociable. Comme le nom d'ailleurs…

Je le regarde médusée :

— Comme le nom ? Tu veux dire que LIV' c'était son idée ?

Je secoue la tête en totale incompréhension.

— On a laissé faire. On savait que c'était sa manière à lui de faire le deuil. Et puis, c'est top, non ?

— « Sa manière de faire le deuil » ? Youhou, nouvelle du jour : je suis vivante ! On m'a éloignée de force, mais je suis en vie ! Putain les mecs, vous ne m'épargnez vraiment pas, dis-je énervée.

— Désolée princesse. Je ne voulais pas dire ça. Mais c'est son moyen de tourner la page, si tu préfères.

— Ouais ne t'inquiète pas, il a bien tourné la page, dis-je froidement.

— Ne jamais se fier aux apparences, Liv. Tu le sais ça pourtant.

Il se dirige derrière le bar pour prendre deux verres.

— Tu veux boire quoi ma belle ?

— Un coca zéro, c'est parfait. Merci.

Il en prend deux dans le frigo sous le plan de travail et les décapsule.

— T’as vu ? T’es avec nous dans ce projet ? me dit-il en me montrant, accrochée au mur, la photo de nous quatre.

Bam ! Nouveau coup au cœur en moins de quinze minutes. Je ne l’avais pas encore vue, elle était cachée par ce grand dadet.

— Je me souviens bien de ce moment. Très bien même, dis-je en essayant de garder une certaine contenance.

Gabriel a eu 16 ans hier. Il est super content, ses parents lui ont offert la conduite accompagnée. Après les cours, nous nous retrouvons chez les Mills pour fêter son anniversaire. Tout le monde est très joyeux. Cela fait du bien d’oublier la soirée de la veille.

Je n’ai pas eu le droit de sortir hier soir après l’école, pour rejoindre Gabriel chez lui. Mon père me l’a interdit et, pour s’en assurer, il m’a attachée, en chemise de nuit, à une chaise de cuisine. Ma mère en pleurait dans le canapé. Mais elle ne pouvait rien faire, sinon elle se prenait une claque à chaque parole ou geste. Ils sont tous montés se coucher, plus ou moins de force, et je suis restée en bas. J’y ai passé la nuit entière. Il m’a libérée ver 7 h 30 ce matin pour aller au collège. Je suis frigorifiée, j’ai les poignets et les chevilles endoloris. J’ai le cœur très gros ce matin. Je monte vite dans ma chambre pour m’habiller et je mets des manches longues pour cacher les traces sur mes bras. Un passage à la salle de bain me renvoie une image d’une jeune fille triste et morne. Je garde les cheveux détachés sur mon visage. Vraiment difficile de faire semblant aujourd’hui.

— Olivia ! Mia est arrivée, tu es prête ? me crie faussement joyeuse maman de la cuisine.

Je descends vite les escaliers, prends mon sac à dos et sors sans m’attarder.

— À ce soir ma chérie, me dit maman.

Je la regarde rapidement, car ce matin, je n'arrive pas à cacher ma tristesse. Mia me prend par la main et m'entraîne en courant au bout de l'allée. Gabriel me fait la surprise de nous y attendre, caché pour ne pas être vu de mon père. En l'apercevant, je ne peux retenir mes larmes et me jette dans ses bras.

— Je suis désolée pour hier soir, dis-je en pleurant. Il m'a empêchée de venir chez toi. Pardon.

— Livie, mon bébé, calme-toi. Je m'en suis douté. Mais je suis là maintenant, calme-toi.

— Il a détruit le tableau que j'avais peint pour toi. Je n'ai plus de cadeau maintenant. Je suis désolée.

Je sanglote. Il me prend le visage en coupe.

— Ma princesse, tu sais bien que je ne t'en veux pas. Est-ce qu'il t'a fait du mal ?

Je préfère détourner le regard. Gabriel comprend et me serre encore plus fort dans ses bras. Ce jour-là, il m'a déposée devant ma salle de classe. Il m'a promis de se retrouver à 16 h chez les Mills et a foncé au lycée.

À la fin des cours, je vais directement chez les Mills, un peu en avance. Mandy comprend tout de suite que la soirée a été dure, elle me sert un milkshake à la banane pour me réconforter.

— Le sucre, ça fait du bien my love, me dit-elle avec un clin d'œil et une caresse dans les cheveux.

En attendant les garçons, je décide de dessiner sur une serviette en papier. J'entends les gars arriver de loin. Ils rigolent, se chamaillent. Jo sourit en les regardant. Faut dire qu'ils sont attachants ces trois-là ! Gabriel me fonce dessus et me prend dans ses bras. Il me demande ce que je suis en train de faire. Alors je lui tends fièrement la serviette et lui chuchote

Bon anniversaire ! Gabriel la prend comme s'il y avait un diamant dedans. Je lui explique mon dessin :

— Comme tu vois, c'est un enfant bien dodu, assis en tailleur, le regard malicieux. Ton regard Gab. Il a de belles grandes ailes avec de jolies plumes ! En fait, ça représente l'ange Gabriel, parce que tu es mon ange à moi, je dis timidement.

Plus il reste silencieux, et plus je nous trouve ridicule, mon dessin et moi ! Puis, il me regarde, les yeux débordant d'adoration, totalement bouleversé.

— Je n'ai jamais reçu de cadeaux aussi beaux Livie. Je ne sais même pas quoi te dire. Tu es si importante pour moi ma petite fée. Tu sais quoi ? Je vais me le tatouer sur le corps, dit-il sûr de lui.

— Euh c'est un peu prétentieux de se tatouer son autoportrait non ? je dis en rigolant. Si tu veux, on inverse : moi je me tatoue l'ange Gabriel sur l'intérieur du poignet gauche et toi, je te fais une fée ? On sera chacun sur la peau l'un de l'autre !

— Promis ?

— Juré !

Nous rions tous les deux et Mandy nous apporte nos commandes.

— Et pourquoi le poignet gauche au fait ? me demande Gabriel doucement à l'oreille, alors que les gars nous rejoignent à la table.

— C'est la veine qui va au cœur, je lui dis timidement.

Il me prend sur ses genoux et me tend un diabolo fraise. Jo est apparu et nous a crié : Cheese les enfants !

Dean comprend mon malaise et cherche un autre sujet de conversation.

— Qu'est-ce qui t'amène par ici princesse ?

— Je cherche du boulot. En plus de celui chez les Cooper. J'en ai trouvé un de serveuse vers la plage, mais ce n'est que les matins du week-end. Il faudrait que j'en trouve encore un autre.

— Un troisième ? Tu as des soucis d'argent ? s'étonne-t-il.

— Non, c'est pour aider ma mère, dis-je doucement. Pas trop envie d'en parler, désolée.

Malgré les zones d'ombre qui l'entourent, Dean est une vraie commère sur la vie des autres. Je préfère ne pas m'éterniser sur ce sujet. Il réfléchit. Ses cheveux noirs attachés en chignon, musculature impeccable bien mise en valeur par ses tee-shirts serrés, il a tout du tombeur. Et il le sait. À l'époque déjà, il enchaînait les filles. Quelque chose me dit que ça n'a pas changé.

— Liv : je te propose un deal. Tu as besoin d'un taf et on a besoin d'un serveur. Ça te dit ?

Je le regarde interloquée, très surprise par sa proposition.

— Attends avant de dire non, je m'explique : on est en train de recruter du personnel et j'ai dû mal à trouver des personnes de confiance. Mia va revenir pour nous aider, tu serais en binôme avec elle. Tu travaillerais du mardi au samedi de 18 à 2 h du mat'. Pourboires pour toi, salaire un peu plus que le Smic.

Je reste sans voix face à sa proposition.

— Je ne sais pas Dean, je…

— Réfléchis-y princesse, s'il te plaît ! C'est notre première affaire, et on a besoin de personnes en qui on a confiance. On ne veut pas se planter, tu comprends ?

— Je comprends, mais je ne pense pas que qui-tu-sais soit d'accord avec ça !

— Liv, c'est moi qui suis en charge du recrutement. Si tu dis oui, je me charge de Voldemort[6].

---

[6] Maître des Ténèbres dans les livres d'*Harry Potter*.

Mon cœur me dit de fuir, ma tête me dit d'accepter. Ma bouche répond :

— Oui, OK ! C'est OK pour moi. Mais tu t'occupes de Gab ?

— Super ! Le groupe enfin réuni ! s'exclame-t-il en sautant par-dessus le bar et en me prenant dans ses bras.

— Pas si vite Dean pas si vite.

Argh dans quel merdier je me suis encore mise… Son téléphone sonne.

— Tiens, quand on parle du loup, rigole-t-il ! Salut les gars !

— Salut Di ! On a tout mec, on rentre. C'est top, on a réussi à négocier tout ce qu'on avait choisi ensemble.

— Bravo les mecs ! C'est vous les financiers du trio !

Je les entends rire. Gabriel a mis Dean sur haut-parleur. J'entends Max parler.

— Et toi, tu as avancé sur le recrutement ?

— Carrément les mecs ! On va avoir la meilleure équipe qu'il soit derrière le bar !

— Vas-y balance ! s'impatiente Gabriel.

— Mia revient exprès de Tahiti pour nous aider. Elle m'a dit qu'elle voulait à tout prix faire partie de l'aventure. Et apparemment, elle a fait pas mal de petits boulots dans les restaurants pendant son tour du monde.

— Génial ! s'exclament les deux en même temps.

— Et de qui Mia est la plus proche… hormis nous bien sûr ? demande Dean sur un ton joueur.

— Dean, tu n'as pas intérêt à me dire ce que je crois que tu vas me dire ! commence Gabriel.

— Je ne comprends jamais rien à tes énigmes Gab. Bref, la deuxième barmaid sera… roulement de tambour… Olivia !

— Oh le con ! Mais quel con ! marmonne Gabriel.

J'entends Max rire et dire : « Super, bien joué, Di ». Par contre, Gabriel a disparu des ondes.

— Je vais le buter, semble-t-il enfin dire à Max avant de raccrocher brutalement.

— Pas gagné, ton histoire, Dean, dis-je d'un ton blasé.

— T'inquiète, je gère, rit-il. Je suis en charge du recrutement et du personnel, Max est responsable de la restauration, et Gab des artistes, de la Com' et des finances. Alors, toi, tu reviens demain pour commencer l'inventaire et nous aider à mettre tout en place. On espère une ouverture début septembre.

— OK par contre, la semaine, je finis chez les Cooper à 14 h, je peux être là vers 14 h 30 tout l'été, ça te va ?

— Viens à 15 h, dimanche off.

15
Une soirée à oublier

J'ai évité de raisonner : l'âme s'altère aux efforts de la pensée.

O. Pirmez

Olivia

Je rentre vers 18 h à la maison, maman est tranquillement devant la télé à regarder *Familles nombreuses.* Elle me fait rire avec ses feuilletons et ses séries. Papy est exactement pareil : sur la Suisse romande, je me coltinais tous les soirs un soap sud-américain super mal doublé ! Victoire est dans sa chambre. Je prépare une salade composée pour nous trois et une salade de fruits. Je monte prendre une douche et me mettre en pyjama avec un gros pull en pilou pilou. J'adore. En attendant de passer à table, j'essaie d'appeler mon grand-père.

— Si pronto ?

Sa voix me réchauffe déjà.

— Bonsoir papy, tu vas bien ?

— Ah ma petite nipotina. Ça fait du bien de t'entendre. Come va ?

Mentir, ne pas l'inquiéter.

— Très bien papy, très bien. Rien n'a changé ici. Tu avais raison, j'ai repris ma place facilement.

S'il savait…

— Ah, ça me fait plaisir d'entendre ça. Je te l'avais dit.

— Et toi ça va ?

— Oui ma petite, tranquillement. Je ne vais pas te mentir, tu me manques beaucoup. Mais l'important pour moi, c'est que tu ailles bien. Flora est passée nous voir tout à l'heure. Elle a trouvé un travail sur les tragghetti[7]. Hôtesse à bord je crois. Je ne suis pas sûr d'avoir compris, elle parle tellement !

— Super ! Je suis contente pour elle. Elle va pouvoir mettre un peu d'argent de côté pour partir en vacances. Dis-moi papy, tu étais au courant pour maman ?

— Oui ma chérie. Comment va-t-elle ? Ça doit lui faire du bien de t'avoir avec elle. Tu apportes le soleil partout où tu vas.

— Oh papy !

Je suis très émue par ce qu'il vient de me dire. Il n'est pas du genre bavard et encore moins sur ses sentiments.

— Ne t'inquiète pas papy, je vais prendre soin d'elle. Elle a besoin de se reposer et surtout d'argent apparemment. Tu étais au courant pour les dettes ?

— Elle ne m'en parle pas, car je m'énerve à chaque fois. Incompréhensible. Je lui envoie de l'argent tous les mois. Mais je touche une petite retraite, alors ce n'est pas évident.

— Garde ton argent, papy. J'ai pris un travail de serveuse le week-end dans une sorte de dinner américain et je vais travailler comme barmaid dans le bar de Gabriel.

— Ah ce Gabriel ! Il est de retour celui-là, plaisante-t-il.

Si tu savais papy…

---

[7] Bateaux à moteur qui font la traversée du lac Majeur entre Intra et Laveno, en Italie.

— En tout cas, ma nipotina, c'est bien. Tu te débrouilles, c'est seulement ta deuxième journée et tu as très bien avancé. Et comment va Victoire ?

Elle a toujours refusé de garder contact avec nous après la fameuse nuit. Nous n'avons jamais su pourquoi.

— Égale à elle-même. Mamie ça va ?

— Égale à elle-même.

Nous rions tous les deux. Ça me fait un bien fou. Nous parlons encore quelques minutes, puis je raccroche pour aller dîner.

Maman m'attend à table, je vois qu'un couvert a été retiré.

— Je vais chez Gab. Bonne soirée.

Sur ce, Victoire claque la porte. OK, OK. Je prends la salade composée et je sers copieusement maman.

— Hé doucement ! Tu veux me faire grossir ou quoi ?

— J'en ai trop fait, je pensais qu'on était trois, dis-je amèrement.

Maman change de sujet.

— Demain, je devrai m'absenter vers 9 h pour aller faire le test PCR pour le Covid. Il m'en faut un de moins de 72h avant le jour de l'opération. Et j'ai informé Émilie que nous posions notre journée lundi. Je ne pense pas que tu auras la tête à travailler.

Une fois le repas terminé, j'ai embrassé maman et je suis montée dans ma chambre. Je me suis installée confortablement sous ma couette et j'ai lancé *Friends* sur Netflix. J'adore cette série, je suis archi méga fan. Je repense à ce que Dean m'a dit tout à l'heure au sujet de Mia. Je suis super contente de la retrouver et de travailler avec elle. Elle aussi a l'air contente de me revoir, c'est déjà ça. Je repense à Gabriel. Ça va être tendu, mais ce n'est pas mon problème. Enfin, j'essaie de m'en convaincre. Il faut que je reste focus sur le taf, j'ai trop besoin de cet argent. Je n'ai même pas demandé à maman combien elle devait rembourser. Je n'ose pas.

Comme je m'endors tranquillement devant la série, je décide de tout éteindre. Demain, lever à 5 h 15. Pfff ça pique déjà !

Je suis quasi endormie, quand vers 22 h 30, j'entends des bruits venant de l'extérieur. Plus exactement des voix, des rires, de la musique. Je me tourne et me retourne, me mets la tête sous l'oreiller, mais rien n'y fait. C'est quoi ce bordel ?

Je me lève et me dirige vers la fenêtre. J'essaie d'être la plus discrète possible, pour ne pas être vue derrière mon rideau. Tout près de notre haie, au niveau de notre ancien passage secret, les Cooper ont installé une grande piscine extérieure, avec une belle terrasse tout autour et vue plongeante sur la mer. Cela doit être super agréable de se prélasser sur l'un de ces transats. J'ai l'impression que, dans le fond, côté mer, ils ont fabriqué une sorte de bar. Je crois y deviner Max et Dean sur des tabourets hauts, et Gab qui sert des cocktails. La piscine change de couleur au son de la musique. Ils doivent être une dizaine, je ne reconnais pas grand monde. En fait, pour être plus précis, il y a les trois garçons et sept filles en bikini, dont ma sœur. J'avoue, je la jalouse, c'était moi avant avec eux.

Gabriel sort du bar avec une bière à la main. Il a le regard mauvais, je le vois d'ici. Les gars ont l'air de le chambrer, et lui donnent des tapes dans le dos. Dean et Max se marrent comme des baleines, passant de fille en fille. Elles se pavanent devant eux, rigolent à leurs blagues. Elles s'accrochent à leurs bras, mettent leurs mains sur leurs torses. Bref, les garçons vont passer une bonne soirée.

Je retourne me coucher. Mais j'enrage. Pourquoi me hait-il autant ? Ma mère ne lui a rien dit ? Je lui ai tout expliqué dans mes lettres, mais il n'a pas daigné répondre à une seule d'entre elles. Je l'ai tellement attendu en Italie. J'y ai vraiment cru.

Je ne peux pas me retenir et je retourne me placer discrètement derrière le rideau. Je ressens sa présence, mon corps y réagit instantanément. Je crois que lui aussi, car il regarde aussitôt dans ma direction. Je suis quasi sûre qu'il m'a vue. Il ne lâche pas ma fenêtre des yeux. Son regard est si sombre. Il me fixe toujours, marche vers la sono et augmente le son, un sourire satisfait aux lèvres. Je le savais, il le fait exprès ! Ne surtout pas réagir, bien rester cachée. Toujours en fixant ma fenêtre, il se dirige vers Victoire. Il la prend par la nuque, la tourne de manière à ce que je le voie bien poser ses lèvres sur les siennes. Elle s'accroche à lui comme une moule à son rocher. C'est interminable. C'est violent, mécanique, sans sentiment. Gab a les yeux grands ouverts sur moi. Il continue de l'embrasser, de me fixer jusqu'à m'adresser un doigt d'honneur. Il lui tire sur les cheveux pour la repousser violemment et s'éloigne d'elle sans discussion. Il retire son tee-shirt et plonge dans la piscine. Victoire reste comme une conne à baver, pantoise et pantelante.

Furax, je retourne dans mon lit. Je le hais tellement. Je pleure de rage. Mon corps me trahit, comme excité par ce qu'il a vu. J'hallucine, même en colère, je mouille pour lui. Et j'avoue que ça c'est nouveau pour moi. Je ne suis pas prête de dormir, il va falloir que je m'occupe de moi avant. Je glisse ma main sous la couette entre mes cuisses. Je ferme les yeux, mais je ne vois que ses deux billes qui me fixent. Je suis en enfer !

Plus tard dans la nuit, j'entends des bruits dans le couloir. Victoire glousse et se tape contre les murs. J'entends aussi une voix grave. C'est lui. Il vient me narguer, jusque dans ma maison. J'entends ma sœur :

— Oh Gabriel, tu me fais tellement d'effets.

Je me lève et colle mon oreille à ma porte. Je n'entends plus rien, juste sa porte se fermer bruyamment.

Il a osé. Il vient de gagner une bataille, je suis blessée et écœurée. Comment peut-on changer autant ? Je ne devais pas compter tant que ça finalement.

16
L'ange Gabriel

L'avenir, fantôme aux mains vides,
Qui promet et qui n'a rien !

Victor Hugo

Gabriel

J'y suis allé fort hier soir. J'ai honte de ce que j'ai fait, je me sens sale. Je voulais lui faire mal, autant que j'avais souffert à cause d'elle. Mais au final, j'ai détesté cette soirée.

Je suis allongé là, tout habillé, sur le lit de Victoire. Je la regarde dormir, elle n'a rien qui me fait bander. C'est une très pâle copie de sa sœur. Elle est juste un instrument dans ma vengeance, juste un moyen de faire enrager Olivia. Mon plan a sûrement dû fonctionner. J'ai volontairement laissé Victoire faire du bruit en rentrant. Je voulais qu'elle nous entende, et après, que son imagination fasse le reste. Au final, je me retrouve piégé à mon propre jeu. Je n'en retire aucune satisfaction. Je l'imagine dans la chambre d'à côté dans son lit, sûrement à me maudire et à pleurer.

J'ai joué avec une de ses plus profondes peurs : celle que je lui préfère Victoire. Mais si elle n'avait qu'une once de conscience de sa propre valeur, elle n'aurait peur de personne.

Nous regardons Raison et sentiments, avec Emma Thompson et Hugh Grant, sur son lit. Je dois le lire pour l'école, mais j'ai la flemme. J'essaie de m'y intéresser, mais plus le film avance, et plus je sens Olivia se tendre.

— Mais qu'est-ce que t'as ce soir ? Tu fais moitié la gueule, et ça commence à me gonfler.

— C'est bon, détends-toi Gab, j'ai rien dit.

— C'est tout comme. Bon c'est quoi le problème ?

Elle croise les bras sur la poitrine et se renfrogne. J'adore quand elle fait cette tête !

— Oh ma Livie, tu boudes ! J'ai pris tous les M&M's rouges, c'est ça ?

Elle ne daigne pas me répondre. On est pareil, il ne faut pas trop nous pousser, sinon on se ferme davantage. J'attends qu'elle veuille en parler. Mais rien ne vient. À la fin du film, je me lève pour éteindre l'ordinateur portable et le remettre sur le bureau. Je fais mine de m'étirer et de remettre mes chaussures pour rentrer.

— Gab ?

Voilà, on y est. Je la regarde dans l'attente de ses pensées.

— Toutes ces histoires de sœur, ça me fout le bourdon.

— Bah pourquoi ? Quel est le rapport avec Victoire et toi ? Parce que c'est bien ça le problème ?

— Toutes les deux, on ne s'aime pas. C'est comme ça, je ne sais même pas pourquoi, mais c'est comme ça. On n'a rien en commun. Mais j'ai peur que tu la préfères à moi, dit-elle tellement bas que je ne suis pas sûr de l'avoir bien entendu.

— Tu es entrain de comparer une Ferrari avec une Renault 11 ?

— Arrête de te moquer, c'est sérieux. Vous avez le même âge, vous êtes dans la même classe. Vous êtes toute la journée ensemble. Mais moi, j'ai quatre ans de moins, je suis un bébé comparé à vous ; vous avez bientôt 18 ans, et tu ne vas plus t'embêter avec une gamine comme moi.

— T'es sérieuse là ? Depuis quand ton âge a de l'importance ? Niveau maturité, tu nous dépasses tous d'une tête. On a les mêmes délires, les mêmes rêves. Tu me fais quoi là ?

— C'est que j'ai peur que tu la trouves mieux que moi.

Je n'ai même pas envie de lui répondre tellement c'est absurde. Je ne lui ai jamais donné une seule raison de croire que j'appréciais Victoire, bien au contraire. Je m'apprête à enjamber la fenêtre quand je me retourne vers elle. Ma réaction la peine.

— Princesse ? Je n'ai d'yeux que pour toi, dis-je de manière théâtrale, avec la main sur le cœur. Tu es un diamant brut pour moi, que je veux protéger et garder pour moi seul. Ta sœur, c'est une contrefaçon. J'ai énormément de chance que tu me laisses partager ta vie. Et non l'inverse. Ne doute pas de toi, tu irradies les autres par ta beauté, ta générosité, ton humour, ta gentillesse, ta...

Elle me balance un oreiller en pleine tête.

— Arrête les films romantiques, ça te rend cucul ! rit-elle.

La nuit est longue, trop longue. C'est marrant, car à l'époque, je ne pensais pas à elle de cette façon, comme j'y pense depuis son retour. Avant, Olivia représentait une extension de moi, mais je ne la voyais pas comme une petite amie éventuelle. Nous étions unis, mais pas comme ça. J'ai commencé à avoir des copines vers 14 ans, Olivia n'en a jamais été jalouse. Au contraire, ça l'amusait et elle se moquait de moi, car je ne voulais pas d'histoire durable. Comme maintenant, un petit tour et puis s'en va. Souvent même les filles passaient par Olivia pour me contacter. Elle faisait une présélection et me donnait le téléphone de celles qui lui plaisaient ! Mais en y repensant bien, c'était super égoïste de ma part, car, à l'inverse, j'empêchais les mecs de l'approcher. Elle était à moi. Finalement peut-être que je me voilais la face. Je n'arrive pas à comprendre ce qui se passe dans ma tête à présent. Tout est trop confus.

J'entends enfin son réveil sonné. A-t-elle dormi ? Moi non en tout cas. J'attends quelques secondes qu'elle se lève. Elle claque sa porte et va à l'unique salle de bain de la maison. Elle allume la radio et met le volume à fond. J'entends la douche, puis elle prend bien garde d'ouvrir la porte en grand pour se sécher ses cheveux. Elle repasse dans le couloir et je l'entends faire tomber un truc très lourd juste devant la chambre de Victoire. Si je ne me sentais pas aussi coupable, j'éclaterais de rire. Je confirme, elle nous a entendus et elle nous le fait payer à présent. J'adore.

Maintenant, j'ai deux possibilités :

- soit je la laisse faire son cinéma et prendre son petit-déjeuner face à mes chaussures dans l'entrée.

- soit je me lève et lui passe devant, dans la cuisine sans la calculer. Mais je ne voudrais pas qu'elle s'imagine qu'elle m'a réveillé.

Argh, cruel dilemme. Allez, je choisis l'option 1. Je ne voudrais pas m'être fait chier toute la nuit avec ce plan de merde, pour tout foirer en la laissant croire qu'elle a gagné.

Une fois que je suis sûre qu'elle est partie travailler, je me lève. Je n'ai nullement l'intention d'être encore là quand Victoire va se réveiller.

À cette heure-ci, Marie et Olivia doivent être au rez-de-chaussée. Je décide donc d'escalader le mur et de rentrer dans ma chambre par la fenêtre. Putain, c'était plus simple avant ! Il est 7 h, je tourne comme un lion en cage dans cette pièce. Donc autant être utile. Je file prendre ma douche, et décide d'aller directement au Pub. Je passe par l'escalier principal. Je les entends dans la cuisine avec mon père. Il a toujours adoré Olivia. Il est aux anges depuis son retour. Hier soir, en rentrant de Paris, j'étais passablement énervé par la décision de Dean de l'embaucher. Mon père m'a appelé de son bureau pour que je le rejoigne. Il m'a servi un whisky et on s'est assis dans son salon privé. Il a déboutonné sa veste et a commencé à me parler du document que je voulais qu'il lise. Il m'a notifié deux ou trois points d'assurance que je devais faire corriger pour nous protéger le plus possible. Et puis, il s'est tu. J'ai compris que le sujet allait être abordé. Et ça n'a pas manqué.

— *Elle est toujours aussi magnifique notre Olivia, n'est-ce pas ?*

Je ne cherche pas à lui cacher que cette conversation me déplaît au plus haut point.

— *Ça fait longtemps que ce n'est plus* « notre » *Olivia, papa.*

Je repose le verre et me lève pour sortir.

— *Merci pour le whisky et tes précieux conseils.*

— *Attends une seconde s'il te plaît. Que se passe-t-il avec Olivia ?*

— *Rien papa rien.*

Et je suis parti.

Je traverse le salon le plus silencieusement possible, et franchis la porte d'entrée. L'air frais me fait du bien. Ça m'aide à me garder réveillé. Je monte dans mon pick-up et lance Bruce Springsteen sur ma playlist. *Born in the USA* résonne à fond dans la voiture. Cela m'aide à ne pas penser. Ça fait du bien. J'arrive au pub dix minutes plus tard et me gare sur le parking réservé au personnel, à l'arrière. Je rentre par la porte de service et allume les lumières. J'adore être ici, ça m'apaise. Tous les meubles, ramenés hier, sont en vrac devant la porte d'entrée. Je dois attendre les gars pour les porter et les placer. Je vais directement à notre bureau par la porte derrière le bar. Je longe le couloir, vérifie que la réserve et la porte de service sont bien fermées et je m'installe dans le fauteuil derrière mon ordinateur. Je traite tous les mails laissés en suspens hier, je fixe des rendez-vous avec des journalistes pour commencer à faire de la pub et nous faire connaître. Je suis en train de réfléchir au plan de communication, quand j'entends les gars arrivés. Ils viennent directement me voir au bureau. Ils ont l'air en forme malgré la très courte nuit qu'ils ont dû faire, les salauds.

— Déjà là Gab ? Tout va bien ? me demande Max.

— Oui, j'étais réveillé tôt et je savais que j'avais du boulot en attente, alors j'ai préféré venir. Et vous la nuit a été bonne ?

— Oh mon cochon ! s'exclame Dean. Coriaces les jumelles.

Je rigole, j'imagine aisément sa nuit. Max me fixe :

— Et toi, ta nuit ? T'es parti tôt ?

— Ouais je n'étais pas en forme. Victoire n'était pas fraîche alors je l'ai raccompagnée chez elle.

— Oh non, mec pas elle ! Pas sa frangine, me dit Max d'un air dégoûté.

— En tout bien tout honneur ! Et ne commence pas à me faire chier avec elle. J'ai déjà eu ma dose avec Victoire.

— J'ai pas mal bu hier soir mais tu l'as galochée, non ?

Dean s'insurge :

— Putain ça fait un siècle qu'on dit plus « galocher » !

Je me marre. Max fait semblant de lui balancer un pot à crayons au visage.

— Allez les mecs, on a du boulot.

La matinée passe vite. On s'accorde une pause vers 14 h 30 pour manger des sandwichs, achetés à la boulangerie du coin de la rue. On est installé au comptoir autour d'un café, quand quelqu'un frappe à l'entrée principale du pub. Dean se lève plus vite que son ombre pour aller ouvrir.

— Salut ma belle, tu vas bien ?

— Oui merci Dean et toi ? La nuit a été bonne ? lui demande-t-elle en lui tapant sur l'épaule.

— Le renfort est arrivé les gars ! Tadam, s'exclame Dean.

— Salut, Olivia ! Bienvenue dans l'aventure alors ! lui souhaite Max, tout sourire.

— Merci Max, tu vas bien ?

— Toujours quand je te vois, lui décoche-t-il.

Elle rigole, se retourne vers moi, et son visage se ferme.

— Bonjour Gabriel. Tu dois être en forme toi. Ta nuit à toi a été assez calme.

Les gars baissent la tête pour se cacher de sourire.

— Qu'est-ce que t'en sais ? je lui dis agressivement.

— Bah, j'en sais que tu as tout fait pour que je t'entende dans le couloir, chez moi, hier soir. Mais une fois dans la chambre de ma sœur, plus un bruit. À croire que soit tu tiens mal l'alcool et tu t'es endormi, soit tu es un piètre amant qui n'arrive pas à envoyer au septième ciel sa partenaire.

Alors là, les mecs explosent de rire.

Piqué dans mon ego, je me lève calmement, me place juste derrière elle et lui chuchote à l'oreille :

— Princesse, je n'ai besoin que de deux doigts pour te faire jouir et crier mon nom.

Elle rougit jusqu'aux oreilles, et je pars, le sourire aux lèvres, laver ma tasse pour me remettre au travail.

Je ne ferai pas d'effort. Elle est sur mes terres et elle doit faire ses preuves. Je peux être très con. Je prends sur moi, car je n'ai pas l'intention de revenir sur une décision de recrutement de Dean. Je ne veux pas saper son autorité. On s'est mis d'accord : le nombre de parts de chacun ne veut rien dire sur le terrain. J'ai 50 % car c'était mon projet et que j'avais l'apport financier. Mais, nous avons décidé que, en pratique, nous prenions les décisions ensemble et que nous respections les choix de chacun dans son propre domaine : Dean avec le personnel, Max avec la restauration et moi avec tout le reste.

Avec Di, nous décidons de continuer le ménage dans la grande salle, pendant que Max et Olivia s'affairent derrière le bar. Même si je veux rester à distance d'elle, je garde toujours un œil sur elle le plus discrètement possible.

Je l'entends lui expliquer les principaux cocktails, elle est très studieuse et prend soin de tout noter. Ils décident ensemble de la meilleure organisation pour être le plus efficace possible en cas de rush. L'interphone de service retentit derrière le bar et Olivia répond. Sur l'image, l'homme lui indique qu'il a une livraison pour nous. Ce doit être une partie des boissons. Max la réceptionne et les deux se mettent en réserve pour checker les différentes caisses.

— Ça fait un bail qu'ils sont en réserve. Ils ont dû recevoir un sacré chargement ! me dit taquin Dean.

— Mouais sûrement.

— Ou alors ils ont trouvé autre chose à faire, me glisse-t-il l'air de rien. Après tout, le pacte est obsolète à présent, rajoute-t-il.

Mon regard noir lui signifie la fin de cette conversation. Il se tourne et, aux mouvements de ses épaules, je sais qu'il se marre.

BOUM !

— Aïe ! La vache ! crie Olivia.

Sans réfléchir, je fonce en réserve. Olivia se tient la main gauche. Elle a l'air de saigner. Elle est seule, et regarde, dépitée, la caisse tombée par terre et les bouteilles qui roulent. Rien de casser, ce ne sont que des sodas dans des bouteilles en plastique.

— Je suis désolée, vraiment. Je n'ai pas vu le clou sur le côté de la caisse, dit-elle penaude.

Max revient et constate le bordel.

— Je te laisse cinq minutes et tu pètes tout, rit-il. Ça va ?

— Oui, je suis désolée, je me suis blessée bêtement. Je suis toujours aussi maladroite, tente-t-elle en me souriant timidement.

Elle regarde sa main qui saigne, et essaie de mettre un mouchoir dessus. Sans un mot, je m'approche d'elle et lui prends la main. Je vois que ma réaction la surprend. Elle peine à reprendre son souffle. Comme quoi elle se la joue indifférente, mais son corps la trahit. Mais je n'ai pas la tête à la torturer.

— Je m'occupe d'elle, dis-je sèchement.

— Euh non c'est bon, je peux m'autogérer. Je n'ai plus 14 ans.

Je la fusille du regard. Elle a compris d'elle-même que sa dernière phrase était de trop. Sans discussion possible, je l'assois sur un tabouret haut devant le bar et je vais chercher la boîte à pharmacie dans le bureau. Je mouille une compresse avec de l'eau pour lui nettoyer la plaie, puis je la désinfecte soigneusement. Mes gestes sont si naturels. Ça me renvoie six ans plus tôt, quand je prenais soin d'elle après chaque passage à tabac de son père. Je m'arrête un instant, les yeux fixés sur sa main, son pouls. Ces souvenirs me perturbent et je sens qu'Olivia aussi. Je me ressaisis et commence à lui faire un bandage. Olivia tente de résister.

— Ce n'est pas la peine Gabriel, ça va aller comme ça. Merci, me dit-elle doucement, le regard chargé d'émotions contradictoires.

Ma seule réponse est de lui maintenir sa main en place. Je finis le bandage et m'apprête à lui mettre un sparadrap pour le tenir, quand je m'aperçois qu'elle a un tatouage sous ses bracelets. Elle comprend que j'ai vu le dessin et tente de m'empêcher d'en voir davantage en cachant son poignet avec sa main droite. Elle ne veut pas que j'en sache plus, alors je tiens sa main encore plus fermement. Je bouge ses bracelets. Et sur son poignet gauche, je vois très nettement le tatouage.

— L'ange Gabriel… Mon ange Gabriel, je me murmure à moi-même.

Je suis… Je n'ai même pas les mots. Il est tel qu'elle me l'avait dessiné pour mon anniversaire. Le même. Je lève les yeux vers elle, incrédule, troublé. Elle regarde par terre en pleurant silencieusement.

Je lâche sa main, comme si elle me brûlait, et fonce dans le bureau sans un mot de plus. Je m'enferme et m'assois dans le sofa. Coudes sur les genoux, je me prends la tête dans les mains et je pleure comme le gamin que j'étais ce jour-là.

17
Une gueule de bois, comme un lendemain de fête

Sous la couche épaisse de nos actes, notre âme d'enfant demeure inchangée ; l'âme échappe au temps.

François Mauriac

Olivia

Gabriel s'est enfermé dans le bureau au fond du couloir et n'en est plus ressorti. Moi je n'ai plus décroché un seul mot. Les garçons ont compris que quelque chose s'était passé, mais ils ne savent pas quoi.

— Liv ? On va s'arrêter là pour aujourd'hui. On a bien bossé. Tu viens manger un morceau avec nous ? me demande Dean.

— Oh non c'est gentil les gars. Je suis claquée, je vais rentrer.

— Dommage… Tu ne travailles pas encore demain matin ? Tu peux revenir ou pas ?

— Oui bien sûr.

— On se dit vers 10 h, je passe te prendre ? On se laisse l'après-midi et le dimanche off, n'est-ce pas Max ?

— Yes dude !

Je les embrasse tous les deux et m'empresse de partir. Je vais comme une automate à ma voiture et rentre directement chez moi. Je n'arrive même pas à penser.

— Comment ça s'est passé ? me demande maman.

Je l'embrasse sur le front en me forçant à sourire et je commence à monter l'escalier.

— Très bien maman. Je suis juste épuisée, je vais me coucher. À demain.

— Mais tu ne manges pas ce soir ? s'étonne-t-elle.

— Non merci, je n'ai pas faim.

Arrivée dans ma chambre, je ferme à clef et me jette sur mon lit. Cette troisième journée est la pire. Le poids sur mon cœur est indescriptible. Mon téléphone sonne plusieurs fois, mais je ne veux parler à personne, surtout pas à Flora. Ce soir, c'est la déprime assurée. Et je n'ai même pas de chocolat sur moi. La loose totale.

18 octobre 2019

Il pleut sur le lac aujourd'hui. Je viens juste d'appeler maman pour lui demander de souhaiter un bon anniversaire à Gabriel, mais comme d'habitude, elle a refusé. Je ne peux malheureusement pas le joindre directement, car il a changé de numéro. Je lui demande à nouveau pourquoi elle refuse de transmettre mes messages. Et à nouveau elle perd patience et me demande de passer à autre chose. JE NE PEUX PAS ! Je lui demande encore pourquoi, elle, ma propre mère, ne vient jamais me voir. Et comme toujours, la même réponse énervée : Arrête de toujours me poser cette question. Tu es grande maintenant, c'est comme ça.

Quand Flora arrive dans ma chambre, je suis très tendue, les larmes au bord des yeux.

— Ok Gattino, elle a encore refusé ?

— À ton avis… Tu veux toujours m'accompagner ?

— Bien sûr poulette ! T'es bien sûre de toi pour le dessin de ton tatouage ?

Je la regarde blasée et ne prends pas la peine de lui répondre.

Flora a le permis, et nous partons donc sur Laveno. Je suis décidée à tenir ma promesse : me tatouer mon petit ange Gabriel sur l'intérieur du poignet gauche. J'en ressens viscéralement le besoin. Je n'en mène pas large au fur et à mesure que l'on approche du salon. Situé sous les arcades de la ville, face au port, la devanture est magnifique. On y voit des photos en noir et blanc des différentes œuvres réalisées. J'aime l'odeur et l'atmosphère du lieu, à mille lieues de mon univers. Plusieurs personnes, d'âge et d'horizon différents, attendent leur tour dans la salle d'attente. À bas les clichés me dis-je intérieurement. Le tatoueur m'accueille et se présente : Giovanni. Jeune, tatoué de la tête aux pieds, un regard perçant… il a tout du mâle alpha des livres que j'aime lire. Il sait me mettre à l'aise, m'explique comment cela va se dérouler et me félicite du choix de mon tatouage. S'il savait… Même si je suis sereine, Flora me tient la main et reste à mes côtés tout le long du tatouage. Par amitié ou par intérêt ? Elle ne quitte pas des yeux mon tatoueur et ne rate pas une occasion d'attirer son attention sur elle. Leur cinéma m'amuse et me fait oublier l'instant. Au bout d'une grosse heure, je suis pleinement satisfaite de cette petite œuvre d'art. J'adore. Instinctivement, j'embrasse mon poignet.

Flora a complètement craqué sur Giovanni et est passée en mode séductrice avancée. Tout émue par mon tatouage, je préfère l'attendre dehors et observer le lac. Je me perds dans mes pensées, avec le sentiment d'être connectée à Gabriel par ce tatouage. Flora ressort tout sourire, en agitant dans les airs un morceau de papier :

— J'ai son 06 !

Elle y arrive toujours !

En entendant mon réveil sonné à 9 h ce samedi matin, je me sens lasse et toujours aussi triste. Dean et Max passent me prendre comme prévu une heure plus tard. Dans la voiture, personne ne parle, il leur manque leur légèreté habituelle. Gabriel n'est pas là mais je n'ose pas demander pourquoi. J'en déduis qu'il doit déjà être sur place. En arrivant au pub, je ne vois pas sa voiture. Ni Max ni Dean n'osent me regarder. Ça commence à m'exaspérer.

Je pose mes affaires au vestiaire et entreprends d'aller les rejoindre pour tirer les choses au clair autour d'un petit café. À peine arrivée devant le bureau, j'entends les garçons chuchoter :

— Comment va-t-il ce matin ? demande Dean à Max.

— Il a tout gerbé et a une sacrée gueule de bois. On n'est pas passé loin du coma éthylique !

Voilà la raison : Gab a pris une cuite hier soir !

— Il a défoncé tout l'alcool qu'il a trouvé chez moi. Putain il m'a fait mal, mec. Il chialait comme un gosse. Il s'est recroquevillé dans un coin et a refusé d'en bouger de toute la nuit. J'ai failli appeler Liv pour qu'elle vienne lui parler.

— Non, ça n'aurait pas été la solution. Putain, ça fait chier tout ça.

— Grave.

Les deux se taisent, songeurs. Au moment où je décide d'entrer dans le bureau, Dean rajoute :

— On s'en tient à ce qu'on a dit. Pas un mot à Olivia. Gab nous tuerait.

Je m'arrête net et comprends que Gabriel s'est mis minable à cause de ce qui s'est passé entre nous hier. Je fais demi-tour et pars dans la réserve, officiellement pour travailler, mais réellement pour me cacher. Je ne sais quoi penser de ce que j'ai entendu. Machinalement, je reprends l'inventaire. Plusieurs fois dans la matinée, les garçons passent la tête dans la réserve pour savoir comment je vais. Je réponds faussement joyeuse que tout va bien. Je passe mon pouce sur mon tatouage, mon petit ange, pour me donner du courage.

Il est 13 h, je commence à avoir faim. J'entends du bruit dans la grande salle.

— Elle est où ? crie une jeune femme.

Je sors la tête de la réserve et aperçois une magnifique petite brune, pétillante, toute bronzée, accrochée au bras de Max.

— Allez, dis-moi où est Olivia ? piétine-t-elle.

J'adore le regard que pose Max sur la jeune femme. Le même que Gabriel sur moi à une autre époque, me dis-je tristement.

— Et nous, on ne compte pas ? Sympa, tu peux repartir à Tahiti, lui répond faussement vexé Dean.

Tahiti, mais ce doit être…

— Mia !

Elle se retourne aussitôt, et a tout juste le temps d'ouvrir les bras pour me recevoir !

— Olivia ! Mon Dieu, Olivia ! T'es là ? C'est vrai !

— Ma Mia ! Que tu es belle !

Nous restons dans les bras l'une de l'autre un très long moment à pleurer. Tellement longtemps, que les garçons perdent patience et commencent à marmonner en fermant le pub.

— Bon les filles, désolés d'interrompre vos retrouvailles, mais là nous voudrions rentrer.

On se décolle l'une de l'autre, le visage de chacune complètement défait par les larmes.

— On a tellement de temps à rattraper.

— On ne se quittera plus ? me supplie Mia, comme une petite fille.

Au moment de partir, elle réalise que son frère est absent.

— Bah, il est où Gab au fait ? Il savait que je rentrais aujourd'hui, non ?

— Il est malade, répondent en chœur Dean et Max.

Suspicieuse, Mia n'y croit pas. Je hausse les épaules pour lui faire comprendre que je ne suis pas dans la confidence. Nous reprenons la voiture de Dean pour rentrer et Mia me propose de venir manger chez elle.

Nous nous installons en terrasse tranquillement devant un bon club sandwich et un soda sans sucre bien frais.

Elle me raconte ce qui lui est arrivé après mon départ, les petits amis qui sont passés et surtout le jour où elle a eu besoin de prendre l'air.

— Tu comprends ? J'étouffais totalement. Trop de mensonges autour de ton départ. On n'a rien compris avec Gab. C'était vraiment opaque toute cette histoire. Ton père en prison, ta mère à l'hôpital, toi disparue avec ta tante et Victoire qui nous dit de t'oublier.

Je lui raconte que pour moi aussi, tout était flou et que je n'avais jamais eu d'explication. Il m'a été impossible de les contacter, sans aucune réelle raison avouée. Je lui parle de la difficulté que j'ai eue à prendre mes marques en Italie et de ma rencontre avec Flora.

C'est si bon de pouvoir se parler ainsi, comme les deux sœurs de cœur que nous étions. Comme si nous ne nous étions jamais quittées.

Elle enchaîne sur ses voyages, les pays qu'elle a traversés, les rencontres qu'elle a faites. Et puis, de son envie de revenir quand elle a appris que les gars reprenaient le bar des Mills et de l'urgence absolue qu'elle a ressentie quand elle a su que j'étais de retour. Sans hésiter, elle a tout laissé un plan là-bas pour moi et a pris le premier avion. Elle est tellement touchante.

— J'ai appris par Max que tu étais rentrée. Gab ne m'a rien dit. Il s'énerve dès que je prononce ton prénom. Il m'a même raccroché au nez l'autre jour.

Je baisse les yeux à l'évocation de son frère. Elle me prend la main :

— Tu sais, il a beaucoup souffert. Il a enquêté auprès de tout le monde pour savoir ce qu'il s'était passé. Il est allé jusqu'à chez ta tante Marianne pour connaître la vérité. Et à chaque fois, on lui répondait : « elle est partie Gab, il faut que tu passes à autre chose dans l'intérêt de tout le monde ». Il était dévasté. Nous étions tous très inquiets pour lui. Il s'est complètement refermé sur lui-même. Il est devenu si taciturne, si amer. Il voulait que les gens souffrent autant que lui. Dean et Max ont tout fait pour le ramener à la vie. Même si en apparence tu as l'impression qu'il va bien, moi je sais que c'est faux.

Elle pleure en me parlant de son frère. Je la prends dans mes bras pour la consoler.

— Bon stop les pleurnicheries ! Raconte-moi ce que tu as fait depuis ton retour ? me demande-t-elle.

— Oh bah un retour on ne peut plus banal. Mercredi, j'ai appris que ma mère avait un cancer, et une voiture a cherché à m'écraser sans raison. Jeudi, Gabriel s'est tapé ma sœur. Vendredi, il s'est pris une murge pour oublier mon tatouage. Voilà, rien d'exceptionnel sous le soleil.

— Pardon ? s'exclame Mia horrifiée, une main sur la bouche.

À ce moment, Gabriel apparaît sur la terrasse, lunettes de soleil vissées sur le nez. Il est très pâle et n'a pas du tout l'air frais.

— Oh mon frère d'amour ! Tu daignes enfin venir me dire bonjour !

— Coucou Mia ! La maison te manquait ?

Il m'ignore totalement. Je ne cesse de caresser mon tatouage, un toc qui me rassure. Je préfère la jouer discrète et faire profil bas.

— Oh bah, dis, cache ta joie de me revoir ! l'engueule-t-elle.

— Moins fort sœurette ! J'ai mal à la tête. Il se penche vers elle et l'embrasse dans les cheveux. Excuse-moi, j'ai chopé une merde, je ne suis pas en grosse forme, mais ça me fait super plaisir que tu sois rentrée. T'étais trop loin « la Chiure » !

« La Chiure » ! Cela fait une éternité que je n'avais plus entendu ce surnom ! Dans la bouche de Gabriel, c'est tellement empreint d'amour et d'affection pour sa sœur ! Cela me fait doucement sourire.

— Ah, ça y est, tu l'admets ! Je t'ai manqué ! dit-elle en lui donnant des petits coups de poing dans le ventre.

— Doucement, je t'ai dit. Ne t'enflamme pas, j'ai juste dit que t'étais trop loin, lui sourit-il.

J'ai toujours adoré les voir ensemble. Ils sont trop mignons à se taquiner et à se chamailler depuis toujours. « La chiure »… je secoue la tête en repensant à ce surnom.

Gabriel embrasse sa sœur et part s'allonger dans l'un des transats de la piscine face à la mer. Il met ses écouteurs sur les oreilles et semble s'endormir sous le soleil normand. Nous passons le reste de l'après-midi ensemble à parler de nos vies respectives. Je soupçonne même Gabriel de faire semblant d'écouter de la musique pour nous écouter à la place. On le voit arquer un sourcil de temps en temps quand on rigole trop fort ou quand on parle beaucoup plus bas.

Dean passe chez les Cooper pour profiter de la piscine et pour savoir si on se fait un truc ensemble ce soir.

— Sans nous les garçons ! Avec Olivia, on se fait livrer un MacDo et on se mate une série dans ma chambre.

— Soirée pyjama avec vous deux les filles ? J'en suis ! s'exclame Dean depuis la piscine.

— Dans tes rêves, lui répond Mia en me prenant par la main et en m'entraînant à l'intérieur.

Confortablement installés dans le canapé, Richard et Émilie nous regardent traverser le salon et monter les escaliers. J'entends le père de famille rire et sa femme nous dire :

— Amusez-vous bien mes chéries !

Enfin, une soirée qui promet d'être sympa.

18
Comme une envie de revenir

L'amitié est l'amour sans aile.

Lord Byron

Mia

Nous avons passé une super soirée entre filles, pleine de rires et de confidences. La nuit a été très courte, mais je n'arrive déjà plus à dormir. Je reste sous la couette à profiter de l'instant présent. Que c'est bon d'être rentrée ! J'avais un vrai besoin viscéral de cette coupure. Je ne supportais plus de voir mon frère s'autodétruire. C'était peut-être égoïste de ma part mais je ne pouvais plus être spectatrice de sa souffrance. Je ne m'y retrouvais plus. Alors, voilà, moi aussi je souffrais de son absence. Olivia était ma meilleure amie, on se disait tout. Quand elle a disparu, personne ne s'est soucié de moi. Personne. Tout le monde avait les yeux braqués sur Gab. J'avais 14 ans et je voyais les grands pleurer et chuchoter entre eux. Mon frère s'est totalement fermé et Max a pris doucement sa place. Max… lui seul m'a vue sombrer et m'a tendu la main. On se retrouvait très souvent en cachette à la nuit tombée. De toute façon, personne ne se rendait compte de mes absences.

— J'en ai marre Max, je n'existe même plus. Maman pleure tout le temps, Gab fait la gueule et papa reste dans son bureau. Moi j'ai perdu ma meilleure amie, on y pense à ça ?

— Eh minus, calme-toi. Tout le monde pense à toi, c'est juste que tout le monde est triste et essaie de gérer sa souffrance comme il le peut. Malheureusement nous avons tous une façon différente de faire face.

— Oui bah ça n'aidera personne de faire la gueule.

— Je sais, dit-il en regardant tristement la maison d'Olivia.

— Dis-moi ce qu'il s'est passé cette nuit-là s'il te plaît ! Le supplié-je. On me cache tout, dis-moi ce que tu sais. Olivia est morte, c'est ça ?

— Non ! Enfin, je ne crois pas.

Il soupire lourdement.

— Je ne sais pas grand-chose minus. Nous avions passé la journée à surfer dans la Manche. Nous sommes rentrés tard à cause de Victoire qui soit avait faim, soit voulait faire pipi.

Il baisse les yeux, je vois qu'il souffre de se replonger dans ses souvenirs.

— Et puis quand nous avons tourné dans l'allée de la maisonnette, il y avait déjà des voitures, des lumières et des sirènes partout. Tes parents étaient là, dans les bras l'un de l'autre. Gab a aussitôt sauté de la voiture et a foncé dans la maison. Quand il en est ressorti, il était comme un fou. Il a foncé vers Roger menotté et assis entre deux flics. Il se marrait. Les policiers ont empêché Gabriel d'approcher et l'ont écarté. Tes parents l'ont pris avec eux. On a réussi à passer le barrage et on s'est approché de notre meilleur ami qui vomissait dans l'allée. La seule chose qu'il disait : « Ya du sang partout dans sa chambre, partout ».

Je pleure en silence. Ni Max ni moi ne savons ce qu'il s'est passé. La mère d'Olivia et mes parents n'ont rien dit. Jamais.

Max a passé beaucoup de temps à me consoler et à remplacer mon grand frère, quand celui-ci avait le cœur trop lourd. Quand c'est devenu invivable pour moi, j'ai décidé de visiter le monde, sac sur le dos. J'ai commencé par la Nouvelle-Zélande, où j'avais loué un camping-car pour vadrouiller dans le pays. J'y ai fait de belles rencontres, que j'ai suivies en Australie. Après six mois en Océanie, je suis partie visiter Hong-Kong, Singapour et le Japon. Un petit tour par Dubaï et direction l'Amérique latine. Je me suis vraiment laissé porter. Pas de contraintes. Dans chaque pays, je visitais pendant plusieurs semaines, et, une fois un spot trouvé, je m'y dénichais un emploi de serveuse. Dès que j'avais assez d'argent, je changeais de pays. Et ainsi de suite. J'ai fait tout le tour de l'Amérique du Sud. J'y ai rencontré Paola, avec qui je suis montée en Amérique du Nord rejoindre son frère. En France, j'étais Mia la fofolle, l'excentrique. Aux USA, j'étais noyée dans la masse. Une vraie démesure. Et moi, l'extravertie française, ai profité de cette vie en xxl. De rencontre en rencontre, Paola, son frère et moi avons fait la connaissance d'un skipper, avec qui nous sommes montés à bord durant plusieurs semaines pour découvrir les glaciers de l'Alaska. Ce voyage a été féerique, grandiose, hors du temps. Malheureusement, la pandémie s'est invitée à bord. Nous, Européens, n'avions plus le droit de mouiller dans les ports d'Alaska. Ils avaient trop peur du virus. Alors, mes amis nous ont proposé de naviguer jusqu'à Tahiti pour rejoindre leur famille. J'ai adoré la Polynésie française, un vrai paradis sur terre. Mais voir mes amis avec leur famille commençait à me rendre nostalgique. Le manque du pays se faisait de plus en plus sentir. Quand Gab m'a proposé de participer à l'aventure du pub, j'ai décidé de rentrer. Mais quand j'ai appris qu'Olivia était revenue, il m'était devenu vital de rentrer chez moi.

Pendant tout mon fabuleux périple, Max et moi nous écrivions des SMS quasiment tous les jours. J'adore cette relation que l'on a créée. Elle m'est précieuse.

Bref, ça ne sert à rien de ressasser le passé. Olivia est de retour et moi aussi. Et on a bien l'intention de rattraper le temps perdu. On a beaucoup parlé depuis hier, je sais maintenant où elle était. Mais elle aussi voudrait comprendre pourquoi elle a été tenue éloignée de nous. Beaucoup de choses sont encore bien mystérieuses pour nous tous.

Elle a énormément souffert, et malgré ce qu'elle dit, je sais qu'elle souffre encore. Elle souffre de Gabriel et de ses réactions, elle souffre de la maladie de sa mère et elle souffre de tout ce temps perdu.

Maman frappe à la porte et me sort de mes rêveries :

— Debout les filles ! Nous mangeons tous ensemble au country club ce midi. Papa part faire un golf avant le déjeuner. Ça vous dit de monter à cheval avec moi avant ?

— Oh oui ! Calypso, je veux monter Calypso ! s'écrie Olivia à peine réveillée.

Elle se rue hors du lit et fonce à la salle de bain. Plus jeune, elle a toujours passé un temps fou aux écuries de mes parents. À cinq minutes à pied du manoir, elle adorait panser les chevaux. Je crois qu'ils étaient comme un journal intime pour elle.

J'entends maman rire pendant que je marmonne.

— Je passe mon tour, je vous rejoins pour le déjeuner au country club.

— Comme tu voudras chérie, demande à Gab de t'emmener alors.

— Yep.

Quelques minutes plus tard, Olivia ressort toute fraîche de la salle de bain. Comme si nous avions dormi une nuit entière !

— Je repasse avant chez moi pour me changer.

Elle saute sur le lit pour m'embrasser sur le front.

— Merci beaucoup pour hier soir Mia, j'ai adoré ! Ça m'a fait un bien fou, tu ne peux pas savoir !

Et, toute guillerette, elle sort en courant de ma chambre vers chez elle.

Je traîne toute la matinée dans la maison. Je retrouve mes marques petit à petit. Gab ne pointe pas le bout de son nez et ne me donne aucun signe de vie. J'attends donc les filles dans le salon pour partir avec elles déjeuner.

Vers midi, elles rentrent très complices de leur séance d'équitation. Olivia est comme une deuxième fille pour maman. Je n'en ai jamais été jalouse, Liv faisait naturellement partie de la famille.

— Tu es toujours là ma puce ? demande maman.

— Pas de Gab à l'horizon, alors je pars avec vous.

Maman s'en étonne.

— Ah bon ? OK. Olivia, on se change et, après, on y va les filles.

Nous entendons maman monter jusqu'au deuxième étage.

— Mon chéri, tu es là ? Gabriel ?

La porte s'ouvre.

— Oui maman, grogne Gab.

— Enfin que fais-tu encore en caleçon ? On part dans dix minutes.

— Je ne viens pas, je n'ai pas faim. Amusez-vous bien.

Et il ferme la porte au nez de maman, qui reste les bras ballants devant. Elle va pour toquer à nouveau, mais se ravise et redescend au premier pour se changer.

Olivia interpelle maman à l'étage.

— Je vous emmène toutes les deux. Je passe me changer vite fait à la maison. Vous me retrouvez chez moi quand vous êtes prêtes, d'accord ? propose Olivia.

— Cool, je vais retrouver Titine ! « Oui-Oui est si fier de sa p'tite voiture jaune et rouge, Oui-Oui vous emmènera au pays des idées » !

Nous rigolons au souvenir de cette chanson, à nos souvenirs ensemble dans cette voiture d'un autre temps.

Quand nous arrivons chez Olivia, nous la trouvons très soucieuse devant la porte de son garage.

— Ça va Liv ? demandé-je.

Elle sursaute au son de ma voix.

— Mes quatre pneus ont été crevés et, regardez sur le pare-brise, dit-elle très contrariée.

« Pute » au feutre noir est écrit en lettres majuscules.

— Mais qui a pu faire ça ? demande maman contrariée.

— Je n'en sais rien, répond Olivia pensive.

— C'est incroyable ça ! D'abord quelqu'un cherche à t'écraser, et maintenant ça.

— Comment ça quelqu'un cherche à t'écraser ? Quand ça ? intervient maman.

— Chut ! S'il vous plaît, je ne veux pas que maman entende. Je ne veux pas la stresser.

— OK ma chérie, mais le sujet est loin d'être clos.

Maman, fâchée, sort son téléphone :

— Gabriel, s'il te plaît, rejoins-nous chez les Charles tout de suite. Et habille-toi avant s'il te plaît ! dit-elle sur un ton qui ne souffre aucune contestation.

Elle nous tourne le dos et contacte Richard. Elle s'éloigne pour ne pas qu'on l'entende.

— Et voilà c'est reparti pour un tour ! Cachotteries, quand tu nous tiens, dis-je tout bas.

Olivia me regarde en soulevant un sourcil d'incompréhension, puis se retourne vers sa voiture, abattue par ce geste malveillant.

— Qui peut m'en vouloir à ce point ? Ce n'est quand même pas Gabriel ?

— Quoi ? Mais n'importe quoi ! Mon frère serait incapable de te faire le moindre mal.

— Ouais bah on voit que tu ne l'as pas vu depuis pas mal de temps.

— Non, non, non. Tu oublies Gabriel et tu le rayes de ta liste des suspects. Et pourquoi pas Victoire ? Max l'a toujours trouvée louche.

Olivia ne répond pas et se triture le poignet gauche de plus en plus fort. Maman revient, accompagnée de Gabriel. Elle lui explique la situation. De suite, il fixe Olivia, l'air inquiet.

— Tu n'as rien ?

— Parce que ça te préoccupe maintenant comment je vais ? répond Olivia énervée.

— Ça suffit les enfants ! J'ai appelé un taxi pour aller au country club. Comme tu n'as pas faim Gabriel, merci d'arranger tout cela, ordonne-t-elle en désignant par de grands gestes la voiture.

— Et pas un mot à Marie. Compris ? Allez les filles, ça va aller, nous rassure-t-elle.

Gabriel ne proteste pas et fait le tour de la voiture.

— T'inquiète, maman, je m'en occupe. Il n'y a pas de trace d'effraction sur la porte du garage. Il était fermé à clef ?

— Oui, je suis sûre de l'avoir fermée en rentrant vendredi, répond Olivia. Enfin je crois… Je ne sais plus en fait.

— C'est bon, ne t'inquiète pas. Super Gabriel va gérer ça. Hein ? je tente ironiquement.

Il m'adresse un doigt d'honneur et nous montons dans le taxi direction le country club.

Tout le long du déjeuner, Olivia essaie de faire bonne figure. Mais je la connais par cœur, l'épisode de la voiture l'a contrariée. Quand nous rentrons après le déjeuner, les trois mousquetaires sont là et sont entrain de finir de laver la voiture.

— Oh merci les garçons, c'est vraiment gentil à vous !

Gab ne la calcule pas. Du fond du garage, Dean, le visage fermé, lui adresse un pouce levé. Max s'avance pour la prendre dans ses bras et la rassurer.

— De rien princesse, à ton service.

J'avoue que même si c'est Olivia, je n'aime pas voir une autre fille dans ses bras… Jalousie, quand tu nous tiens, l'amour n'est pas loin ! Quand la situation se sera apaisée, il faudra que je demande conseil à mon amie. Savoir comment faire pour que Max me voie autrement que comme une petite sœur. Vaste programme…

— OK, moi je dis que le seul moyen d'oublier tout ça, c'est de faire la fête !

Avec Dean, tout est prétexte à faire la fête ! Je vois que l'ambiance est plus que morose, alors j'en rajoute :

— T'as raison Di ! Buvons pour oublier ça ! Rendez-vous à la piscine à 18 h !

— Je ne crois pas que je vais venir, je ne… tente de dire Olivia.

Je la coupe et, d'un ton plus que solennel, je continue :

— Il est décidé que la participation à cet évènement est obligatoire. Toute personne qui refusera de se plier au règlement se verra amener de force par la peau du cul par Sire Dean et moi-même.

Ma meilleure amie soupire. Elle sait que c'est peine perdue.

— OK, je viendrai. Je tiens trop à mes fesses !

19
Orage à la piscine

L'amour-propre est une curieuse bête, qui peut dormir sous les coups les plus cruels et puis s'éveille, blessé à mort, par une simple égratignure.

Alberto Moravia

Olivia

Je ne voulais pas contrarier Mia, mais je n'avais pas du tout envie d'aller à cette fête. L'incident avec ma voiture m'a vraiment contrariée. Maman s'est assoupie dans le canapé. J'en profite pour préparer sa valise pour sa semaine d'hôpital. Je lui mets deux pyjamas, sa trousse de toilette et une serviette. Je lui glisse aussi la paire de chaussons que je lui ai achetée et un cadre avec une jolie photo de nous trois d'il y a plus de six ans.

Puis je décide de retourner aux écuries à pied. J'ai besoin de prendre l'air. Avant de partir, je recouvre maman avec un plaid, lui dépose un baiser sur le front et lui laisse un petit mot pour ne pas qu'elle s'inquiète : « Je suis aux écuries et après je passe la soirée à la piscine des Cooper. Si tu as besoin, appelle-moi sur mon portable. Je t'ai préparé ta valise pour demain et tu as un plat au frigo que tu peux réchauffer aux micro-ondes. Repose-toi bien ma petite maman chérie. À demain matin 5 h 30 ! Je t'aime ».

J'ai vraiment le bourdon. Je m'inquiète pour elle. Et je suis en boucle dans ma tête sur ce qu'il s'est passé sur ma voiture. Pfff c'est dur.

J'enfile un sweat, mets ma capuche et pars par la plage pour rejoindre les écuries des Cooper. Je me dirige vers Calypso, ma jument préférée. Je l'aime tant ce cheval ! Je prends son encolure entre mes bras et la câline. Je ferme les yeux. Je ressens sa chaleur, son odeur. Tout cela m'apaise et me vide la tête. Comment ai-je fait pour ne pas venir ici plus tôt depuis mon retour ? Tout comme le ponton, cet endroit est mon deuxième refuge.

— Ma belle, tu m'as tant manqué… Tu n'as pas changé d'un poil. Tu es ma seule et unique.

Je colle mon front à son front et je m'apaise à son contact. Quand je reprends pied dans la réalité, je m'aperçois qu'il est déjà 18 h et que je suis donc grave à la bourre. Je lui fais un énorme bisou et lui promets de revenir très vite. Je reviens en courant par la plage déserte. J'ai encore la désagréable sensation d'être suivie. Je me retourne plusieurs fois, mais je ne vois personne. Toute cette histoire de voiture doit me monter à la tête. J'accélère ma foulée. Mais je suis sûre d'entendre du mouvement derrière moi. À nouveau je me retourne. Et je suis certaine d'apercevoir une ombre se faufiler dans les herbes hautes des dunes. À présent, je flippe vraiment. Je remonte le plus vite possible le sentier privé des Cooper. J'arrive enfin à la piscine, essoufflée et sur les nerfs.

— Ah bah enfin ! T'étais où ? m'interpelle Mia.

Dean arrive de je ne sais où derrière moi et me prend par les épaules.

— T'as vu un fantôme ou quoi ? rit-il.

Je me retourne pour lui faire face mais, à la place, je fixe la porte par laquelle je suis arrivée, recherchant une ombre ou quelque chose. Je masse mon poignet frénétiquement. Il faut que j'arrête ce geste ! Gabriel s'en rend compte et se rembrunit. Et merde, ce n'est pas encore maintenant que ça va s'arranger entre nous.

— Eh, ça va ma belle ? insiste gentiment et discrètement Mia.

— Oui ça va, ne t'inquiète pas. Je me suis fait peur sur la plage, c'est tout.

Mia me regarde interrogative. Alors, je me sens obligée de développer.

— J'ai cru que quelqu'un me suivait. Mais c'était mon imagination. Toute cette histoire de pneus crevés a dû me monter à la tête.

Mia ne me croit pas. Alors je surjoue l'envie de faire la fête et pars me chercher une bière au bar de la piscine. J'ai besoin de m'isoler quelques minutes pour recouvrer mes esprits. Victoire en a apparemment décidé autrement. Le regard mauvais, elle fonce d'un pas décidé droit vers moi.

— J'ai cassé mon écran de portable parce que je me suis pris les pieds dans la valise que tu as laissée dans l'entrée. Tu n'es pas toute seule dans cette maison. Tout ne tourne pas qu'autour de toi !

Elle m'agite agressivement son téléphone sous le nez. Toujours à vif par ce qu'il vient de se passer sur la plage, je perds patience.

— Je n'y peux rien si tu n'as pas vu la valise de maman. Lâche-moi ce soir, OK ? Je ne suis pas d'humeur.

— Madame n'est pas d'humeur ? Et tu crois que je suis d'humeur moi avec mon écran pété ? T'as intérêt à me le rembourser !

— T'as qu'à faire marcher ton assurance !

— Oh non petite merdeuse : s'il le faut, tu vas te trouver un quatrième boulot, mais tu vas me le rembourser !

Je vois rouge et m'apprête à me jeter sur elle, quand Gabriel s'interpose. Il prend Victoire par la taille et l'éloigne de moi. Elle tourne la tête pour me toiser, satisfaite de la situation, et me fait un doigt d'honneur dans le dos de son sauveur. Ce n'est pas son geste que je retiens, mais sa phrase à LUI, prononcée dans un murmure.

— Laisse tomber, elle n'en vaut plus la peine.

Waouh ! Je rêve ! Essayant tant bien que mal de faire oublier cette scène, Dean trinque en levant sa bière.

— À nos revenantes !

Comme un lion en cage, j'interpelle Gabriel, complètement dépitée.

— « Elle n'en vaut plus la peine », JE suis « un non-évènement » ?

— Oh, c'est bon, ne fais pas ta malheureuse. Il a choisi. Il s'est lassé de faire touche pipi avec toi, m'assène Victoire.

Je marche nerveusement entre le bar et la piscine, les mains sur la tête, regard vers le sol. J'essaie de faire redescendre la pression, mais je sais que je suis en train de perdre mon self-control.

— En fait, c'est ça ton problème ? rajoute-t-elle moqueuse.

— Je n'en ai rien à foutre qu'il t'ait choisie. Personne n'est à l'abri de faire des erreurs. Tu as toujours bavé devant lui, comme un petit toutou, à attendre une caresse de sa part. Tu parles de jalousie ? Tu maîtrises le sujet, je pense ?

Je m'apprête à partir, quand soudain, j'ai l'impression de voir clair. Menaçante, je m'approche d'elle.

— Mais en fait, c'est toi ! Depuis le début, c'est toi ! Celle qui me pourrit la vie depuis mon retour. Tu flippes pour Gabriel, donc tu cherches à me faire partir ? C'est toi qui as cherché à m'écraser mercredi ? C'est toi les pneus crevés et encore toi sur la plage ?

Mia intervient :

— Sur la plage ? Mais enfin qu'est-ce qu'il s'est passé sur la plage ?

Je continue de fixer Victoire :

— Sur la plage, quelqu'un me suivait. De toute façon, depuis que je suis revenue, je suis épiée.

— Tu es paranoïaque ma pauvre fille ! Je n'ai rien à voir avec ta vie de merde. Mais je t'avoue que je soutiens à cent pour cent celui qui prend plaisir à te faire chier ! Comme quoi tu vois, tu n'es plus la bienvenue ici. Casse-toi. Retourne chez ton papy chéri.

— OK, time out ! C'est bon les filles, tente Max.

— Ouais, Max, tu as raison. Victoire, retourne faire joujou avec ton maître !

— Olivia, ça suffit ! gronde Gabriel. Je te rappelle que je suis ton boss au manoir et au pub. Donc tu me dois le respect. Tiens-toi un peu, au lieu de te ridiculiser comme ça en public.

J'en reste médusée.

— Et pour ta gouverne, ma vie privée ne te regarde plus. Je baise qui je veux, où je veux. Tu as perdu ce droit quand tu es partie il y a six ans.

Devant ma stupéfaction, il continue sèchement.

— Prends ta journée demain. Tu as apparemment besoin de te reposer et de te remettre les idées en place.

Dangereusement, je m'approche de lui et lui enfonce mon index dans le torse. Je fulmine.

— Petite rectification, monsieur Gabriel Cooper. Au manoir, je travaille pour tes parents. Au pub, pour Dean. Pour ta gouverne, ô vénérable maître, je n'ai pas attendu ton autorisation pour poser ma journée demain. Alors ton excès d'autorité de merde, tu te le mets bien profond où je pense !

Il se rapproche encore plus près de moi… Lui aussi très en colère.

— Et pour quelle raison madame pose-t-elle déjà sa journée après deux jours de boulot ? Un baobab dans la main ?

Je le fixe et ne recule pas.

— J'accompagne ma mère à l'hôpital pour son opération.

— Tu n'as pas mieux comme excuse ?

— Pauvre con ! Elle se fait opérer d'un cancer des ovaires !

Sur ces derniers mots, je me dirige plus qu'énervée vers chez moi. Avant de franchir la haie, je me retourne vers mon amie.

— Désolée, Mia, on s'appelle demain. Bisous les garçons.

Et je passe la porte. Gabriel me rattrape par le bras pour me forcer à me retourner face à lui.

— Baclesse ? Marie a un cancer ? Je ne savais pas Livie. Je suis désolé. Vraiment.

L'air abattu, son attitude a totalement changé. Son regard est lourd de peine et de regrets. Avant de me retourner pour repartir, je lui glisse tout bas :

— Tes excuses n'y changeront rien.

— Ne me fuis pas à nouveau, lâche-t-il dans un souffle.

De la manière la plus détachée possible, je me libère de son emprise. Toujours dos à lui, je tourne légèrement la tête pour lui répondre durement.

— N’inverse pas les rôles Gabriel. On m’a arrachée d’ici et JE t’ai attendu pendant six putains de longues années. Mais tu n’es jamais venu. Jamais.

— Livie ! S’il te plaît, laisse-moi vous aider !

— Tu as perdu ce droit depuis longtemps. Basta cosi. Ciao Gabriel.

Je rentre chez moi et fonce dans ma chambre. Je m’effondre contre ma porte. Je prends mon téléphone dans la poche arrière de mon jeans et appelle Flora. Elle décroche au bout de deux sonneries.

— Eh mon Olivia, comé va ?

Je n’arrive pas à parler, tellement je pleure. Les nerfs lâchent.

— Olivia ? Tu pleures ? Giovanni, baisse la musique s’il te plaît. Grazie. Ma chérie, je suis là. Qu’est-ce qu’il se passe ? Tu as peur pour demain ?

— Non, enfin si aussi.

Je tente tant bien que mal de me calmer. Je m’essuie les yeux et le nez avec la manche de mon sweat.

— Excuse-moi, je n’aurais pas dû t’appeler. Je suis juste fatiguée et inquiète pour maman. Je suis un peu perdue.

— OK, je prends le premier vol et je te rejoins demain. Ya des claques à distribuer et je vais m’en charger.

Elle me fait rire à me surprotéger tout le temps.

— Non sûrement pas ! Surtout que papy m’a dit pour ton nouveau job sur les bacs. Bravo, ma belle !

— Oui bah je m’en fous. Tu as besoin de moi, alors j’arrive. Et Giovanni aussi… Enfin si j’ai bien compris ses gestes !

— Non promis ça va aller. J’avais juste besoin de t’entendre. Profitez de votre soirée et je t’appelle demain dès que maman est remontée du bloc. Le reste n’existe plus pour moi.

Elle hésite un instant avant de capituler.

— Bisous, gattino. Repose-toi.

À peine raccrochée, je me pose dans mon lit. Pour la première fois depuis mon arrivée, je prends mon bloc de feuilles et dessine le seul visage qui est présent dans ma tête. Mais différemment maintenant, car son regard dur et méprisant ne me quitte plus. Qu'importe ce qu'il m'a dit après.

20
Les trois frères

Accepter l'idée d'une défaite, c'est être vaincu.

Maréchal Foch

Olivia

Voilà, c'est le jour J. Je n'ai pas réussi à dormir de la nuit. Je suis très angoissée et je n'arrive pas à me détendre. À l'inverse, maman semble calme et sereine. Je prends une pomme comme petit-déjeuner, que je croque en m'habillant. Une fois prête, face à mon miroir, je ferme les yeux. Pour me libérer de toutes mes tensions, je respire profondément trois fois de suite. « Allez je dois être forte pour maman ».

En ouvrant le garage, les images de la veille me reviennent. Apparemment, aujourd'hui, tout a l'air en ordre. Je mets la valise dans le coffre et démarre la voiture pour chauffer l'intérieur.

Après une petite heure de route, l'hôpital se dessine à l'horizon. Je comprends pleinement maman, quand elle me décrivait des lieux glauques, austères et tristes. Mais bon, c'est l'un des meilleurs centres de lutte contre le cancer. J'ai le droit de l'accompagner jusqu'à sa chambre individuelle et d'attendre son départ au bloc. Elle est prise en charge par une première aide-soignante qui enregistre son arrivée. Puis une seconde pour sa tension et sa température. Elle lui explique gentiment le déroulement de la matinée : brancardier vers 7 h 30, opération à 8 h pour une durée de six heures. Il est 7 h 15 et maman est prête : blouse, charlotte et chaussons mis. Je crois que ce sont les quinze minutes les plus longues de ma vie. Je tente un peu d'humour, parle de la pluie et du beau temps. Maman me sourit tendrement et me prend la main. À croire que c'est moi qui vais être opérée ! Plus l'heure tourne, et plus mon cœur s'accélère. Je suis à fleur de peau. J'entends des voix qui se rapprochent dans le couloir. Un homme frappe et entre.

— Bonjour, madame Charles. Votre carrosse est prêt.

Maman me serre dans ses bras et je ne peux retenir mes larmes. Elle me caresse la joue et les essuie.

— Regarde, je suis entre de bonnes mains.

— Je sais maman. Je serai là ce soir.

Elle s'installe dans le fauteuil roulant. Le brancardier lui pose une couverture sur les jambes.

— Je t'aime maman.

— Moi aussi ma nénette.

Je la regarde partir dans ce long couloir. Je suis un peu perdue déboussolée. Les infirmières me sourient et me rassurent. Elles sont tellement gentilles. Comme un zombie, je sors de l'hôpital et retourne à ma voiture. Je ne sais pas quoi faire ni où aller. Je ne peux pas rester à ne rien faire, mais je ne veux voir personne. Comme les garçons ont un rendez-vous professionnel ce matin, je décide d'aller au pub. Toute la route du retour, je suis dans mes pensées. Ailleurs.

Je réponds aux textos de Flora et de Mia : « Tout va bien. Ils viennent de la descendre au bloc. Maman était sereine. Bisous ». C'est court, mais je n'ai pas envie de m'étendre sur le sujet.

Je me gare sur le parking du personnel et entre par la porte de service. J'adore être ici, toute seule. Je m'y sens bien. Je me mets derrière le comptoir et me sers un café. Je fixe la porte d'entrée du pub, l'esprit dans le flou. C'est là que me vient une idée. Je m'approche de la porte, la touche, comme pour mieux la sentir. Je reviens m'installer derrière le bar. Je prends une serviette en papier et un crayon. Je ne me rends pas compte du temps qui passe. Je suis concentrée sur mon dessin, quand j'entends la clef dans la porte de service. Les garçons au complet entrent, en pleine discussion sur les derniers résultats de tennis. Ils sont surpris de me découvrir là à cette heure-ci.

— Salut Liv, ça va ? Qu'est-ce que tu fais là ? m'embrasse Max.

Le souvenir de la veille au soir est bien présent dans nos esprits. Je fais semblant que la page est tournée.

— Bonjour les garçons ! Désolée, je croyais que vous veniez plus tard. J'espère que ça ne dérange pas que je sois là. Je pensais travailler un peu en réserve.

Gabriel me regarde, mais je l'évite. Je ne suis pas assez forte aujourd'hui pour l'affronter.

— Bien sûr que tu peux ! Pas de souci, tu es ici chez toi ma douce.

— Merci Dean, c'est gentil.

J'oublie ce que je faisais, je me lève pour laver ma tasse et partir en réserve.

— Eh mais on ne veut pas te chasser Liv ! On se prend un café avant d'aller en ville pour notre rendez-vous.

Je leur souris et leur fais signe que j'y vais. Au moment de partir, Gabriel demande d'une voix intéressée :

— C'est quoi ça ? Sur la serviette.

— Oh, rien… Enfin, si.

Dean et Max se rapprochent de Gabriel pour regarder mon dessin. Les trois me dévisagent curieux.

— Vous allez vous moquer de moi et j'avoue qu'aujourd'hui, je n'en ai pas trop envie.

Max vient me prendre dans ses bras.

— Olivia, nous ne voulons pas t'embêter avec Marie, mais nous sommes là pour toi si tu as besoin d'en parler, d'accord ?

— On est là si tu as besoin tout court, rajoute Dean.

Leur gentillesse me remet au bord des larmes. Gabriel est silencieux, mais je le sens différent dans son attitude. Il m'observe.

— En fait, en prenant mon café, j'ai eu une idée. Vous avez donné un nom à ce lieu mais vous n'avez pas de logo, d'image propre. Et moi quand je suis ici, je ressens vos âmes. Alors j'ai voulu vous dessiner tous les trois. Une image à laquelle on peut s'identifier, à laquelle on ne peut pas donner d'âge et qui peut traverser les années d'existence du pub. Intemporelle. Vous voyez, comme ça : vous êtes debout, face à l'horizon, pieds nus dans l'eau, pantalons retroussés, en tee-shirt, un bras chacun sur l'épaule de l'autre. Le soleil se couche ici au fond de l'image à droite. Je trouvais que ça irait bien sur votre porte d'entrée. On sait qu'en la franchissant, on trouvera un lieu chaleureux, vrai, sincère. Enfin… je pense.

Je me suis un peu enflammée en leur expliquant mon dessin et je suis à présent gênée par mon emballement. Les garçons ne parlent pas, je n'arrive pas à décrypter leur silence. Je voudrais être toute, toute petite. Au fur et à mesure que mon malaise augmente, je prends la serviette en papier et la froisse.

— Oubliez les gars, c'était débile !

— Nooooon ! crient-ils tous les trois. Gabriel récupère la serviette froissée dans la poubelle et s'applique à la déplier.

— Non, perso j'adore. Je ne sais pas quoi dire. Ça m'émeut ton dessin, m'avoue Max.

— Je suis nul dans tous ces trucs-là, mais j'adore, me dit Dean. Tu as raison, c'est nous.

— À l'unanimité, ton œuvre est maintenant notre logo. Oublie la réserve aujourd'hui, n'est-ce pas les gars ? Tu le dessines sur les portes battantes. Et n'oublie pas de le signer. Je veux que ta signature soit sur le logo, m'ordonne Gabriel.

Je reste coi. Gabriel prend la serviette avec lui et part dans le bureau. Euh un merci peut-être ?

— Au boulot princesse, ça va être génial ! Merci, merci, merci ! dit Max en frappant dans ses mains.

— Je savais que j'avais raison de te recruter, me dit Dean malicieusement en me donnant un coup de coude. Tu as besoin de quelque chose ?

— Euh vous me prenez de court. Je… de la peinture blanche et un pinceau fin.

— Cependant, restons cohérents avec la réalité : je suppose que c'est moi à droite avec le chignon ? Je suis beaucoup plus carré que Gab ! Tu es d'accord Max ?

Ce dernier lève les yeux au ciel et lui lance au visage un torchon du bar.

21
Sous la contrainte

Un art qui a de la vie ne reproduit pas le passé ; il le continue.
A. Rodin

Gabriel

J'ai adoré l'écouter décrire son dessin. Elle était passionnée, comme habitée. Je suis scotché. J'ai regardé notre photo encadrée au-dessus du bar et j'ai repensé au jour où elle m'avait dessiné l'ange Gabriel sur une serviette en papier pour mon anniversaire. Je ne pouvais pas rester plus longtemps avec eux. Il fallait que je m'isole, sinon je l'aurais prise dans mes bras pour l'embrasser. Et après hier soir, je doute qu'elle le veuille. C'est bizarre toutes ces émotions. Jamais avant je ne pensais à l'embrasser, à mater son cul ou ses seins. C'est nouveau et ça me perturbe. Car ce que je ressens est plus fort, plus profond qu'avant, et ça m'énerve.

Je me suis senti très con et très mal après qu'elle m'a dit : « Tu as perdu ce droit depuis longtemps. Basta cosi. Ciao Gabriel. » Je suis resté plusieurs minutes, devant chez elle, à fixer sa fenêtre de chambre. Et puis une colère sourde est montée.

— Victoire ! Elle est où cette conne ?

— Calme-toi Gab, a tenté Max interloqué.

— Vous étiez au courant pour Marie ? Et le gars qui la suit sur la plage ?

— Non on ne savait pas, répond Dean.

— Moi je savais, me dit Mia en maintenant mon regard. Elle ne voulait pas que je t'en parle car elle pense que tu ne peux plus la sentir. Et quand je vois comment tu l'as traitée ce soir, tu me fais honte.

Elle passe à côté de moi en me bousculant et rentre au manoir. Elle fulmine contre moi. Je verrai ça plus tard.

Je ne sais pas pourquoi j'ai dit à Victoire : Elle n'en vaut pas la peine. Je savais qu'Olivia pouvait entendre ce que je lui disais, alors j'ai voulu lui faire mal. Je donne un violent coup de pied dans un transat et je balance la sono dans la piscine. Victoire apparaît, un cocktail à la main. J'attrape son verre et le jette par terre.

— Pourquoi ne m'as-tu rien dit pour ta mère ?

Face à ma colère, elle prend un air faussement indigné avant de me répondre. Putain, en plus d'être bête comme ses pieds, elle a tout d'une mauvaise actrice de série B. Comment deux sœurs peuvent-elles être aussi différentes l'une de l'autre ?

— Ça ne te regarde pas, me dit-elle complètement détachée.

Je m'attendais à toute sorte d'excuses mais pas à celle-là. J'en reste con. Nous nous regardons avec les gars, et eux comme moi, restons bluffés par tant d'égoïsme et d'indifférence.

— Oublie-nous Victoire, dis-je sèchement en tournant les talons pour partir.

— Mon père avait raison. Tu n'as rien à m'apporter.

À l'évocation de son père, je m'arrête net.

— Que vient faire ton père dans cette histoire ? Tu le vois toujours ?

Nous l'encerclons tous les trois, très intrigués par sa réponse.

— Je vois qui je veux. Et pour votre gouverne, messieurs, il y a toujours deux versions à un évènement. Les victimes ne sont pas toujours celles que nous croyons.

Et elle est partie par chez elle.

— Elle le voit encore, marmonne Max.

— Donc Olivia est en danger. Elle n'est pas paranoïaque, je conclus.

En rentrant à la maison, je suis encore retourné par notre découverte. Dans la pénombre du salon, Mia raconte à mes parents ce qu'il vient de se passer. Maman, en robe de chambre, me regarde avec un air réprobateur, prête à me sermonner. Je la devance.

— Je suis désolé Mia, j'ai déconné.

— Ouais bah c'est auprès d'Olivia qu'il faut aussi t'excuser.

— Je sais.

Maman est contrariée.

— Maman, je suis désolée et j'irai lui présenter des excuses dès demain. Mais, toi, pourquoi tu ne m'as pas dit pour Marie ?

— Marie ne voulait pas que cela s'ébruite. Et puis, je pensais qu'Olivia te l'avait dit.

— Victoire m'a...

— Je t'ai déjà dit de te méfier d'elle, me coupe-t-elle.

— Et tu avais raison. Elle vient de nous dire qu'elle était toujours en contact avec Roger.

— J'en étais sûre. Marie me maintenait que non. Elle est dangereuse cette gamine.

Maman réfléchit et commence à éteindre les bougies dans le salon.

— *Les enfants, on garde un œil sur les Charles. J'ai un mauvais pressentiment.*

En me réveillant ce matin, je me suis promis d'arrêter d'en vouloir à Olivia pour le passé. Peut-être, qu'elle comme moi, avons été une victime chacune de notre côté.

Ce matin, nous avions rendez-vous pour créer notre logo. J'ai donc pris l'initiative d'annuler. J'ai orienté une des caméras du bar sur Olivia et je l'ai regardée peindre toute la matinée. Elle est dans son élément. Je vois bien aussi que ça lui permet d'oublier l'opération de Marie et de se focaliser sur sa passion.

J'entends frapper à la porte et Mia entre.

— Alors moins con ce matin ? me demande-t-elle toujours fâchée d'hier.

— Pas si tu commences comme ça !

— Tu t'es excusé ?

— Pas encore, mais je vais le faire.

— Tu regardes quoi là ? me questionne-t-elle en pointant les images de la caméra sur l'écran.

— Rien !

Mais pas assez rapide pour fermer l'image. Je sais que Mia l'a vue, elle me toise d'un œil taquin.

— Je le savais !

Et fière d'elle, elle quitte le bureau le sourire aux lèvres.

Vers 14 h, je sors de ma cachette. Les filles sont en train de manger un sandwich. La peinture est magnifique sur les portes. Ça claque !

— Pardon Olivia pour hier soir. Rien de ce qui est sorti de ma bouche n'était pensé. Pardon et merci pour ton œuvre d'art sur notre porte, lui dis-je penaud.

— Mon frère qui s'excuse ! C'est jouissif ! Attends j'immortalise le moment.

Elle prend son portable pour me filmer.

— Vas-y frérot. Reprends à « Pardon Olivia » patati patata.

Je regrette déjà de m'être excusé en sa présence. D'un geste de la main, je lui signifie qu'elle va trop loin.

— OK c'est oublié, me répond Olivia.

Je la connais par cœur et je sais que ça me reviendra en boomerang le moment venu ! La bouche pleine, Dean s'écrie :

— Waouh c'est magnifique princesse !

— Fais attention ! Ne postillonne pas dessus ! Ne touche pas, ce n'est pas encore sec ! le sermonne-t-elle.

Olivia s'éloigne pour passer un appel.

— Elle n'est toujours pas remontée du bloc. Pourtant ça devrait être fini à cette heure-ci.

Elle est folle d'inquiétude pour Marie, alors Mia tente de la rassurer :

— Eh bichette, ça peut avoir commencé en retard. Ne t'inquiète pas, Marie a surmonté bien pire.

Olivia acquiesce et continue de vérifier son portable toutes les deux minutes.

— Va la rejoindre Livie et tiens-nous au courant, lui dis-je.

— Oui merci, à plus tard.

Elle prend son sac et s'échappe à toute vitesse par la porte de derrière.

— Je suis fière de toi aujourd'hui grand frère.

Avec un clin d'œil et un grand sourire. Ah celle-là ! Elle mérite vraiment son surnom de « la Chiure ».

22
Sortie de route

Le temps est un grand maître, il règle bien des choses.
Corneille

Olivia

Quand j'arrive vers 19 h, maman vient juste de remonter de la salle de réveil. Elle est complètement dans le gaz. Dans la chambre, le chirurgien donne ses consignes à une infirmière.

— Bonsoir, je suis Olivia Charles, la fille de madame Marie Charles.

— Bonsoir, mademoiselle. Tout s'est bien passé. Nous avons pu tout faire avec le robot, comme prévu.

Mon dieu, quel soulagement, j'en tremble. C'est comme si j'avais oublié de respirer le temps d'un instant.

— Ça a duré plus longtemps que prévu. C'est pour ça que votre mère a très mal aux mollets et aux bras. Ce sont des courbatures dues à sa position au bloc pendant 8 heures. Son visage est gonflé, car sa tête était placée vers le bas. Ne vous inquiétez pas, demain, son aspect sera redevenu normal.

Je m'approche d'elle et je la vois trembler de froid.

— C'est normal aussi, me rassure le chirurgien. Pour faciliter l'opération avec le robot et assouplir son ventre, nous lui avons soufflé de l'air froid dans le corps.

Je lui caresse doucement la main perfusée. Il y a deux drains, qui se remplissent de sang ou de liquide rougeâtre, au niveau du ventre. Elle a aussi une sonde pour la vessie. Tout cela est très impressionnant. Pourtant j'en ai regardé des séries médicales ! Entre *The Resident*, *Urgences* et *Grey's Anatomy*, je suis au taquet ! D'ailleurs, je regarde discrètement le « docteur Mamour » de maman avant qu'il ne parte. Il doit avoir la quarantaine, et il est franchement pas mal. En fait, je ne sais pas si c'est la blouse blanche, ou le fait qu'il ait sauvé ma mère ou tout simplement son charme, mais j'aime bien ses petites boucles brunes et ses deux fossettes.

Je me retrouve seule avec maman endormie et une infirmière dans la chambre. Elle vérifie la perfusion, les drains et ses constantes.

— Ne vous inquiétez pas, mademoiselle. C'est normal qu'elle dorme. Cela a duré longtemps. Mais elle va bien.

— Merci.

La pression retombe, je suis à fleur de peau. Dans le couloir, j'entends des infirmières qui gloussent et qui s'agitent :

— Il revient ! Il est dans la chambre du fond ! j'entends.

L'infirmière dans la chambre sourit et secoue la tête.

— C'est l'effet « chirurgien », sourit-elle.

Je ris avec elle, et me note mentalement de raconter ça à maman demain pour l'amuser. Je l'embrasse sur le front avant de partir et lui chuchote :

— Je t'aime maman, repose-toi bien. Je serai là demain. Bonne nuit.

Dehors, il fait nuit, j'ai froid. Toujours aussi triste, je repense à ma journée et au logo des garçons que j'ai dessiné sur la porte. Je l'adore. Je repense aux excuses de Gabriel. Je me sens vraiment seule, mais je n'ai pas envie de parler… du moins pas à Flora, ni à Mia. Je leur textote rapidement : « Maman va bien, elle dort. Mais tout s'est bien passé. Je suis crevée, je rentre me coucher ».

La route du retour me paraît interminable. Musique à fond sur *Promises* des *Cranberries*, j'essaie de me vider la tête. Une voiture m'éblouit avec ses phares et me colle de trop près. Beaucoup trop près à mon goût. Je lui fais signe de passer, mais il reste derrière à me coller et à me faire des appels de phare. Je n'arrive pas à voir le modèle de la voiture ni le conducteur. Mais il commence à me faire flipper. J'accélère, mais il me colle encore plus, jusqu'à me toucher l'arrière de la voiture et me faire sortir de la route pour finir dans un champ. La voiture ne s'arrête pas et continue sa route en poussant une accélération. J'ai dû mal à reprendre mes esprits. Je panique, j'ai peur. Je n'ose pas sortir de la voiture, qui a calé. Je rassemble mes affaires tombées de mon sac côté passager. Je cherche mon portable frénétiquement. Il faut que je me calme. Je le trouve enfin et l'allume difficilement, tellement je tremble. Machinalement je cherche le numéro de Gab. C'est lui que je veux là maintenant. Mais je ne l'ai pas. Je m'en veux d'être aussi conne. J'essaie de redémarrer mais Titine ne veut pas. J'essaie encore et encore mais j'ai peur de noyer le moteur. Je fais une pause. Et si le fou revenait ? Comment savait-il que j'étais sur cette route ? Est-ce qu'il me suit depuis le début ?

« Arrête Olivia ! Ressaisis-toi ! C'est une pure coïncidence. Ya plein de tarés partout », dis-je à voix haute pour me convaincre. Je reprends mon portable et j'appelle Max.

— Coucou, Max.

— Eh princesse ! Ça va ? Tu as une petite voix ?

— Je… je… Est-ce que Gabriel est avec toi s'il te plaît ?

— Oui, ne bouge pas Liv. Je vais le chercher.

J'entends Mia lui demander ce qu'il se passe et Max lui répondre « Rien minus, elle veut juste Gab ».

Il fait sombre, je flippe de plus en plus. À nouveau, j'essaie de redémarrer Titine, qui cette fois-ci, répond. Ouf ! J'essaie de sortir du champ et de revenir sur la route.

— Allô ? Olivia ?

— Gabriel ?

À ma voix paniquée, Gabriel comprend que quelque chose s'est passé.

— Oui, que se passe-t-il ? Olivia tu as un problème ?

— Excuse-moi j'ai paniqué, j'avais besoin de t'entendre.

Long silence.

— Je suis là Livie. Que s'est-il passé ? C'est Marie ?

— Non, je suis sur la route pour la maison. Mais une voiture m'a percutée exprès par l'arrière pour me faire sortir de la route. J'ai vraiment eu peur.

— De quoi ? hurle-t-il. Tu vas bien ? Tu es blessée ?

— Non ça va, juste une grosse frayeur. Excuse-moi de t'avoir dérangé. J'avais peur toute seule. J'ai réussi à redémarrer. Je rentre.

— Olivia, ne bouge pas d'où tu es, j'arrive !

— Non Gab ! C'est bon, je roule.

— OK, reste en ligne avec moi, le temps que tu arrives. D'accord ?

— Oui…

— Raconte-moi comment ça s'est passé à l'hôpital avec Marie, me demande-t-il doucement.

Je lui raconte tout : de sa remontée en chambre à ma discussion avec le chirurgien, en n'oubliant pas de lui raconter la réaction des infirmières face à « Docteur Mamour ». Enfin, j'arrive dans ma rue.

— Je suis arrivée Gab… Merci beaucoup…

— De rien princesse.

Je raccroche. Dans mon allée, j'aperçois une silhouette devant mon garage. À nouveau, je panique. La personne marche rapidement à ma rencontre. Je fais quoi ? Je recule, j'accélère ?

— Olivia, c'est moi !

— Oh putain, Gab ! Tu m'as fait peur !

Je sors de la voiture et tombe dans ses bras.

— Viens, on rentre. Je m'occuperai de ta voiture plus tard.

Il m'emmène dans ma maison et allume toutes les lumières. Elle paraît si vide. Gabriel fait le tour de toutes les pièces et vérifie toutes les fenêtres et portes.

— Tu me fais flipper là Gab.

— Tu devrais déposer une main courante demain. Je t'emmène si tu veux.

— Non, c'était juste un accident, ça va aller. Peut-être que j'ai over réagi. J'étais mal en partant de l'hôpital. J'ai peut-être flippé trop vite pour rien.

— Tu devrais aller te coucher, maintenant. Repose-toi, tu en as besoin.

Je me sens bête face à sa gentillesse.

— Merci pour tout Gabriel, je suis vraiment…

Il me pose son doigt sur ma bouche pour me dire de me taire. Son regard est tendre… à nouveau. Il me caresse la joue, que je repose contre sa main. Je ferme les yeux un instant. Sa chaleur se répercute dans tout mon corps. Instinctivement je me rapproche encore plus près. J'ai envie de plus, de ses mains partout sur moi, de sa bouche sur la mienne. Ma respiration est lourde et saccadée. « Stop Olivia, stop, stop ! »

— Bonne nuit Gab, j'articule.

— Bonne nuit Livie, dit-il en m'embrassant tendrement sur le front.

Je monte dans ma chambre rassurée par sa présence, en espérant une belle avancée dans notre relation. Mais clairement mon corps et ma tête sont loin d'être au diapason. Quelle frustration !

Quand je me réveille ce matin, je mets du temps à tout remettre en place dans ma tête. Il est 5 h 15. Je me lève et file sous la douche. Une fois habillée et maquillée, je descends et découvre le feu dans la cheminée qui crépite et mon petit-déjeuner sur la table de la cuisine, avec un petit mot :

« J'espère que tu apprécieras ce petit-déjeuner au coin du feu. Je me suis occupée de ta voiture hier soir, je te la redépose comme neuve avant la fin de ton service au manoir. 06 11 18 15 80, ça t'évitera de passer par Max ! Bonne journée. PS : pense un jour à changer ton canapé, je me suis pété le dos dessus cette nuit. »

Gabriel s'est occupé de ma voiture et il a dormi là toute la nuit pour veiller sur ma sécurité ! Je fonds. Je m'empresse d'enregistrer son numéro et je lui textote aussitôt un « merci ».

Mon service chez les Cooper se déroule correctement. Quelques erreurs, mais je gère bien. Vers 10 h, j'appelle maman qui décroche à la première sonnerie.

— Waouh maman, tu es plus rapide que l'éclair !

— Comment oses-tu te moquer d'une vieille femme alitée ? Bonjour ma chérie.

— Bonjour, maman, comment te sens-tu ?

— Dans le pâté, mais je n'ai pas trop de douleur pour le moment. Ils m'ont enlevée la sonde ce matin. Donc j'ai dû me lever pour aller aux toilettes. Mon dieu misère.

— Rassure-moi, tu ne le fais pas toute seule ?

— Mais non.

— Ne force pas trop s'il te plaît. Je viens te voir ce soir.

— Fais-moi confiance ! Ça va chez les Cooper ?

— Fais-moi confiance !

— À tout à l'heure, ma chérie.

Je retrouve ma Titine comme neuve devant la maison à la fin de mon service et j'envoie à nouveau un « merci » à Gab par texto. Il me répond par un pouce levé.

Mia m'accueille avec un café au pub, elle a l'air en pleine forme. Je soupçonne une avancée majeure dans sa relation avec Max. J'essaie de choper des infos, mais elle ne lâche rien. Nous travaillons toute l'après-midi sur les cocktails. J'ai tellement à apprendre. Pour le coup, elle a acquis une super expérience dans ce domaine avec son tour du monde. Quelqu'un frappe à la porte et je vais ouvrir. Un homme que je ne connais pas, la cinquantaine, grisonnant, demande à parler à Gabriel Cooper sur un ton très solennel.

— Qui dois-je annoncer ?

— Inspecteur Bruno Benedict, me répond-il en me montrant sa carte de policier.

Mia a tout entendu et est partie chercher son frère en courant. Gabriel arrive, mais ne semble pas du tout surpris.

— Bonjour, je suis Gabriel Cooper.

— Monsieur Cooper, inspecteur Bruno Benedict.

— On se connaît non ?

— Oui en effet. J'étais en charge de l'enquête sur Roger Charles il y a six ans. On s'est rencontré le soir où Marie Charles a poignardé son mari pour protéger sa fille Olivia.

Je reste spectatrice de cet échange en sentant que le vent va tourner.

— Il semble que vous ayez retrouvé votre amie, dit-il en me pointant nonchalamment du doigt.

Gabriel se ferme de plus en plus.

— Vous me connaissez ? demandé-je intriguée.

— Disons que j'ai été informé de votre retour, me répond-il énigmatique.

— En quoi puis-je vous aider aujourd'hui inspecteur Benedict ?

— M. Roger Charles a déposé une main courante au commissariat ce matin contre vous.

Bam ! C'est le bruit du verre que je lâche et qui se brise par terre. Mia plaque ses mains sur sa bouche.

— Suivez-moi dans mon bureau, propose Gabriel au policier.

— Attends Gabriel, de quoi parle-t-il ? demande Mia.

— Gabriel, pourquoi parle-t-il de lui ? Qu'est-ce qu'il te veut ? demandé-je blanche comme un linge à l'évocation de ce fantôme.

— Ne t'inquiète pas, rien de grave.

— Alors parlez-en ici ! ordonne Mia.

Gabriel abdique et indique par un geste de la main à l'inspecteur de dire le pourquoi de sa visite.

— Monsieur Charles vous accuse d'être venu chez lui ce matin et de l'avoir menacé en le molestant.

— N'importe quoi ! Gabriel était chez moi ce matin et, après, il s'est occupé de ma voiture, je tente de le défendre.

— Olivia c'est bon, m'assène Gab.

J'ai besoin de m'asseoir, je manque d'air.

— Effectivement inspecteur, c'est vrai, reprend Gabriel. Il a percuté la voiture d'Olivia hier soir pour la faire sortir de la route. Je ne le laisserai pas…

— Il a quoi ? hurle Mia.

Merde, je ne lui ai encore rien dit sur ma soirée d'hier. Je lui dis tout bas que je lui expliquerai tout après. Elle me fait signe de façon très menaçante que j'ai plutôt intérêt.

— Monsieur Cooper, vous ne devez pas faire votre propre justice. Ça pourrait se retourner contre vous.

Je m'interpose choquée :

— Vous le menacez de quoi là ? Il a juste cherché à me défendre. Vous devriez plutôt vous occuper de Roger.

Aargh son nom me brûle la bouche et me provoque une remontée de bile.

Gabriel me signifie du regard d'arrêter et de faire profil bas. Je croise les bras et fronce les sourcils, ce qui provoque de suite un léger sourire sur son visage.

— Monsieur Cooper, ce n'est pas un jeu. Et malheureusement, il connaît bien la loi. Méfiez-vous, il cherche à vous faire sortir de vos gonds. Pourquoi n'y a-t-il pas de dépôt de plainte pour hier soir ?

— Olivia n'a pas voulu.

— Mademoiselle, vous devez porter plainte.

— Je ne suis pas sûre que ce soit lui. Et je ne veux pas me rappeler à son souvenir, dis-je tout bas. Mia me passe un bras derrière les épaules pour me réconforter.

— Qu'est-ce qu'il va se passer maintenant ? demandé-je inquiète.

— Rien. J'ai intercepté monsieur Charles au moment de sa main courante. Sachez que Richard Cooper et moi-même sommes toujours en contact depuis six ans. Il m'avait informé des incidents que vous aviez subis depuis votre retour. J'ai donc tout de suite compris le manège de Roger Charles. Alors ne tombez pas dans son piège.

— OK… Merci inspecteur, répond Gabriel.

— Bonne journée, messieurs dames.

Une fois l'inspecteur parti, je suis toujours colère sur mon tabouret haut et Mia cherche à comprendre ce qu'il s'est passé la veille. Gabriel le lui résume, en guettant une réaction de ma part. Je n'y tiens plus.

— Gabriel, je ne veux pas que tu ailles le voir. Il est dangereux.

Il s'apprête à me répondre. Je le coupe aussitôt.

— Non tu m'écoutes ! Cet homme m'a détruite. Je ne veux pas le voir revenir dans ma vie. Alors tu le laisses où il est. Je ne veux pas qu'il te fasse du mal à toi. Je sais de quoi il est capable et c'est hors de question que tu sois sa cible à présent. Je ne le supporterais pas.

— Désolée Olivia que tu le prennes comme ça, mais je ne le laisserais pas revenir dans nos vies, quoiqu'il m'en coûte.

Sur ce, Gabriel part s'enfermer dans son bureau.

23
Retour à la maison

Le temps, cette image mobile
De l'immobile éternité.

Jean-Baptiste Rousseau

Olivia

Maman sort aujourd'hui vendredi, de l'hôpital. Toute la semaine, j'étais impatiente de la ramener chez elle. À présent, je ne tiens plus en place. Je veux que tout soit parfait pour elle. De fait, j'ai prévenu que je ne viendrai pas travailler au pub aujourd'hui. Ma présence n'étant pas indispensable tant que l'ouverture n'a pas eu lieu.

Je suis en train de prendre mon petit-déjeuner, réfléchissant à l'organisation de ma journée, quand j'entends frapper à la porte d'entrée. Je me lève pour ouvrir et je découvre stupéfaite la famille Cooper au complet qui entre et prend possession des lieux. Chacun m'embrasse au passage. Mia m'agite un sachet rempli de viennoiseries sous le nez et s'installe autour de la table de cuisine. Je les regarde tous sans trop comprendre.

— Tu nous fais un café ? me demande Richard.

— Attends ma chérie, finis ton petit-déjeuner. Les garçons un café ? Mia un thé ? propose Émilie.

Émilie s'affaire en cuisine, comme si c'était chez elle. En moins de dix minutes, tout le monde est servi et mange tranquillement. L'ambiance est chaleureuse et j'avoue que je m'y sens à ma place.

— Bon les enfants, il est 10 h. Marianne arrive vers midi avec le casse-croûte.

L'évocation de ma tante me tend toujours un peu. Je lui en ai toujours voulu de m'avoir emmenée loin d'ici, de m'avoir enveloppée de secrets et de mystères. J'essaie de me convaincre maintenant qu'elle aussi voulait me protéger.

— Richard et Gabriel, vous récupérez le lit médicalisé et vous l'installez dans la chambre de Marie. Olivia, on stocke l'ancien lit dans le grenier ou tu préfères dans notre garage ?

— Un lit médicalisé ? dis-je paniquée en pensant au coût. Je suis désolée mais je…

— Mais rien du tout mon enfant, me dit Richard. Alors grenier ou manoir ?

— Mais je ne peux pas vous le rembourser tout de suite et ça me gêne.

— Personne ne te demande quoi que ce soit, à part le lieu de stockage de l'ancien lit, précise Mia.

Je vois du coin de l'œil Gabriel sourire en secouant la tête :

— Je vous avais prévenus qu'elle ne se laisserait pas faire facilement. Elle veut toujours se débrouiller toute seule, ajoute-t-il.

— Ce n'est pas vrai ! C'est juste que…. Je ne veux pas déranger ou devoir de l'argent à quelqu'un, dis-je penaude.

— Alors pour le « quelqu'un », tu repasseras, réagit Mia. De toute façon, c'est comme ça. Donc grenier ou manoir ?

Ils sont tous les quatre face à moi. Quel beau portrait de famille ! Je tiens énormément à chacun d'entre eux. Je leur souris tendrement :

— OK merci… peut-être le manoir, car ça ne va pas être pratique de le monter au grenier, non ?

— Vendu, me dit Richard.

— Mia et moi, on range la maison. Un petit coup de nettoyage, ça ne fera pas de mal.

Je rougis un peu honteuse, mais je n'ai pas eu beaucoup de temps à moi cette semaine. Émilie continue :

— Olivia, Marianne, Gabriel et moi partons vers 13 h, pour être à 14 h à l'hôpital. Richard, on prend ta voiture.

Tout le monde opine du chef. Je ne peux que constater qu'Émilie a réfléchi à tout et je n'ai clairement pas mon mot à dire.

— Mia, tu prépares le dîner pendant notre absence et Richard tu prépares un bon feu de cheminée pour Marie. OK tout le monde ?

— Oui chef, répondent-ils en chœur, le sourire aux lèvres.

Je ne peux m'empêcher de me lever et de prendre Émilie dans les bras.

— Merci Émilie. Merci pour maman.

— C'est normal mon enfant.

L'heure qui suit, tout le monde s'affaire à sa mission. Moi, je suis un peu perdue car je n'ai pas eu de consigne précise à part « *toi, tu ne fais rien, tu te reposes* ». Une petite armée s'est mise en marche pour faciliter le retour de maman. Un vrai cocon d'amour se forme autour d'elle et cela me touche énormément.

— Et c'est quoi ce bordel ? Y en a qui dorment ici ! crie Victoire.

Je l'avais complètement oubliée. Je ne l'ai pas vue de la semaine ni à la maison ni à l'hôpital. Je crois même qu'elle a dormi ailleurs la plupart du temps. Mais où ? Je ne sais pas.

— Victoire Charles ! Tu es peut-être une adulte majeure et vaccinée, mais je t'interdis de nous parler comme ça ! Tonne Richard.

Victoire l'a toujours craint. Ça me fait sourire en m'imaginant sa tête. Elle doit se sentir toute petite. Elle descend l'escalier en marmonnant dans sa barbe.

— C'est quoi tout ça ? me demande-t-elle.

— Bonjour, Victoire, j'insiste. Les Cooper nous aident à préparer le retour à la maison de maman.

— Ah, c'est aujourd'hui ? OK.

— Oui, tu veux venir la chercher à l'hôpital avec nous ? Ça lui ferait super plaisir.

— Non je n'aime pas ces endroits-là. Tu l'embrasseras de ma part, répond-elle en se prenant un mug de café et en regardant son téléphone.

— Pourquoi ? Tu ne seras pas à la maison à son arrivée ?

— C'est bon, ce n'est pas la reine d'Angleterre !

— Victoire ! Gronde Émilie, plus que contrariée.

Elle reprend plus bas en levant les yeux au ciel.

— Tu as l'air de bien gérer, maman a l'air en forme. Donc tout va bien.

— Victoire, peut-on enterrer la hache de guerre au moins pour aujourd'hui s'il te plaît ? Pour maman ?

— Ne commence pas à faire ta malheureuse Olivia. J'ai un planning chargé, je lui ferai un message dans la journée.

— Vict…

— Amusez-vous bien tous ensemble ! me dit-elle amèrement.

Elle remonte dans sa chambre, je l'entends bouiner et quinze minutes plus tard, elle passe la porte d'entrée.

— Victoire, s'il te plaît, reste ! Qu'est-ce que tu as de plus important à faire que de rester avec ta famille aujourd'hui ? Je tente à nouveau.

— Rien mais c'est toujours mieux que ça, répond-elle en me montrant la maison.

Et elle part. Je ne sais pas pourquoi, mais sa réaction me blesse. Émilie me rejoint et me prend par les épaules.

— Je n'ai jamais compris ta sœur, me dit-elle tristement. Ne la laisse pas gâcher notre surprise. Aujourd'hui, c'est Marie la star. Un point c'est tout.

J'embrasse Émilie sur la joue et monte à l'étage pour un brin de ménage. Les garçons finalisent l'installation. Je les regarde un instant : Gabriel s'allonge dans le lit et teste les différentes fonctionnalités.

— Waouh c'est top, ce truc-là ! dit-il en jouant avec la télécommande. Je monte, je descends, je monte, je descends.

— Tu n'as pas bientôt fini, Gabriel ? Tu vas tout casser, fait faussement fâché Richard.

— C'est ça ouais, tu meurs d'envie de l'essayer !

— Totalement ! Allez pousse-toi que je m'y mette !

J'entends les deux rire. Et ça me fait rire aussi. Marianne arrive, comme prévu vers midi, et, au soleil, dans le jardin, nous mangeons tous ensemble ses sandwichs faits maison et sa délicieuse tarte tatin.

Nous partons tous les quatre dans la voiture de Richard, mais sans Richard ! C'est Gabriel notre chauffeur. Tout le long du trajet, Émilie et Marianne discutent à l'arrière, comme de vraies pipelettes. Je regarde silencieuse et songeuse par la fenêtre les paysages qui défilent. Je sens très souvent le regard de Gabriel sur moi. Je suis à deux doigts de lui dire de regarder un peu plus la route ! Puis il pose sa main sur ma cuisse et la serre légèrement.

— Ça va Livie ? me demande-t-il doucement.

Nos regards s'arriment l'un à l'autre. Cette connexion entre nous, je la ressens au plus profond de mon ventre.

— Regarde la route, s'il te plaît !

— On est à un feu rouge princesse. C'est plutôt toi qui n'as pas l'air très concentrée sur le trajet ! rit-il.

Sa main est toujours sur ma cuisse. Machinalement et sans trop savoir pourquoi, je pose la mienne par-dessus la sienne.

— Ça va aller, ne t'inquiète pas.

Le feu passe au vert, Gabriel ne cherche pas à retirer sa main. Au contraire, il enlace nos doigts ensemble. Je ne bouge pas et reste le regard bloqué sur nos mains. Ça éveille en moi tellement de sensations que je ne connais pas. J'ai chaud, très chaud même. Apparemment Gabriel ressent mes petites bouffées de chaleur et ouvre la fenêtre de mon côté. Je le regarde surprise et, tout en fixant la route, il sourit de toutes ses dents. Je suis grillée !

Je monte seule chercher maman dans sa chambre. Depuis le couloir, je l'entends parler au téléphone.

— J'ai vu vos appels en absence, mais je suis à l'hôpital cette semaine. Vous avez trouvé quelque chose ? demande-t-elle à son interlocuteur.

Je n'entends pas la réponse, je suis trop loin.

— Vous êtes sûr ?

Maman est très concentrée. J'essaie de tendre l'oreille, mais il y a beaucoup de bruits de chariots dans ce couloir.

— Je vous remercie. C'est l'information que je cherchais et je vous avoue que ça me fait mal. Merci beaucoup. Je vous rappelle quand je me suis requinquée et que je pourrai venir en ville. Bonne journée Rémi.

Elle raccroche et reste pensive. Je frappe discrètement à la porte pour lui signifier ma présence.

— Bonjour, maman, ça va ?

— Oh bonjour Olivia, ça va et toi ?

Je suis sûre qu'elle s'essuie rapidement une larme qui coule.

— Allez emmène-moi loin d'ici. Je veux rentrer chez nous.

— Tout va bien ?

— Toujours quand je te vois, répond-elle en souriant.

Elle prend le temps de dire un petit mot gentil aux infirmières, de plaisanter avec un médecin et enfin nous sortons. En apercevant la voiture et ses occupants, je sens maman très émue par leur présence. Chacun l'embrasse et toute la troupe se remet en route.

Alors que maman s'endort sur le trajet retour, je me retrouve coincée à l'arrière entre les deux pipelettes. Je suis tracassée par l'appel que j'ai surpris. Que me cache maman ? Qui est ce Rémi ? Que lui a-t-il dit qui la fasse pleurer ? J'essaie de faire travailler ma mémoire, mais je ne vois pas qui peut être ce Rémi. Gabriel ne cesse de me regarder dans le rétroviseur central. Il comprend que quelque chose ne va pas. Nous réveillons doucement maman à notre arrivée. Elle est accueillie par un bon feu de cheminée et un joli bouquet de fleurs. Elle est aux anges. À peine entrés, une agréable odeur vient nous chatouiller les narines : Mia semble nous avoir gâtés avec un excellent dîner. Je fonce vers la marmite pour voir et goûter ce qui mijote dedans, quand Richard annonce :

— Hop hop hop ! Tout le monde au salon ! Apéro time !

— Oh oui j'adore les apéros, s'écrie maman comme une petite fille. Ça va me changer du régime sans sel et sans sauce de l'hôpital. Je veux du gras et des calories ce soir !

Nous passons tous au salon, quand Gabriel me retient dans la cuisine par le bras. Il est très près de moi pour ne pas que les autres nous entendent. Mais je ne sais pas gérer cette proximité qui me trouble de plus en plus.

— Livie, que se passe-t-il ? me chuchote-t-il à l'oreille.

Oh mon Dieu, je sens son souffle chaud dans mon cou et mon corps réagit instantanément. Des milliers de fournis s'excitent entre mes cuisses, pendant que des papillons prennent leur envol dans mon ventre.

— Livie ? Youhou !

Il me fixe si intensément. *Respire Olivia, respire.*

— Quand je suis entrée dans sa chambre, elle était au téléphone avec un certain Rémi. Elle ne sait pas que j'ai entendu, mais elle pleurait en raccrochant.

— Rémi, tu dis ? Ça ne me dit rien, rien du tout. Et toi ?

— Pareil. Je ne comprends rien.

— On va trouver. En attendant profite de retrouver ta mère, dit-il en m'embrassant sur le front.

Lui-même semble surpris par son geste. Je ressens la brûlure de ces lèvres sur mon front et je ne peux m'empêcher de toucher l'endroit où elles se sont posées… Sous le regard amusé de Gabriel.

24
Quand le passé ressurgit

Doutons même du doute.

Anatole France

Marie

Quel bonheur d'être à la maison en famille et entre amis ! Je n'en pouvais plus de l'odeur de l'hôpital, de la nourriture sans sel et sans gras pour réhabituer mon système digestif. Je n'en pouvais plus des bruits dans le couloir la nuit, avec les visites des infirmières deux à trois fois par nuit pour contrôler mes constantes. Que ça fait du bien de ressentir l'air frais sur mon visage ! Je suis épuisée, mais je suis heureuse d'être au milieu de ce capharnaüm. Je veux en profiter le plus possible.

Je repense à ma discussion avec Rémi tout à l'heure. Pourquoi ai-je fait appel à cet homme ? Roger est sorti de prison il y a un mois, et mon niveau de confiance en lui étant limité, j'avais besoin de me rassurer. Malgré son bracelet électronique, je ne lui faisais absolument pas confiance. D'autant plus avec le retour d'Olivia. Je voulais aussi m'assurer qu'il restait clean. Je rembourse ses dettes mais ce n'est pas pour que lui, de l'autre côté, claque son argent en alcool ! Alors Richard m'a conseillé

Rémi, son détective privé. Mais voilà, aujourd'hui, il m'a confirmé, entre autres, qu'Émilie avait raison : Victoire voit régulièrement son père. Je me voilais la face, je ne voulais pas y croire. J'ai toujours voulu garder l'espoir que Victoire, bien que capricieuse et arrogante, nous aime et nous choisisse.

— Bonjour Rémi, j'ai vu vos appels en absence, mais j'étais à l'hôpital cette semaine. Vous avez trouvé quelque chose ?

— Bonjour Marie, oui, mais je ne sais pas si c'est le bon moment pour vous le dire, j'ai de nouvelles infos.

— Rémi, je n'ai pas beaucoup de temps, ma fille va arriver mais je vous écoute.

— J'ai bien retrouvé la trace de Roger. Il vit en HLM à Dives-sur-Mer. Il semble respecter son bracelet électronique et se rend tous les deux jours au commissariat pour signer. Par contre, j'ai deux choses à vous dire.

— Allez-y, dépêchez-vous.

— Malgré sa capuche relevée, j'ai nettement reconnu Gabriel Cooper mardi matin à 6 h. Je l'ai suivi dans l'immeuble. Il est directement allé frapper chez Roger. Il semblait très énervé et dès que Roger a ouvert, il lui a collé une droite en pleine tête. Votre ami l'a ensuite attrapé par le col de son tee-shirt et lui a crié de se tenir éloigné d'Olivia, sinon il le buterait.

— Gabriel ? Pourquoi ? Que s'est-il passé avec Olivia ? Roger l'a approchée ?

— Je ne sais pas encore. En tout cas, une fois Gabriel parti, Roger a foncé au commissariat pour déposer une main courante mais un certain Bruno Benedict l'en a dissuadé.

— Bruno Benedict ! Mon Dieu les fantômes du passé ressurgissent...

— Marie, il faut que vous sachiez aussi que Victoire vient le voir quasiment tous les jours. Elle reste plusieurs heures.

— Victoire... Vous êtes sûr ?

— Complètement.

— Je vous remercie. C'est l'information que je cherchais et je vous avoue que ça me fait mal. Merci beaucoup. Je vous rappelle quand je me serai requinquée et que je pourrai venir seul en ville. Bonne journée Rémi.

— Marie, faites attention à vous. Je ne la sens pas cette histoire.

Cette conversation me trotte dans la tête. J'ai fait semblant de dormir dans la voiture pour ne pas leur montrer que j'étais bouleversée. À l'apéro, j'arrive à donner le change. Mais quand je vois Gabriel s'isoler dehors pour fumer, je ne peux m'empêcher d'aller le rejoindre.

— Gabriel ?

— Marie, que faites-vous dehors ? Vous allez attraper froid.

— Ça va mon garçon. On a peu de temps alors je vais droit au but : pourquoi es-tu allé chez Roger ?

Gabriel est décontenancé par ma question, il se ressaisit et me regarde comme si j'avais deux têtes.

— Comment le savez-vous Marie ? Olivia vous l'a dit ?

— Olivia sait ? Non elle ne m'a rien dit. Elle me surprotège, mais je ne suis pas née de la dernière pluie.

— Marie, écoutez…

— Non Gabriel, c'est toi qui vas m'écouter. Il faut te tenir le plus éloigné possible de cet homme et ne surtout pas attiser sa colère. Je ne veux pas qu'il revienne dans nos vies. J'ai tout fait pour le garder loin de nous, ne gâche pas tout mon garçon.

— Ne pas gâcher quoi Marie ? Vous m'avez toujours caché la vérité sur le départ d'Olivia et aujourd'hui vous me demandez de…

— Je te demande de ne pas t'approcher de lui. C'est compris ? lui dis-je un peu trop sèchement. Je suis désolée mon grand, je ne veux pas te paraître dure.

— Qui est Rémi ?

Il ne lâchera pas.

— Comment connais-tu ce nom ?

Il semble hésiter un instant et regarde par la fenêtre Olivia.

— Livie vous a entendue lui parler tout à l'heure. Elle a vu qu'il vous avait annoncé quelque chose de dérangeant, mais elle ne sait pas quoi. C'est lui qui vous a dit que j'y suis allé ?

— Oui.

— Et quoi d'autre ? C'est qui ? Arrêtez de me mentir maintenant. Je n'ai plus 18 ans.

— Je le sais ça. C'est un détective pour surveiller Roger. J'ai appris que Victoire le voit tous les jours.

— La salope ! Euh pardon Marie, mais votre fille, c'est une vraie vipère.

— Je le crains oui.

— Vous faites quoi dehors ? demande Émilie toute guillerette, après plusieurs coupes de champagne.

— Je profite de cette bonne soirée. J'arrive tout de suite, j'ai un peu froid à présent.

Je me retourne avant de rentrer et regarde Gabriel le plus sérieusement du monde.

— Pas un mot à personne, tu m'entends ?

Il ne répond pas.

— Gabriel ! Olivia ne doit pas savoir, dis-je d'un ton autoritaire.

— Pourquoi ? Qu'est-ce que vous lui cachez ?

— Ne te mêle pas de ça.

— Elle a le droit de savoir. Vous l'envoyez loin d'ici pendant des années en prétextant sa sécurité. Je ne vous crois pas. Roger était en prison. C'est quoi la vraie raison ?

Il sait. Gabriel sait et il ne lâchera rien.

— Gabriel, s'il te plaît, pas ce soir.

Tout dans ma voix, dans mon corps le supplie de laisser tomber.

— OK, pas ce soir Marie. Mais je reviendrai encore et encore.

Je le regarde lasse de tous ces mensonges, de tous ces non-dits. J'aimerais tellement me libérer de tout ça. Tellement. Il me tient la porte pour rentrer et m'aide à m'asseoir à la table de la cuisine pour manger. Tout le monde est installé et nous attend. Je vois Olivia interroger Gabriel des yeux. Il soutient son regard et un échange non verbal entre les deux se fait. Elle me regarde enfin, très suspicieuse. En retour, je lui adresse un sourire maternel et aimant. Pourvu que ça lui suffise. Mais je comprends à ses yeux que l'interrogatoire est pour bientôt.

Pourvu que Gabriel se tienne bien à distance de Roger. Je ne veux pas le contrarier, je ne veux pas réveiller la bête, je ne veux pas qu'il parle. Je veux obtenir, à présent, mon divorce et arrêter de payer ses dettes à lui, celles-là mêmes pour lesquelles Olivia doit enchaîner trois jobs.

Mais avant de l'affronter, je dois me soigner, retrouver des forces et tenir Gabriel et Olivia le plus loin possible de lui.

25
« Chez André »

La vie, c'est comme une bicyclette. Il faut avancer pour ne pas perdre l'équilibre.

Albert Einstein

Olivia

La soirée se déroule agréablement. Je comprends par le regard de Gabriel que maman me ment et qu'elle me cache quelque chose. Je décide que ce n'est pas le moment de la torturer. Mais qu'une discussion doit avoir lieu. Il y a un temps pour tout et celui des réponses viendra.

Vers 22 h, je l'aide à se coucher.

— Rhoooo qui a eu cette idée ? me demande-t-elle tout bas, l'air contrarié.

— Richard et Émilie. Pourquoi ? Il est top ce lit.

— Ça me rappelle trop l'hôpital, se plaint-elle.

Je préfère en sourire et l'aide à s'allonger.

— Et bien au moins, grâce à cette télécommande, tu peux redresser le dossier de ton lit et te lever toute seule. Et moi je serai plus sereine à mon travail demain. Sujet clos.

— Tu commences demain dans ce restaurant ? Tu ne m'as même pas dit le nom, pleurniche-t-elle.

— Oui et c'est « Chez André ». Maintenant arrête de faire la petite fille capricieuse et repose-toi.

Sur ce, je l'embrasse tendrement sur le front et quitte sa chambre. Je redescends dans la cuisine pour aider à ranger.

— Merci Mia pour ton repas, c'était délicieux ! Tu es une vraie pro en cuisine. Tu devrais ouvrir ton resto ! lui dis-je.

— Oui j'y pense de plus en plus, rougit-elle.

— En plus, je t'ai dit que je voulais m'associer avec toi, rajoute Gabriel. J'ai complètement confiance en ton talent.

Le soutien de Gabriel pour Mia me touche plus que de raison. Il est là pour les femmes qu'il aime.

— Merci à tous, dis-je timidement. Vous êtes exceptionnels.

— De rien ma chérie. Allez, va te coucher maintenant. Tu commences tôt demain, me dit Émilie.

Le lendemain, je me lève vers 5 h pour une prise de service à 6 h. Avant de partir, je vérifie que maman va bien. Mine de rien, je suis impatiente de commencer « Chez André ». J'ai eu un très bon ressenti avec Gwladys et André. Je suis sûre que je vais bien m'amuser avec eux !

— Viens par là petite ! m'interpelle André devant le café.

— Bonjour André !

— Bonjour petite, prête ? Gwladys arrive, mais je sais qu'elle a mis ton uniforme par ici, dit-il en fouillant dans le vestiaire.

Gwladys arrive quelques minutes plus tard, tout sourire. Elle a l'air ravi d'avoir de l'aide. Nous ouvrons le café, mais nous prenons le temps de faire connaissance avant de commercer la formation. J'apprends notamment qu'André est son compagnon, ce que je soupçonnais depuis notre rencontre. Ils sont marrants tous les deux, à plus de 50 ans, à se comporter ensemble comme deux ados. J'adore !

La matinée passe rapidement. Gwladys est une excellente formatrice, ce qui me donne l'impression à la fin de mon premier service de bien gérer mon poste.

Je passe le reste de la journée à la piscine avec Mia et décline son offre de sortir entre filles le soir même. Ma deuxième journée se passe aussi bien que la première. Les garçons et Mia me font la surprise de venir manger le midi. Je suis super fière de moi, car je les sers sans aucune erreur.

— Bravo Liv ! me taquine Dean. Tu n'as rien cassé, waouh !

— C'est clair, et en plus tu te souviens des commandes ! Mieux que *Rachel*[8] ! rigole Gab.

— Et Günther, c'est André ? continue Max.

— Oulala, chasse gardée sur celui-là, intervient Gwladys, sourire aux lèvres.

Je jette mon torchon au visage de Max, faussement vexé. En attendant, je suis super contente qu'ils soient tous venus. Je leur fais à tous un énorme câlin, mais Gabriel ne me relâche pas tout de suite. Ce câlin s'éternise. Il me chuchote à l'oreille :

— Je suis super fière de toi ma Livie. Tu es une vraie guerrière.

Ces mots me touchent et me mettent les larmes aux yeux.

L'été va se dérouler sur le même rythme : du lundi au vendredi, le matin chez les Cooper, l'après-midi au pub et les matinées du week-end « Chez André ». La cadence est soutenue, mais je peux compter sur le soutien inconditionnel de mes amis. Ils me surprennent par leurs attentions au quotidien. Sans prévenir, Dean vient me chercher et me ramener le week-end

---

[8] Personnage de la série *Friends*.

pour le travail, Gabriel nous concocte de bons petits plats, Mia m'accompagne en vélo à chacun de mes footings et Max me fait des petits cadeaux surprises. Même Émilie vient me chercher certains après-midi pour m'emmener faire des balades à cheval sur la plage. Je suis gâtée. Je suis dans un cocon et j'en oublie même les débuts chaotiques de mon retour. J'ai toujours cette sensation d'être espionnée, suivie, mais je suis rarement seule, alors je ne m'inquiète plus trop. Même s'il y a toujours une distance (pudeur ou gène ?) entre Gabriel et moi, elle se réduit de jour en jour. En tout cas, il n'y a plus d'agressivité entre nous. Et ça, c'est déjà bien ! Côté Victoire, je ne la vois quasiment pas. Mia, via Gabriel j'en suis sûre, me demande de ne pas l'approcher, qu'elle me cache quelque chose. Effectivement, je ressens tout ça, mais je me dis que c'est ma sœur et je veux croire que l'on se rabibochera.

Tout juillet, maman est restée à la maison. Elle s'est très bien remise de son opération et elle se déplace correctement. Elle semble avoir le moral, malgré la confirmation de son traitement avec six séances de chimio. On se prépare ensemble à affronter cette nouvelle étape. Hier après-midi, je l'ai emmenée chez l'acupuncteur en ville. J'ai lu que, 48 h avant une séance de chimio, l'acupuncture était conseillée : ça permet de réduire les effets secondaires, notamment les nausées ou les fourmillements au bout des doigts et des orteils. Je lui ai aussi pris rendez-vous le lendemain de sa chimio chez le magnétiseur, qui permet de limiter sérieusement les nausées et la fatigue.

Aujourd'hui, nous sommes chez le coiffeur. Pour atténuer le choc de la future perte de cheveux. Maman opte pour une coupe garçonne. Elle qui aimait tant sa longue chevelure, je la vois lutter contre les larmes en voyant son nouveau reflet.

— Maman, tu es magnifique. Vraiment, je tente de la rassurer.

— Je vais être hideuse sans mes cheveux. Tu m'imagines sans cheveux, sans cil, ni sourcil ?

— Oui, enfin non j'avoue. Mais on va y arriver. On va trouver de jolis foulards, je te maquillerai. Tout ira bien. Et là on va te choisir une jolie perruque, comme ça, le moment venu, tu feras comme tu voudras : perruque ou foulard. Ni vu ni connu.

Fabien, le coiffeur, a l'habitude de gérer les femmes atteintes d'un cancer. Il conseille parfaitement maman, la rassure, jusqu'à même réussir à la faire sourire. Tous les trois, nous lui trouvons une magnifique perruque, avec une jolie couleur et de jolis reflets. Il nous dit très gentiment de ne pas hésiter à l'appeler et à revenir dès que la chute de cheveux aura commencé. Étonnamment maman est rassurée et aborde l'avenir plus sereinement. Elle se sent entourée et nous avons tout fait pour préparer au mieux cette première chimio.

Le jour venu, Émilie m'a donné ma journée pour accompagner maman. C'est la première chimio et elle est très angoissée. Je lui ai préparé un petit sac avec ses mots croisés, son tricot et sa liseuse. Je lui ai rajouté une tablette de chocolat.

Une fois arrivée à l'hôpital, maman est reçue par un oncologue qui nous explique le déroulement de la journée.

— Aujourd'hui, vous allez être admise à l'hôpital de jour. Par le cathéter que nous vous avons posé lors de votre dernière opération, nous allons passer plusieurs produits : du Taxol pendant 3 h et du carboplatine pendant 2 h. Entre chaque produit, votre perf est rincée pendant 10 à 20 minutes. Je crois qu'aujourd'hui vous êtes en chambre individuelle. N'hésitez surtout pas à poser vos questions aux infirmières.

Nous sommes toutes les deux très intimidées et nous suivons docilement l'oncologue jusqu'au bureau des infirmières. Même une fois seules dans la chambre, nous ne pipons mot.

L'infirmière revient avec le traitement dans des poches transparentes. Elle branche les machines et fait un calcul sur sa feuille :

— Voilà, mesdames, c'est parti. On commence par 15 min d'un produit qui risque de vous fatiguer. Il permet de limiter les réactions allergiques. Après rinçage de 10 min et puis 3 h de taxol. C'est ce produit qui cause la perte des cheveux et fragilise les ongles. Malheureusement vu la durée de passage du produit, nous ne pouvons pas vous proposer un bonnet froid ni des gants ni des chaussons frigorifiés. Après nouveau rinçage de 15 min, puis 2 h de carboplatine. Et enfin rinçage de 10 minutes. Vous verrez, à chaque fin de passage d'un produit, il y a une sonnerie. Dès que vous l'entendez, vous me bipez avec cette télécommande. Voilà, vous serez donc libérée vers 16 h.

Elle revérifie la perf.

— Super, le produit passe bien, le cathéter n'est pas bloqué. N'hésitez pas madame. À tout à l'heure.

Nous avons à peine réussi à parler. L'angoisse, le stress. Maman est très vite fatiguée et somnole quasiment pendant les six heures. Moi, je regarde la télé et j'en profite aussi pour dormir. De temps en temps, j'ose sortir de la chambre pour aller aux toilettes ou me prendre un café. Et forcément, je croise des personnes malades, à des stades différents. Cette maladie est une vraie merde. C'est affreusement anxiogène, je limite donc un max mes sorties de la chambre.

Quand nous rentrons, les Cooper sont à nouveau réunis pour nous faciliter le retour de Marie. Mais cette fois-ci, maman n'a pas faim et se couche directement. La première semaine, maman est réfugiée dans sa « grotte ». Elle est mal, elle oscille entre très grosse fatigue et vomissements. Puis la deuxième semaine, elle recommence à picorer, la fatigue étant toujours bien présente.

Au septième jour, maman a de grosses douleurs dans les jambes pendant quarante-huit heures. Puis au quinzième jour, elle ressent de grosses douleurs au niveau du cuir chevelu. Les racines de ses cheveux lui font terriblement mal. Elle ne peut plus poser sa tête sur son oreiller. Je l'emmène donc chez Fabien, qui la rase entièrement. Pour elle comme pour moi, ce moment est extrêmement douloureux. C'est affreux de la voir aussi affaiblie, aussi… malade. Son visage devient bouffi, sans poil, sans cheveu. Le cancer est tellement vicieux et sournois. Il s'insinue par tous les pores de la personne malade et s'immisce dans la vie de famille. Il devient un membre à part entière du foyer, que l'on ne peut ignorer. Il est là, comme une chape de plomb sur nos vies. Il met tout en stand-by. Et quand la vie semble reprendre son cours, il reste là tapi dans l'ombre, mettant une énorme épée de Damoclès au-dessus de nos têtes. Une épée qui semble nous narguer : « Ahahah tu te crois guérie, mais ça tu ne pourras jamais en être sûre, ahahah ». Sur la troisième semaine, elle retrouve la forme, ce qui lui permet de ressortir et de voir ses amies. Et puis c'est le tour de la deuxième séance. C'est Marianne qui l'emmène. Et le même cycle reprend.

Le jour de la deuxième chimio, maman est encore à l'hôpital quand je rentre me changer à 14 h pour repartir au pub.

— Eh, tu ne peux pas faire moins de bruit ? me crie Victoire, allongée dans le canapé devant la télé du salon.

— Excuse-moi Victoire, je ne t'avais pas vue.

— Il n'y a pas que toi ici, me lance-t-elle.

— C'est bon Victoire, tu ne peux pas me lâcher un peu ? Tu n'es pas là d'habitude.

— Et donc ça te donne le droit de me faire chier quand je suis chez moi ? me dit-elle en se levant vers moi.

Je ne recule pas. Elle continue d'avancer et m'enfonce son index dans le torse.

— Pauvre petite fille qui se démène pour sa maman. Si tu savais… rit-elle.

— Si je savais quoi ?

Elle rit encore plus fort et prends ses affaires pour sortir.

— Si je savais quoi Victoire ? Crache-la ta vérité.

Elle s'engage dans l'allée et me fait un doigt d'honneur en guise d'au revoir.

— Adresse-toi à la bonne personne ma chérie, se moque-t-elle.

Je reste là comme une idiote à la regarder partir. Que veut-elle me faire passer comme message ? Je ne comprends rien. Je n'ai pas entendu Mia arriver.

— Ne t'occupe pas d'elle. C'est une garce qui veut se rendre intéressante. Allez, on l'oublie. C'est notre dernier vendredi soir avant l'ouverture, on va donc le passer tous ensemble.

— Oh non Mia je suis…

— Fatiguée, je sais. Mais là, tu n'as pas le choix. Pizza/karaoké ce soir avec Dean, Max et Gabriel. On va s'éclater !

26
La toile d'araignée

Les âmes sœurs finissent par se rencontrer, car elles ont les mêmes cachettes.

Robert Brault

Gabriel

Mia et Dean ont toujours un prétexte, une excuse pour faire la fête. Cette fois-ci, ils ont décidé de fêter notre dernier vendredi soir avant l'ouverture la semaine prochaine. Et cette fois-ci mon Olivia sera présente. Depuis l'épisode de la piscine, elle n'a plus refait une seule soirée avec nous. Son excuse est toujours la même : elle bosse beaucoup et est crevée. Je la crois mais je pense qu'elle se cache derrière ça pour m'éviter. Entre nous, les choses se sont très nettement améliorées. J'ai arrêté d'être con, donc forcément j'ai le droit à davantage de sourires. Je sais qu'elle n'est pas indifférente à ma présence. Son corps la trahit en permanence : je vois sa chair de poule quand je la frôle, ou le rouge sur ses joues quand je la taquine. J'aime entendre son souffle se bloquer puis s'accélérer quand je lui dis des choses à l'oreille. J'adore la torturer.

Le soir, je pourrais faire flipper n'importe qui. Un peu comme *Joe* dans la série *You*. Je passe des heures à regarder sa fenêtre, attendant peut-être qu'elle y accroche un foulard. Parfois, je la vois prendre le petit sentier pour descendre à la plage et se poser sur notre ponton. Alors je la suis, avec comme excuse, de m'assurer qu'il ne lui arrive rien. Mais si je suis honnête avec moi-même, j'aime l'observer plonger son regard dans l'horizon. Je n'ai jamais eu le courage d'aller la rejoindre.

Un soir où elle était perdue dans ses pensées, j'ai très nettement entendu un bruit de l'autre côté d'où j'étais. Cette fois-ci, Olivia ne l'avait pas entendu. À croire qu'elle s'était endormie. Je me suis discrètement faufilé jusqu'au bruit. Plus j'approchais, plus je discernais une ombre. La personne m'a aperçue trop tôt, et s'est mise à courir vers la route. Je l'ai poursuivie mais je n'ai pas réussi à la rattraper. Elle a grimpé dans sa voiture et est partie à toute allure. Je n'ai vu que la marque Jaguar et la couleur noire. Je n'ai pas vu la plaque, mais je suis sûr que c'était la voiture qui avait tenté de renverser Olivia pendant son footing. Je suis retourné vers la plage, Olivia était partie. J'ai fouillé l'endroit où s'était tapie cette personne. Mais je n'ai rien trouvé, à part l'herbe écrasée, qui prouvait qu'elle était bien là. Cet inconnu l'espionnait. Mais qui est-il ?

Je n'arrive pas à faire le lien entre cet homme qui en a après Olivia, les secrets de Marie, l'attitude de Victoire et Roger. À défaut d'avoir plus d'infos de la part de Marie, fermée comme une huître, je décide de retourner me poster devant chez Roger plusieurs fois cet été. J'y vois effectivement Victoire s'y rendre à maintes reprises, elle y passe des après-midi entiers. Roger ne sort que pour aller signer au commissariat. Mais le connaissant, je le trouve d'apparence trop sage. Je suis convaincu qu'il est mêlé aux tracas d'Olivia. À plusieurs reprises, j'ai vu un homme posté au même endroit, avec un appareil photo. Si moi je l'ai vu, Roger l'a vu. Je suis intimement convaincu qu'il y a une autre sortie à cet immeuble. Mais laquelle ? Et quand bien même, son bracelet électronique le piste et alerte s'il s'éloigne. Et apparemment il semble réglo. Sauf s'il sait comment tromper son monde.

En tout cas, aujourd'hui, j'ai décidé de choper le gringalet qui poste devant chez Roger. Je m'approche de sa voiture par l'arrière et frappe à son carreau, ce qui ne manque pas de le faire sursauter.

— Qui êtes-vous ? lui dis-je abruptement.

— Monsieur Cooper… Vous n'avez rien à faire ici. Retournez à votre bac à sable.

Ce minus me connaît.

— J'en déduis à juste titre que vous surveillez la même personne.

Il hausse les épaules, le regard toujours vers le HLM. Je ne bouge pas d'un cil attendant une réponse.

— Écoutez, monsieur Cooper, plus vous restez debout devant ma voiture, plus on a de risque de se faire choper.

— Parce que vous croyez vraiment qu'il ne vous a pas repéré ? Il m'a fallu deux jours pour vous repérer. Qui êtes-vous ? Qui vous embauche ?

— Je n'ai pas le droit de répondre à votre dernière question. Mais…

Il met sa main dans la poche intérieure gauche de sa veste et en sort une carte de visite. Je la prends et la regarde recto verso sans trop comprendre.

— Rémi Lacket, détective privé. Rémi… le Rémi de Marie ?

— Pas que. Maintenant foutez-moi la paix, laissez-moi bosser.

Et il ferme sa fenêtre. Je m'éloigne et retourne à ma voiture. Marie a pris un privé. Marie mais « pas que ». Alors qui d'autre ? Je suis dans le flou complet. Sur la route du retour, je décide de confronter Victoire. Je sais qu'Olivia est en poste au manoir, je ne risque donc pas de la trouver chez elle. Je me gare dans mon garage et fonce par notre ancien passage secret chez les Charles. Je ne prends pas la peine de frapper ni de sonner. Je monte directement vers la chambre de Victoire. Avant d'entrer, je reviens en arrière et ouvre la porte de la chambre d'Olivia. Je sais que je ne devrais pas, je n'en ai plus le droit. Mais je ne peux m'en empêcher. Aussitôt dans sa chambre, son parfum m'enveloppe. Tellement de souvenirs ici, tellement. Nos soirées me manquent, nos fous rires, tout. Je m'approche de son mur de photos et les regarde une par une. Je souris, elles me rappellent tellement de moments de complicité, d'instants d'amitié-amour. Je m'assois sur son lit et m'imprègne des lieux, comme si sa chambre était mon sanctuaire. Par terre, je vois son bloc que je ramasse et feuillette. Ce ne sont que des dessins de moi… en grande majorité. Olivia m'appartient toujours finalement. Je décide de faire ce pour quoi je suis venu. Je m'apprête à ressortir mais je m'arrête devant sa chemise de nuit accrochée au dos de sa porte. Je ne peux m'empêcher de la sentir, je noie mon visage dans son odeur. Quel délice ! Un délice auquel mon corps réagit immédiatement, surtout mon entrejambe. Putain je suis plus qu'à l'étroit dans mon jeans et Victoire va croire que c'est pour elle que je suis si dur. Je respire un bon coup et ressors de la chambre d'Olivia, plus décidé que jamais à me confronter à Victoire. Je ne prends pas la peine de frapper et fonce vers sa fenêtre pour ouvrir le rideau. Elle râle et ouvre péniblement les yeux.

— Gabriel ? C'est toi ? demande-t-elle toute ensommeillée.

— Ouais, tu attendais quelqu'un d'autre ?

— Non, toi ça me va parfaitement ! En prenant une voix qu'elle croit sexy.

Elle commence à se mouvoir sous sa couette et glisse une main entre ses cuisses. Elle pense m'exciter.

— Tu me rejoins ou tu veux regarder ?

— Ni l'un ni l'autre. Je n'ai pas pris de petit-déjeuner donc je risque d'en gerber.

Vexée, elle se redresse et comprend à mon ton que ce n'est pas une visite de courtoisie.

— Tu n'as pas de rendez-vous aujourd'hui Victoire ?

— Ça ne te regarde pas ce que je fais.

— Roger va bien ?

Elle se ferme aussitôt et me fixe curieuse de connaître la suite.

— Que veux-tu à Roger, Gab ? C'est ton nouvel ami ?

— À moi sûrement pas. Pourquoi y vas-tu tous les jours ?

— Ça ne te regarde pas.

Je perds patience, elle ne dira rien, c'est sûr.

— Tout ce qui touche à Olivia me regarde.

— Ah Olivia ! Nous y voilà. Papa a raison, tu es le petit toutou de la princesse.

— Au moins je suis quelque chose pour quelqu'un.

Elle tique, mais ne lâche rien.

— Je n'ai pas besoin de permission pour voir mon père. Il est libre et j'ai le droit de rattraper le temps perdu.

— Temps perdu car il a poignardé ta mère et qu'il a essayé de violer ta sœur !

Je commence à sérieusement penser qu'elle est mouillée dans toutes les tentatives d'intimidation contre Liv.

— C'était toi dans la Jaguar ? Et le coup des pneus crevés aussi ?

— Tu délires mon pauvre. En fait t'es aussi parano qu'elle. Pauvre petite chose qui est harcelée par on ne sait qui.

Elle part d'un rire forcé. Je m'approche d'elle en ayant de plus en plus de mal à me contrôler. Je sais qu'elle le ressent, car elle s'arrête aussitôt de rigoler bêtement.

— Vous me faites chier avec Olivia. Si tu savais comment je m'en bats le clito de ma supposée sœur ! Votre problème à tous, et je te l'ai déjà dit Gabriel, vous ne regardez qu'une partie de l'iceberg. Sûrement parce que ça vous arrange.

— Arrête de parler en langage codé.

— Tu ne t'adresses pas à la bonne personne. Si Marie ne te dit rien, il y a d'autres personnes qui étaient présentes ce soir-là. Allez c'est bon, sors de ma chambre ou j'appelle les flics pour leur dire que tu as tenté de me violer !

Je sais qu'elle en est capable. Je pars en claquant la porte de sa chambre et la porte d'entrée. Je m'arrête à la piscine pour réfléchir un instant. À qui d'autre Victoire fait-elle référence ? Marie et Marianne sont des tombes, Victoire joue avec moi. Trop risqué de confronter Roger au risque de réveiller l'intérêt de la bête. Qui ? Mes parents ? Qu'est-ce qu'ils ont à voir là-dedans ?

— Gab, que fais-tu ici ? Ça va ?

Merde ! Je n'ai pas vu Olivia arriver. Il est déjà 14 h ? Putain je suis resté longtemps assis ici !

— Livie ! Euh non enfin oui ça va. Et toi ?

— Oui j'ai fini, je rentre me changer pour aller au pub. Tu ne vas pas travailler aujourd'hui ?

— Si si, mais j'ai un truc à faire avant. Mon père est là ?

Elle s'approche de moi et me met une main sur l'épaule.

— Oui il est là, mais que se passe-t-il Gabriel ?

— Ne t'inquiète pas princesse, rien de grave. On se voit tout à l'heure.

Je l'embrasse sur le front et fonce vers le manoir. Olivia ne doit pas comprendre ma réaction et je me jure de tout lui expliquer. Je ne veux pas qu'elle s'imagine quoique ce soit, on a fait de vrais progrès tous les deux, je ne veux pas tout gâcher. En allant vers le bureau de mon père, je croise Mia qui va chercher Olivia pour le pub.

— Eh frangin, ce soir, c'est karaoké ! On fête le dernier vendredi soir libre ! Tu en es, tu n'as pas le choix.

Je lui réponds vite fait que c'est bon pour moi. Mais le karaoké et moi, ça fait deux, voire plus !

Richard est assis à son bureau quand je frappe et j'entre. Il est surpris de me voir. Je ne viens jamais le déranger à son bureau.

— Papa, faut qu'on parle. Trop de secrets. J'en deviens complètement fou.

Je vois qu'il comprend de quoi je parle. J'ai donc frappé à la bonne porte. Il se lève et me fait signe de venir m'asseoir sur le canapé.

— Que veux-tu savoir fiston ?

— Tout !

— Ce n'est pas à moi de te dire « tout ».

— Qui alors ? Un taré en a après Olivia, j'en suis sûr. Et je suis certain que c'est Roger. J'ai passé des jours et des nuits devant chez lui cet été.

— Tu as fait quoi ? On t'a dit de rester éloigné de lui !

— Rectification : Marie m'a dit de rester éloigné de lui. Pas toi. Donc tu es le « pas que ».

— « Pas que » ?

— Rémi ça te parle ?

— Gabriel, ne t'en mêle pas.

— Je t'écoute papa.

Je m'assois confortablement dans son canapé et croise les jambes. Je lui montre que je ne vais pas partir de sitôt.

— OK. Effectivement Marie nous a dit que tu avais menacé Roger. Elle nous a aussi dit que tu posais des questions sur Rémi.

— Je l'ai rencontré et je sais que c'est un privé.

— Marie avait besoin de se rassurer à la sortie de prison de Roger, je lui ai donc donné le numéro de Rémi. Il travaille pour ma société.

— Et Victoire, quel est son rôle ?

— Je ne sais pas Gabriel. Nous savons juste qu'elle rend visite à son père tous les jours.

— Qui ça « nous » papa ?

— Marie, Marianne, ta mère et moi.

Enfin, je connais les membres du cercle restreint.

— OK : donc Marie veut se rassurer sur Roger. De quoi a-t-elle peur ? Je sais qu'il y a plus que la peur de le voir débarquer chez elle. Mais quoi ? C'est pour ça qu'elle a éloigné Olivia ?

— Ce n'est pas à moi de te le dire.

— Mais il y a bien autre chose. En clair, maman et toi savez tout depuis le début et vous m'avez laissé chialer comme un con depuis six ans, me faisant croire qu'Olivia ne voulait pas garder contact car elle était traumatisée. C'est sympa ça.

— C'est plus complexe que ça mon grand.

— Je t'écoute, j'ai tout mon temps.

— Et tu es en train de le perdre, car ce n'est pas à moi de te le dire, me dit-il sèchement.

Putain, j'enrage.

— Et pour Victoire, on fait quoi ?

— Je n'en sais rien pour l'instant. On attend de voir ce qu'ils trament tous les deux. Mais, toi et moi, on ne fait rien. Laisse faire la police.

— La police ?

— Oui nous avons prévenu Bruno Benedict, nous avons toujours eu confiance en lui.

— Évidemment !

Je pars en claquant la porte. Je n'en saurais pas plus. J'ai les nerfs. Je croise maman en allant au garage.

— Que t'arrive-t-il ? Ne prends pas le volant dans cet état Gabriel !

— Demande à ton mari ! Ou à Marianne, ou à Marie !

Je laisse ma mère confuse devant la porte du garage et je démarre. Dans le rétroviseur, je la vois courir vers l'intérieur.

27
Famille ou amitié ?

Il ne faut pas dire toute la vérité, mais il ne faut dire que la vérité.

Jules Renard

Émilie

Je monte aussitôt voir Richard pour comprendre ce qu'il s'est passé. Mais j'ai bien peur d'avoir compris. Mes doutes sont confirmés quand je trouve Richard soucieux, un whisky à la main, face à la fenêtre. Il ne m'entend même pas rentrer.

— Richard, que se passe-t-il ?

Il sursaute et manque de renverser son verre.

— Il veut savoir et, cette fois-ci, on ne pourra rien y faire, me dit-il sans même se retourner.

— Mais que sait-il qui te met dans cet état ?

— Il cherche et se rapproche trop de Roger. Et je ne veux pas qu'il s'approche de lui, s'énerve-t-il.

Il se retourne et me fait face. Son intonation est sans équivoque.

— Ça suffit maintenant. Ça a trop duré. Marie doit parler. Sinon je le ferai. Je ne vais pas risquer de perdre mon fils pour le secret de famille des Charles.

— Richard…

— Non, j'arrête. Family first.

Il regarde sa montre, pose son verre et sort de son bureau. Je le suis. Il passe la piscine et entre dans le jardin des Charles.

— Richard, ce n'est pas le moment, tu ne penses pas ?

Sans un regard, il entre dans la maisonnette. Marie et Marianne viennent juste d'arriver. Marie a les traits tirés. Elle comprend de suite au regard de Richard que la suite ne va pas lui plaire.

— Bonjour Richard, Bonjour Émilie.

— Mesdames, bonjour. Comment ça s'est passé aujourd'hui ?

— On est reparti pour trois semaines, dit Marie sur un ton faussement joyeux.

— Marie, ça ne peut plus durer. Gabriel cherche, et plus ça devient flou pour lui, plus il creuse. Il va s'attirer des ennuis, et c'est hors de question qu'il soit à nouveau un dommage collatéral à tes secrets.

C'est brutal, Marie encaisse sans rien dire. Marianne baisse les yeux. Ces mensonges pèsent sur tout le monde.

— Je comprends, je vous remercie de n'avoir rien dit toutes ces années et de m'avoir soutenue.

— Marie, nous sommes amis, et c'est normal. Mais je ne veux pas perdre mon fils. Tu comprends ? insiste Richard.

Je m'approche d'elle et l'enlace doucement.

— Bien sûr. Je vais demander le divorce à Roger.

Marianne intervient, paniquée par ce que Marie vient de dire.

— C'est trop risqué. Tu devrais en premier parler à Olivia. Elle mérite de savoir. Elle a subi beaucoup et malgré tout, elle revient pour t'aider. Tu dois lui dire.

— Je veux que tout cela cesse… le mariage, les dettes. Et puis je ne veux plus qu'il me tienne avec son chantage. Je vais parler à Olivia.

Elle tremble.

— J'ai si peur de lui dire, elle va me détester, sanglote Marie.

J'essaie de la rassurer :

— Je ne crois pas, Olivia est intelligente, elle saura faire la part des choses. Et puis elle pourra enfin comprendre pourquoi elle a été si loin si longtemps. C'est important pour sa vie de femme.

Nous sommes tous les quatre dans le canapé autour de Marie quand Victoire rentre.

— Jolie photo de famille ! Le club des quatre au complet ! Oulala, vu vos têtes, l'heure est grave. Réunion de crise ? rit-elle en montant l'escalier.

— Victoire, reviens s'il te plaît ! lui demande Marie.

Elle s'arrête et la regarde.

— S'il te plaît nous devons parler.

— Maman, rien de ce que tu diras, effacera ce que tu as fait. Cela fait longtemps que je ne crois plus un traître mot qui sort de ta bouche.

Et elle disparaît dans le couloir du haut.

— Ça va aller Marie, ça va aller. Il faut enlever le pansement d'un coup, lui assène Richard. Mais ça doit cesser, sinon je m'en charge.

Richard se lève et s'en va, me laissant là en plan à gérer la situation qu'il a amorcée.

28
Le karaoké

Les sentiments que nous feignons, nous finissons par les éprouver.

Benjamin Constant

Olivia

Je suis très mitigée sur la soirée de ce soir. Ça fait une éternité que je ne suis pas sortie, ça peut donc me faire du bien. Mais demain, je prends à 6 h. Et puis je vois bien que Gabriel est soucieux. Il s'est enfermé dans son bureau, le peu de fois où il en est sorti, c'était tête baissée, sans un mot. Alors je me dis que si Gab est de cette humeur ce soir, c'est moi qui vais prendre cher.

— Je lis dans tes pensées : je vais le dérider avant ce soir, t'inquiète ! me chuchote Mia.

Et la main sur le cœur, elle rajoute :

— Et promis, Cendrillon, je te ramène avant minuit.

On part toutes les deux un peu plus tôt pour rentrer se préparer. Mia tient à ce qu'on ressemble à de vraies femmes fatales. Elle me fait rire, elle est surexcitée dans la voiture.

— Pour qui tu veux te faire belle, jolie Mia ?

— Personne ! me répond-elle précipitamment.

— Personne ? Mais bien sûr.

— Tu me déçois Olivia : depuis quand une femme a-t-elle besoin d'une excuse pour se faire belle ? Je n'ai pas besoin d'un homme pour me la jouer femme fatale.

— Évidemment, dis-je faussement sérieuse. Et Mia me tape la cuisse.

En rentrant à la maison, l'ambiance est lourde. Marie et Marianne sont sagement assises dans le canapé à parler à voix basse. J'embrasse maman et m'assure de savoir comment elle va. Puis je monte avec Mia dans ma chambre.

— Waouh c'était quoi ça en bas ? me demande Mia.

— Je n'en sais rien du tout.

— Allez on les oublie pour ce soir, OK Liv ?

— OK, ce soir c'est notre soir !

— Yeah that's my girl !

Nous passons une bonne heure à nous préparer. Nous sommes quasiment prêtes quand Mia reçoit un texto de Max pour nous dire qu'il sera là dans cinq minutes. On se dépêche de finir et, en sortant, nous tombons nez à nez avec Victoire, qui nous dévisage de la tête aux pieds.

— Waouh les greluches sont de sortie !

— Ta gueule Victoire, lui assène Mia.

Victoire s'approche de Mia et de toute sa hauteur, elle lui répond du tac au tac :

— Ouh j'ai peur la naine.

— C'est bon, temps mort les filles ! dis-je en essayant de me mettre entre les deux.

Victoire me passe la main dans les cheveux. Elle m'étudie et me dit mielleusement :

— Ma petite chérie, tu es si belle. Tu ne ressembles pas du tout à maman.

— Victoire c'est…

— Ni à moi d'ailleurs, mais c'est normal je ressemble à mon père. Peut-être que toi aussi.

Et elle fait ce qu'elle sait le mieux faire : elle part fière d'elle-même. Moi je reste comme une conne, à essayer de comprendre ses sous-entendus.

Dans la voiture, je suis à l'arrière, entre Mia et Gabriel. Mia enrage et est en boucle sur Victoire. Je sens le regard de Gab sur moi, mais je ne peux pas le regarder. Qu'a-t-elle voulu me faire comprendre ? Que je ne suis pas la fille de Roger ? Je pense qu'il ne se serait pas privé de me le dire. Je suis paumée. Gabriel me prend la main et la serre.

— Tu veux en parler ? me demande-t-il doucement.

Je suis si fébrile. Le cancer, la fatigue accumulée et la méchanceté de ma sœur ! Je suis vraiment à fleur de peau.

— Il ne vaut mieux pas… pas ce soir en tout cas, sinon je vais ruiner le maquillage que m'a fait Mia.

— Je suis là. Hier, aujourd'hui, demain. Je suis là. OK ?

Et merde, évitons ce type de déclarations sous peine d'inondation sur mon visage. Je réponds sans le regarder.

— Merci.

Nous nous garons sur le port, et nous finissons à pied, bras dessus bras dessous avec Mia. Elle a enfin oublié l'incident de tout à l'heure et me chuchote :

— Tu crois que je lui plais ?

— À qui ?

Faisant semblant de ne pas comprendre. Elle me frappe le bras et réitère sa question.

— Tu nous plais à tous Mia… Mais si tu penses à une personne en particulier, ce qui je suis sûre n'est pas le cas, car tu es une femme indépendante et moderne, je dirais que… oui !

Elle est aux anges, ses yeux pétillent de malice et elle ne tient pas en place. Au restaurant, tout le monde s'installe autour de la table ronde et Mia fusille son frère du regard quand il s'assoit entre Max et moi. Elle s'assoit donc entre Dean et moi, à son grand désespoir. Je mettrais ma main à couper qu'il l'a fait exprès. A-t-il vu le rapprochement entre son meilleur ami et sa sœur ? Je suis curieuse de voir l'évolution de cette affaire. Je souris à cette pensée quand Gabriel le remarque :

— Qu'est-ce qui te fait sourire ?

— Mia et toi, lui réponds-je.

— Heureux de participer à ton bonheur ma belle, me dit-il avec un clin d'œil.

Mia me donne un coup de coude et me dit :

— Je suis sûre qu'il l'a fait exprès. Il va me le payer !

Et voilà que les hostilités commencent ! Un serveur nous distribue un papier pour inscrire le choix de la chanson à interpréter. Je supplie Mia de ne pas me faire un sale coup. Je déteste être au cœur de l'attention, alors chanter, ce n'est pas possible. Je les vois tous très inspirés et me dis que je ne vais pas y couper.

— Non tu n'y couperas pas Livie, me dit Gabriel comme s'il avait lu en moi.

— Pas de coups bas Gab !

Je le menace et il rigole. L'ambiance est excellente entre nous tous. Nous parlons, rigolons, buvons. Arrivés au dessert, nous entendons : « Max, Dean et Gabriel sur YMCA » ! La salle les applaudit, les encourage. Mais je pense que Mia vient de signer son arrêt de mort. Gabriel monte sur scène à reculons. Les gars le chambrent. Je ris de les voir tous les trois ensemble. Et ils se débrouillent super bien. Tout le monde chante avec eux, ils mettent une ambiance de feu. La revanche ne se fait pas attendre : « Mia et Olivia sur Wannabe des Spice Girls ». Et merde ! Allez l'alcool aidant, je monte sur scène faisant semblant d'être à l'aise. Et puis la magie de la chanson opère. On repart des années en arrière où on chantait toutes les deux comme des folles dans nos chambres. En revenant nous asseoir, nous trinquons tous ensemble et rigolons de nos prestations.

— Tu es faite pour la lumière, me chuchote Gabriel.

Je le regarde les yeux brillants. Je soutiens son regard jusqu'au moment où j'entends les premières notes de *Quelque chose dans mon cœur* d'Elsa. Cette chanson est, pour moi, un coup au cœur.

Mes parents me voient trop petite
Mes copains me grandissent trop vite
Même si je leur tiens encore la main
Quelque chose me tire vers demain
Quand j'balade une douce tristesse
En vieilles tennis et slack US
J'aimerais que le temps s'accélère
Des fois je pourrais tout foutre en l'air
Quelque chose dans mon cœur
Me parle de ma vie
Entre un grand mystère qui commence
Et l'enfance qui finit
Quelque chose dans mon cœur
Fait craquer ma vie
Une drôle d'envie ; une impatience
Et la peur que j'oublie qui je suis
Qui je suis

Combien de fois ai-je pleuré sur cette chanson ? Elle me parle tant, car je m'identifiais tellement aux paroles. Gabriel le sait et sans réfléchir, il me prend dans ses bras et me parle à l'oreille :

— Ne pleure pas, ma Livie, c'est fini tout ça. L'avenir est devant toi.

Toujours sous l'effet de l'alcool, je fonds en larmes dans ses bras. « Et maintenant Mia sur oh ! La menteuse, elle est amoureuse de Dorothée. »

— Oh le bâtard ! dit-elle en fusillant du regard Gabriel, qui éclate de rire.

Max et Dean sifflent pour l'encourager et nous tapons tous sur la table pour faire le plus de bruit possible. Mia me fait tellement rire pendant son passage que j'en ai mal au ventre. Quand elle se rassoit, elle me prévient que Gab va morfler. Je la vois, satisfaite d'elle, remplir un papier.

— Je crois que tu vas prendre cher Gab, lui dis-je.

« On attend Gabriel pour longtemps d'Amir » ! J'adore cette chanson, mais par contre, pourquoi est-ce une vengeance contre Gabriel ? Parce que c'est trop cucul pour lui ?

J'veux des problèmes
J'veux qu'tes galères deviennent les miennes
J'veux qu'tu m'balances au visage tes orages tes peines
Pour des nuits diluviennes

J'veux qu'on s'apprenne
J'veux partager tes joies, tes migraines
Ton corps me donne le vertige et tes mains me mènent
Où rien ne nous gêne

J'pourrais m'tatouer notre histoire sur le bras
Me mettre dans de beaux draps si t'es avec moi
C'est toi dans ce monde de fous
Je l'sais c'est tout

Oh mon Dieu ! Je fonds. Il est si captivant, si séduisant. Je ne le quitte pas des yeux et demande à Mia pourquoi cette chanson en particulier.

— Un soir où il avait trop bu, il a fini à poil dans la piscine en la chantant en boucle. Dean l'avait filmé. Depuis on le tacle avec ça.

Et j'voudrais qu'ça dure longtemps
User ma peau sur la tienne
Un jour j'oublierai tout jusqu'à mon nom je saurai simplement
Que t'es là que t'es belle que t'es mienne

J'voudrais qu'ça dure 100 ans
Que jamais la raison n'atteigne
Cet aveu cette envie de rêver tous les deux quand même
Jusqu'à ce qu'un jour nos deux yeux s'éteignent

Mon évidence, t'es mon sourire et ma carte chance
J'veux qu'on déconne qu'on décolle qu'on délire qu'on danse
Jusqu'au dernier silence

Nos regards sont attachés l'un à l'autre. Nous sommes dans une bulle. Sans réfléchir, je me lève vers lui. Il me tend la main et me fait monter sur la scène. Nous finissons la chanson, dans les bras l'un de l'autre, à danser ensemble.

J'irai dans la rue si t'as besoin d'un toit
J'pourrais vivre nu pour qu't'aies un peu moins froid
C'est toi dans ce monde de fous
Je l'sais c'est tout

Et j'voudrais qu'ça dure longtemps
User ma peau sur la tienne
Un jour j'oublierai tout jusqu'à mon nom je saurai simplement
Que t'es là que t'es belle que t'es mienne

J'voudrais qu'ça dure 100 ans
Que jamais la raison n'atteigne
Cet aveu cette envie de rêver tous les deux quand même
Jusqu'à ce qu'un jour nos deux yeux s'éteignent

Quand la chanson s'arrête, nous sommes toujours collés. Gabriel s'éloigne conscient que tout le monde nous regarde. Gênés, nous retournons à nos places sous une ovation générale. Je n'ose pas le regarder dans les yeux, mais il garde ma main dans la sienne jusqu'à l'arrivée des desserts.

— Peux-tu me rendre ma main s'il te plaît ? C'est plus pratique pour manger ma glace, lui dis-je en le taquinant.

— Non.

— Non ?

Je le regarde incrédule.

— Non. C'est surfait une deuxième main, complètement inutile.

J'ai conscience des regards des copains sur nous, alors je retire délicatement ma main de la sienne.

— J'ai déjà deux mains gauches, alors si tu m'en enlèves une, je suis mal barrée.

Personne n'ose reparler de ce qu'il vient de se passer sur scène. À minuit, Mia tient parole et nous rentrons tous à la maison.

— Livie, peut-on parler de ce qu'il s'est passé tout à l'heure ? me chuchote Gabriel devant chez moi.

Je suis ultra gênée, je ne suis pas prête à ce qu'il me repousse et me dise que j'ai toujours été comme une sœur pour lui.

— Pas ce soir Gab, s'il te plaît. Je suis naze et je me lève dans cinq heures.

Je le sens direct se braquer. Et quand je descends de voiture pour rentrer chez moi, il ne m'adresse même pas un regard. Merde, tout ça pour ça. Il compte énormément pour moi et je ne veux plus le perdre. Mais je n'ai pas envie d'entendre qu'il m'aime comme un frère aime une sœur. Il faudra pourtant bien l'avoir cette conversation. En rentrant dans ma chambre, je décide de lui envoyer un texto pour m'excuser de ma réponse. Le hic est que je ne retrouve pas mon portable. J'essaie de me rappeler la dernière fois que je l'ai utilisé. Ce qui est sûr c'est que je ne m'en suis pas servie avec Mia cet après-midi, et pas pendant la soirée non plus. J'ai dû le laisser au pub. Je décide de le récupérer demain en allant travailler « Chez André ». Je pense sans cesse au fait que j'ai blessé Gabriel et qu'il faut que je lui fasse un message pour m'excuser. Je n'arriverais pas à dormir tant que je n'aurais pas fait mon message. Alors je décide à 00 h 30 de prendre ma voiture et d'aller au pub pour le récupérer.

29
Juste pour un SMS

C'est de ta peur que j'ai peur.

Shakespeare

Olivia

Et me voilà en route vers le pub. Depuis l'incident au retour de l'hôpital début juillet, j'ai peur de conduire de nuit, peur d'être suivie. Quand j'arrive, les grilles du parking du personnel sont fermées et je n'ai pas les clefs. Il n'y a aucune place dans la rue et je n'ai pas envie de me garer sur le port et de faire le trajet à pied à 00 h 45. Je me gare donc sur une place de livraison et ouvre la porte d'entrée principale du pub, que je prends bien soin de refermer à clef derrière moi. J'allume les lumières, pose mes affaires sur le comptoir et fonce en réserve pour récupérer mon téléphone. Bingo ! Il est bien là, sur une caisse d'alcool. Le temps de constater que la batterie est à plat, j'entends la porte se refermer derrière moi et le bruit du verrou. Je fonce dessus et je ne réussis pas à l'ouvrir. Un morceau de papier est glissé sous la porte. J'appuie frénétiquement sur mon téléphone, mais il est désespérément déchargé. Je me baisse pour récupérer la feuille et la déplie lentement.

« La vie est ainsi faite. À nouveau seule. Personne pour t'entendre, personne pour te chercher. Être si peu de chose… On ne peut pas briser la vie des autres sans en payer les conséquences, peut-être que l'heure de la vengeance a sonné. »

Je frappe contre la porte, je crie. Mais je n'ai pas de réponse. Puis les lumières s'éteignent. Et là je flippe totalement. J'entends très nettement une respiration.

— Qui êtes-vous ? Que me voulez-vous ?

Je hurle. En réponse, je n'entends que le bruit de la respiration qui s'intensifie. Il faut que je me cache, mais je ne vois rien. « Allez Olivia, tu la connais par cœur cette réserve. Allez réfléchis pour te planquer. Réfléchis. » Je longe le mur à gauche de la porte, et tente de me cacher derrière des caisses non rangées. Je me fais toute petite, assise dans l'angle du mur, genoux repliés contre la poitrine, avec plusieurs caisses devant moi. J'entends toujours cette respiration. Je ne suis pas seule et ça me fait franchement peur. Personne ne va me chercher. On est samedi, les gars ne viennent pas travailler au pub ce week-end. Je n'ai pas prévu de voir Mia. Gwladys et André n'ont pas le téléphone de ma mère ou de mes copains. Ils ne pourront pas prévenir de mon absence. Ils vont croire que j'ai démissionné et ne pas s'inquiéter plus que ça.

Je n'ai ni montre ni portable. Je n'ai absolument pas d'idée depuis combien de temps je suis enfermée. J'ai très froid. Je rapproche le plus possible mes genoux de ma poitrine pour essayer de me réchauffer. Cette respiration m'angoisse, je vais devenir folle. Je me retrouve dans un état second qui me rappelle étrangement celui dans lequel j'étais à mon arrivée chez mon grand-père en Italie.

La journée est bien entamée quand nous arrivons chez mes grands-parents. Papy me prend aussitôt dans ses bras, me parle, me rassure. Il m'emmène à l'intérieur. Ma grand-mère, moins câline, me dirige vers le sofa et m'apporte un grand verre d'eau. Papy monte mes affaires dans ma nouvelle chambre au premier étage. Ma tante s'approche de moi et me dit gentiment en me caressant la joue :

— Ma chérie, je dois repartir pour m'occuper de ta maman. Tout va bien se passer, d'accord ?

— Mais moi, je rentre quand ? Quand maman sort de l'hôpital ? Dis à Gabriel où je suis s'il te plaît !

— Ma chérie, il vaut mieux que tu restes ici et que tu oublies le reste. Tu vas être heureuse ici. Fais-nous confiance.

— Mais tu vas revenir me chercher, hein ?

Elle pleure en s'éloignant. Elle embrasse tendrement ses parents et me fait un au revoir de la main.

— Tatie, tu vas revenir ? Tatie ? Tatie ?

Papy me prend dans ses bras pour me consoler.

— Papy, elle va revenir hein ?

— Pas tout de suite mon ange, pas tout de suite.

Ce soir-là, je ne mange pas. Je suis sous le choc. Papy me couche, je me recroqueville et je pleure. Encore et encore. Les jours passent et je pleure toujours. Mamie reste à mon chevet et tente de me faire boire et manger un peu. Papy vient très souvent dans l'embrasure de la porte pour prendre de mes nouvelles. Très souvent, mamie lui dit que tout ça est une énorme erreur, que je suis trop compliquée et que je ne vais leur apporter que du souci. Je veux réagir mais je n'y arrive pas. Je n'ai plus envie de rien. Je ne ressens plus rien, je suis vide. Je ne sais pas combien de semaines se sont écoulées, mais ce jour-là est le jour de trop pour mon papy. Il souffre trop de me voir ainsi. Il me force à m'asseoir dans le lit et il se met à côté de moi. Tous les deux, dos au mur, ma main dans la sienne, il me parle doucement. Sa voix me berce et me rassure.

— Ma petite, je ne supporte plus de te voir dans cet état. Je comprends ta souffrance, crois-moi : un père violent et alcoolique, une maman gravement blessée et tes amis laissés au pays. Je comprends tout et tu as le droit d'avoir mal. Mais maintenant la question que tu dois te poser est la suivante : est-ce la vie que je veux ?

Je ne réponds pas, les yeux fixés sur le mur d'en face.

— Je sais que tu veux retourner chez toi. C'est normal. Mais ta mère pense que tu es plus en sécurité ici et j'avoue que je le pense aussi. Utilise ce temps ici, comme une parenthèse dans ta vie. Une parenthèse rien qu'à toi pour te reconstruire et retourner encore plus forte en France. Ici c'est ton cocon, tu ne risques rien. Je t'aime ma nipotina. Il est temps de revenir à la vie.

Ces mots ont tourné en boucle dans ma tête la nuit qui a suivi. Encore et encore. Alors, quand j'entends son réveil le matin suivant, je me lève, m'habille, et descends le rejoindre dans la cuisine pour le petit-déjeuner. Il fait mine de rien en me voyant, mais je le vois sourire tendrement pendant que je beurre ma tartine. À partir de là, notre routine à tous les deux s'est mise en place. Tous les matins, je l'aide dans son jardin ou, si le temps est mauvais, dans son atelier, sa cachette de mamie. L'après-midi, nous nous baladons plusieurs heures. Nous partons à pied de la maison et rejoignons le bois, appartenant à mon grand-père, en traversant la route principale. Par la forêt de mes aïeux, nous rejoignons un lieu très touristique, surplombant le lac Majeur : Sainte-Catherine, un magnifique monastère, accessible en descendant une centaine de marches. À chaque fois, nous nous accoudons à la balustrade en bas et nous regardons le lac. Puis nous remontons les marches, et nous redescendons par la route vers la plage de Reno. Très souvent nous y mangeons une glace en regardant les bateaux de plaisance. Nous rentrons par les petits villages jusqu'au nôtre : Cellina. La maison familiale est sur les hauteurs, au pied de l'église. Avant de remonter par les marches construites par mon arrière-grand-père, nous nous attablons en terrasse au bar et regardons les joueurs de pétanque. Nous nous parlons beaucoup tous les deux. Papy évoque son vécu de prisonnier pendant la Seconde Guerre mondiale, son métier à la SNCF et souvent il me raconte des anecdotes sur ma tante et maman. Moi, je lui raconte tout sur Gabriel en long, en large et en travers. Je suis sûre que papy doit faire une overdose de mon meilleur ami. Puis nous remontons, pour 18 h 15 pétante, regarder ses feuilletons. Le mardi matin, c'est un autre rituel. Nous partons tous les trois au marché de Laveno et, pendant que mamie fait ses courses, nous nous éclipsons pour rejoindre les bords du lac. Là, sous les arcades, nous achetons deux parts de pizza Margherita, que nous mangeons sur le port, à côté de l'embarcadère, en regardant les va-et-vient des traghetti. Et tous les mardis midis, c'est la même rengaine : mamie râle car nous n'avons pas très faim ! Les samedis après-midi, j'assiste mamie à l'église. Comme dit papy : La bourgeoise, elle ne vit que pour son tas de pierres. Et en effet, les fleurs du jardin servent à décorer l'église pour la messe du samedi. J'aide mamie à tout installer sur l'autel et à préparer le prêtre avec sa soutane. À la fin de chaque messe, mamie s'enferme dans la cuisine de la maison et compte chaque sou de la quête, qu'elle cache précautionneusement avant de les remettre au curé quelques jours plus tard.

Mon jour préféré est le dimanche, car chaque dimanche matin, à 9 h précise, papy et moi partons en voiture faire notre « giro ». *Nous allons, en premier, jusqu'à la ville d'Ispra, où papy y a ses habitudes et où il trouve ses magasines français avec son journal régional italien. Puis nous faisons une deuxième halte, sur le chemin du retour, au camping del Oro pour admirer le lac. Le Giro se termine toujours par l'apéritif au bar restaurant La Campana, un incontournable à l'entrée du village à côté du cimetière. Papy prend son verre de vin blanc en terrasse, moi une glace. Il lit son journal et je regarde les Italiens qui passent et qui gesticulent bruyamment dans tous les sens. Ils me font tellement rire. Puis toujours avant de repartir, le cousin de mamie, le Dario, vient nous saluer et nous parler de sa semaine. Nous rentrons avant que les cloches de l'église ne sonnent midi.*

Je suis complètement replongée dans mes souvenirs. Cette respiration angoissante me sort de mes pensées et me rend folle. Si je me calme un instant et si je réfléchis un peu, je n'ai pas entendu un seul mouvement ni à l'intérieur de la réserve ni à l'extérieur. C'est étrange tout de même.

Un jour, nous croisons le voisin de l'autre côté de la rue. C'est un Français de Besançon qui a emménagé avec sa femme et sa fille Flora quelques mois plutôt. Elle aussi est seule. De fil en aiguille, on sympathise jusqu'à devenir inséparable. Nous n'allons pas à l'école, c'est sa mère qui nous fait cours. Comme je tiens à mes moments privilégiés avec papy, je travaille le soir dans mon lit. Nous choisissons ensemble la même fac à Varèse pour rester ensemble, dans nos familles respectives.

Flora ! Va-t-elle s'inquiéter ? Me rechercher ? Gabriel est fâché après moi, mais va-t-il me chercher ? Il me l'a dit : « Je suis là. Hier, aujourd'hui, demain. Je suis là ». Dans ma tête tout se mélange, il n'est jamais venu me chercher en Italie, pourquoi viendrait-il maintenant ? Soudain, une voix résonne dans la réserve :

— Prête pour la vérité ?

Puis à nouveau la respiration lourde.

— Quelle vérité ? Quelle vérité ? Répondez-moi ! crié-je.

Qui que ce soit, il se joue de moi. Je tente de me raisonner : « Calme-toi, Liv, calme-toi. Respire. » La voix est bizarre, comme modifiée. Mais je suis sûre d'entendre des grésillements. Si je ne fais pas quelque chose, je vais moisir ici. Alors je décide le plus doucement et silencieusement possible de m'approcher d'où vient la respiration. Et plus j'approche, plus je suis persuadée que ce son est enregistré. Dans le noir, je devine à tâtons une enceinte posée sur une caisse en bois. Je la prends et l'explose contre la porte de livraison. Le bruit s'arrête enfin.

Cela doit faire des heures que je suis ici. Mais je ne vois pas d'issue. Je pense à la porte de livraison qui est directement sur le parking du personnel. La vie a dû reprendre son cours dehors, alors je tape de toutes mes forces contre elle. Je tape, je hurle, mais rien. Je jette des caisses dessus, des bouteilles, tout ce qui me passe sous la main. Et puis soudain, j'entends des voix. Je ne suis pas folle, il y a des voix dehors ! Je tape encore plus fort contre la porte.

— Appelle Benedict, elle est là ! Livie, on est là. Putain de clefs de merde. Attends je vais t'ouvrir !

La porte s'ouvre et le soleil me brûle la rétine. Je me cache les yeux en reculant et je tombe sur l'une des caisses au sol.

— Olivia ? Olivia ? Ça va ? Parle-moi.

Il s'agenouille par terre et me prend dans ses bras.

— Gabriel !

Je m'accroche à lui et pleure de soulagement. Il ne me lâche pas et me murmure à l'oreille.

— Je n'ai jamais cessé de te chercher Livie. Jamais.

J'entends Mia courir vers moi.

— La police arrive. Olivia !

Elle se jette sur nous. C'est si bon de les retrouver. Gabriel se redresse et continue de me fixer en me caressant les cheveux.

— Je vais ouvrir la porte de service. OK ? Vous restez là toutes les deux, nous ordonne-t-il.

— Non, s'il te plaît ! Je le supplie. S'il est encore là ?

Je m'agrippe à lui mais Gabriel me replace dans les bras de Mia.

— Ne bouge pas d'ici princesse. Je reviens.

Il m'embrasse sur le front et utilise sa clef pour ouvrir. Il disparaît dans le noir du couloir. Il y a un silence de mort. Soudain, toutes les lumières se rallument et Gabriel réapparaît.

— Il n'y a personne, dit-il très contrarié.

— Mais pourquoi es-tu venue ici ? Toute seule en plus, me sermonne Mia.

— J'avais oublié mon portable ici dans la réserve et je voulais envoyer un message à Gabriel, dis-je tout bas.

— Tu es venue seule ici juste pour écrire un texto à mon frère ? Tu te fous de ma gueule ? On te cherche partout, t'as failli crever ici juste pour un putain de texto ?

Je vois Gabriel passer nerveusement sa main dans ses cheveux et nous regarder.

— Je suis désolée, je n'arrivais pas à dormir à cause de ça. Je ne voulais pas qu'il m'en veuille inutilement.

Mia est très en colère contre moi.

— Tu te rends compte que tu as failli y rester juste pour un texto ? me dit-elle faussement calme.

— Oui pardon. Comment avez-vous su que j'étais là ?

— On ne savait pas, me répond-elle. On a tenté.

— On est tous venu pour un brunch hier midi « Chez André ». André était surpris de nous voir, il a marmonné dans sa barbe en partant dans sa cuisine. Gwladys était très contrariée car tu n'étais pas venue. Nous sommes allés chez toi et ta mère nous a confirmé qu'elle ne t'avait pas vue samedi matin. Elle a pensé que tu n'avais pas osé la réveiller. Nous ne lui avons pas dit que tu avais disparu. Mais j'ai tout de suite compris. J'ai vu que ta voiture n'était plus dans le garage, donc Max et Dean, d'un côté, et Mia et moi, de l'autre, avons fait plusieurs trajets pour voir si tu n'avais pas eu d'accident de voiture. Maman a appelé tous les hôpitaux. Papa, lui, a appelé Rémi pour…

— Rémi ? demandé-je surprise d'entendre son prénom.

— Oui je t'expliquerai tout ça. Rémi est un privé qui surveille Roger. Papa l'a appelé pour savoir si Roger avait bougé. Mais rien.

Mia continue.

— La police a interrogé Victoire, ils voulaient connaître son emploi du temps.

— Victoire ?

— Oui princesse, Victoire. Je ne la sens pas, me répond Gabriel.

Merde… ma sœur ? J'ai dû mal à y croire quand même.

— Mais ils n'ont rien trouvé. Et puis ce fameux Rémi a appelé Gabriel. Il avait appelé les fourrières, et l'une d'entre elles avaient récupéré ta voiture qui gênait, stationnée devant le pub sur les livraisons. Donc avec Gabriel, on a foncé ici. Et tadam, nous voici !

— Putain, on n'a même pas pensé à chercher ici avant.

— C'est normal Gab ! Je n'avais aucune raison de venir ici, essayé-je de le rassurer, en baissant les yeux.

— Ce n'était pas planifié que tu viennes, pourtant tu as eu un comité d'accueil. Donc, quelqu'un te suit. Ce n'est pas possible autrement, en conclut Gabriel.

— Ou alors il y avait un cambrioleur et… tente Mia.

— Non, j'ai regardé les portes et fenêtres. Tout est fermé. Il n'y a aucune effraction.

— Ce n'est pas un cambrioleur. La personne a attendu que je sois dans la réserve pour fermer la porte. Il m'a glissé ce mot sous la porte et, après, tout s'est éteint. Et puis, il y avait cette respiration. C'était obsédant !

— Une respiration ? Il y a quelqu'un ici ? se met à chercher Gabriel.

— Non, c'était une enceinte ! Je l'ai explosée contre la porte. Regarde !

Je lui montre du doigt l'objet par terre. Pendant que Mia observe l'enceinte, Gabriel se met à lire le morceau de papier.

— Putain mais c'est quoi cette merde ? s'énerve-t-il.

L'inspecteur, que j'avais déjà vu ici, arrive avec son équipe par la réserve. Il regarde en détail la scène qu'il a sous les yeux : Moi à terre dans les bras de Mia, Gabriel à côté, mains sur les hanches, et des bouteilles explosées partout.

— Est-ce que tout le monde va bien ? demande-t-il.

— Oui, Olivia était enfermée ici. J'ai fait le tour et il n'y a personne d'autre.

— Monsieur Cooper ! Je vous ai déjà dit de nous laisser faire notre boulot, le gronde-t-il.

Ils ont l'air de bien se connaître ces deux-là.

— Et prendre le risque que le ravisseur s'échappe ? répond Gabriel.

Les deux ne se lâchent pas du regard et Gab gagne le duel. Le flic se retourne vers moi, en secouant sa tête de dépit :

— Comment allez-vous, mademoiselle Charles ? Êtes-vous blessée ?

Son ton est empathique. Je me sens en confiance avec lui et je lui raconte tout. Au même moment, une ambulance arrive et quelqu'un en blouse blanche m'enveloppe dans une couverture de survie. Benedict continue :

— Les gars, prenez le mot et l'enceinte ! Fouillez la pièce immédiatement avant qu'elle ne soit souillée, précise-t-il en regardant lourdement Gabriel.

— Mademoiselle, nous allons vous emmener à l'hôpital pour vous examiner.

— Non certainement pas !

Je m'accroche à Mia pour bien leur montrer que je ne bougerai pas.

— Il faut qu'on vous examine, mademoiselle.

— Je vais bien, personne ne m'a touchée. J'ai juste froid et faim.

Le médecin hésite et s'entretient avec l'inspecteur. Il se retourne à nouveau vers moi.

— OK, mais je vais vous examiner quand même. Dans l'ambulance, m'ordonne-t-il.

— Non, je ne bouge pas, je reste ici avec mes amis.

Gabriel se rapproche de moi et me passe une main dans le dos.

— Mia va t'accompagner dans l'ambulance, qui gardera ses portes grandes ouvertes si ça te rassure. Mais il faut qu'il t'examine mon ange. OK ?

J'opine contrariée et me laisse guider jusqu'à l'ambulance, accrochée à Mia. Assise sur un brancard, je les laisse faire. Je regarde Gabriel et Bruno Benedict échanger ensemble.

— Y a-t-il un système de caméras de surveillance dans votre établissement ? lui demande le policier.

— Mais oui ! Quel con ! Les caméras ! Je n'y ai pas pensé.

Les deux partent à toute vitesse, vers, je pense, le bureau.

On m'autorise à descendre de l'ambulance et nous allons nous installer dans l'un des canapés du pub. Mia me fait un grand chocolat chaud et me trouve un paquet de Granolas. Gabriel revient et s'assoit avec nous en me prenant la main.

— Les flics ont pris les images. Mais ça n'a rien donné.

— On ne voit personne dessus ? demandé-je angoissée.

— Si, on te voit arriver un peu avant 1 h du matin samedi. On voit que tu prends le soin de bien refermer à clef derrière toi, que tu poses tes affaires sur le bar et que tu pars en réserve. C'est à ce moment, que quelqu'un, capuche sur la tête, gants et écharpe jusque sous les yeux, entre par la même porte avec une clef. Il baisse la tête. Clairement il connaît l'emplacement des caméras et a su toutes les éviter. Il te suit dans le couloir et on le voit fermer la porte à clef. Il te glisse le papier sous la porte, sait où éteindre les lumières et repart par où il est venu en fermant à clef. Benedict va récupérer les caméras de surveillance de la rue et des magasins autour.

J'essaie d'assimiler tout ce que vient de dire Gabriel.

— Tu veux dire que la personne me suivait, qu'elle a les clefs et connaît les lieux, je tente de résumer.

— C'est ça, mademoiselle Charles, intervient le policier que je n'avais pas vu revenir.

— C'est l'un de nous ? Ce n'est pas possible, demande Mia paniquée.

Gabriel passe et repasse sa main dans ses cheveux. Il est nerveux et je peux lire dans ses yeux qu'il s'énerve à reconstituer ce puzzle.

— La personne est un petit gabarit, homme ou femme, nous ne savons pas, rajoute le flic.

Je regarde apeurée Gabriel, ayant trop peur de comprendre.

— Non Livie, il n'a pas bougé de chez lui.

— Je reviens vers vous dès que j'ai du nouveau. En attendant, soyez sur vos gardes. Et ne tentez rien. Compris ? dit-il en appuyant son regard sur Gabriel.

Il nous laisse tous les trois, complètement perdus dans nos pensées, à essayer d'assembler les morceaux.

— Gabriel ça ne peut pas être l'un de nous, hein ?

— Je ne sais pas sœurette, je n'en sais foutrement rien. Mais à partir de maintenant, c'est nous cinq et basta. Mia, on se méfie de tout le monde, même des parents.

— Quoi ? Mais tu es fou ? s'insurge-t-elle.

— Avec Marie, ils nous cachent quelque chose. Je n'ai pas encore trouvé quoi.

Sur cette dernière confession, je comprends que Gabriel n'a jamais cessé de chercher. Jamais.

30
Contrecoup

Prendre le temps de fêter ta victoire, mais n'invite pas ton adversaire à fêter ta gloire.

Daniel Desbiens

Olivia

Nous sommes restés un long moment au pub pour essayer d'y voir plus clair. Gabriel m'a détaillé tout ce qu'il avait découvert. Mia et moi sommes restées sans voix. Je ne pensais pas que la vérité que je recherchais depuis six ans impliquait autant de monde. Pourquoi protègent-ils tous ce secret comme si c'était un trésor inestimable ?

Max et Dean nous ont rejoints un peu plus tard dans l'après-midi. Les trois garçons ont fait et refait le tour du pub, pour s'assurer que tout était en ordre et que chaque caméra fonctionnait. Le lendemain, toutes les serrures allaient être changées. Gabriel veut à tout prix éviter le retour de mon ravisseur. Il a même planifié de fortifier toutes les portes donnant sur l'extérieur et de mettre des digicodes pour accéder à certains endroits privés du pub. La sécurité devient son obsession.

— Mec, détends-toi, on ne va pas en faire un fort knox non plus ! Râle Dean.

— La sécurité d'Olivia est ma priorité. Si elle est en danger ici, alors oublie l'inauguration. On annule tout.

Gabriel est à cran. Dean aussi. Impact sous peu.

— Parce que nous, tu crois que ce n'est pas notre priorité ? Olivia est ta propriété et nous on ne doit rien dire ? s'énerve Dean.

— C'est quoi ton problème Di ? siffle-t-il en se rapprochant dangereusement. Tu as quelque chose à me dire ?

— Peut-être oui ! Tu nous as toujours imposé ta vision des choses sur Olivia, mais alerte info ! On n'a plus dix ans. Et je fais ce que je veux avec elle.

— Oulala stop ! Tu veux faire quoi avec moi toi ? demandé-je en perdant patience.

Dean me regarde et me fait le geste de laisser tomber. Gabriel est dans une colère noire, il a dû mal à se contenir. Je suis l'affrontement sans trop comprendre pourquoi je suis le nœud de leur problème aujourd'hui. Mia et Max observent en silence, ils ne leur manquent que du popcorn.

Très près l'un de l'autre, Dean et Gabriel se font face et se livrent une guerre non verbale.

— Alors tu veux faire quoi avec Olivia ? insiste Gabriel.

— À voir ce qu'elle, elle veut faire, lui répond-il sur un ton salace et en me décochant un clin d'œil.

Dean vient de signer son arrêt de mort. Gabriel se jette sur lui. Enfin, Max réagit en s'interposant entre les deux.

— C'est bon, tout le monde se calme ! On est à cran. Mais Olivia va bien. Les lieux seront sécurisés avant l'ouverture. Et on fera tout ce qu'il faudra pour que, qui que ce soit, soit en sécurité. OK ?

L'ambiance est électrique.

— Sur ces bonnes paroles, rentrons ! décide Mia.

— Oui rentrons s'il vous plaît. Je suis exténuée, j'ai besoin d'une bonne douche et de mon lit.

Aucun des garçons ne dit mot. Nous sommes donc partis dans un silence quasi religieux.

— Je voulais tous vous remercier de m'avoir cherchée, dis-je émue. Et je m'excuse de tout le bazar que j'ai fichu dans la réserve !

Mia me prend dans ses bras, Max et Dean me disent que c'est normal. Gab, derrière moi, me glisse à l'oreille :

— *On ne laisse pas bébé dans un coin*… C'est ça non ?

Il cherche à me détendre avec la réplique de mon film culte ! Dean nous dépose tous chez Les Cooper. Il ne peut pas rester car sa mère l'attend. Je n'y crois pas : il est encore en colère contre Gab, et vice versa. Quand nous pénétrons à l'intérieur du manoir, Émilie se jette sur moi en pleurs. Ce qui me frappe à ce moment précis est la froideur qui émane de mon meilleur ami.

— Installez-vous les enfants, on vous attendait. On vous a préparé des choses à grignoter.

— Merci mais je n'ai pas faim, grogne Gabriel.

Émilie décide de l'ignorer et s'inquiète pour moi. Je subis un vrai interrogatoire.

— Mais quelque chose m'échappe : vous posez plein de questions à Liv. Mais vous, vous ne répondez à aucune de nos questions. Ça ne me paraît pas très réglo ça, non ?

— Gabriel, ça suffit ! tonne Richard.

— Tu as raison, ça suffit papa.

Il me prend par la main pour m'extirper d'Émilie et fait signe aux deux autres de nous suivre. Sans un mot, tout le monde me raccompagne chez moi et s'assure que tout est en ordre à l'intérieur de ma maison.

— Merci de ce que vous faites pour moi, ça me touche, leur dis-je une fois tous réunis dans mon salon.

Chacun y va de son câlin, quand la porte d'entrée s'ouvre violemment et apparaît une Victoire aux traits tirés. Elle semble furieuse et sa fureur m'est clairement destinée. Elle s'arrête devant moi et me tue du regard.

— Victoire, écoute, je suis désolée de ce que tu sembles avoir vécu. Je n'ai…

De manière autoritaire, elle me fait signe de me taire. Elle s'apprête à parler, puis se ravise et part dans sa chambre.

— La soirée va être charmante, j'ironise sans grande conviction.

31
Dernière ligne droite

La vie frappe, frappe, et frappe encore. Bats-toi !
Gaël Crutzen

Olivia

— On est mardi et on ouvre vendredi, j'hyperventile ! s'excite Mia.

— Eh calme-toi ma belle, on va y arriver. Regarde : le bar est prêt, je connais tous les cocktails par cœur et on attend maintenant l'autorisation de la police pour ranger la réserve. On est plus qu'à jour.

Je passe mon temps à la rassurer depuis hier et je sens que ça ne va pas aller en s'améliorant. Tout le monde est à cran, j'essaie de désamorcer les possibles conflits entre Dean et Gabriel. Ça ne s'est pas arrangé entre eux, chacun campe sur ses positions. Saupoudrez tout ça de sur protection sur ma propre personne et ça donne une ambiance détestable ! L'enquête n'avance pas. Je ne dis rien à personne, je fais semblant que je vais bien, mais je suis terrifiée. Qui m'en veut ? De quelle vérité parlait-il et quelle vengeance ? Je ne vois que Roger, mais la police maintient qu'il n'a pas quitté son domicile. A-t-il payé quelqu'un ? Et Victoire, a-t-elle quelque chose à voir là-dedans ? Il faut que je parle à maman, elle seule va pouvoir m'éclairer. Gabriel est convaincu qu'ils nous cachent tous quelque chose. Émilie semble lui dire que c'est Maman qui doit nous le raconter. Mais elle souffre tellement avec son traitement que je ne peux me résoudre à lui poser des questions qui la dérangent. Je sais que Gabriel ronge son frein, mais je veux attendre qu'elle ait plus de force.

— Je te parle Olivia ?

— Pardon Mia, je réfléchissais à ce qu'il nous restait à faire. Cependant, on doit trouver une solution pour ces deux têtus là ?

— Viens j'ai une idée.

Elle attire sous un faux prétexte Gab et Dean dans le bureau. L'un se met dans le canapé, l'autre sur le bureau.

— Mia, viens voir, j'ai un problème avec ta commande ! Je lui crie.

— J'arrive !

Elle plante les deux gars dans le bureau et ferme la porte à clef. Nous rigolons de notre tour, mais les deux à l'intérieur, eux, ne rigolent pas et frappent contre la porte.

— Je vous laisse sortir quand vous vous serez rabibochés, dit Mia.

Max s'approche et comprend ce qu'il se passe.

— Vous allez passer un sale quart d'heure quand vous les libérerez ! rit-il. Bon, on se commande des pizzas, car ça risque de durer longtemps ?

Nous partons tous les trois en riant dans la salle et nous commandons à manger.

Gabriel

Putain, ma sœur me gave avec ses idées à la con ! Je reste le cul sur le bureau, les bras croisés. Dean me prend la tête avec Olivia. Je pense qu'on a quand même autre chose à foutre que de gérer les états d'âme de monsieur. L'heure tourne et ni lui ni moi ne faisons le premier pas.

— Vous avez faim ? minaude Mia derrière la porte.

Dean perd patience.

— Tu fais chier Mia ! Je n'ai pas que ça à foutre.

— Tout doux bijou… tu causes avec mon frère et la porte s'ouvrira.

Je ne peux me retenir de rire… jaune. Une vraie gamine.

— Elle nous faisait moins chier à Tahiti celle-là, s'exclame Dean à voix haute.

— C'est clair.

Après un instant, Dean se lance.

— Quand est-ce qu'ils vont faire bisou bisou ces deux-là aussi ?

On n'en a jamais parlé ensemble, mais apparemment on a tiré les mêmes conclusions. Mia et Max, ça devient inéluctable.

— Comme quoi les pactes ne sont plus valides, continue-t-il amer.

— Évidemment qu'ils n'ont plus lieu d'être, on n'a plus 15 ans, je lui rétorque passablement énervé par son histoire de pacte, qu'il ressasse sans cesse.

Mais ça m'a bien fait chier au début quand j'ai commencé à comprendre que ces deux-là s'appréciaient. Max ne m'en a jamais parlé, il ne doit pas oser. J'ai toujours été très protecteur envers ma petite sœur. Et il a toujours été interdit de toucher à la famille de l'un des nôtres. Alors je fais mine de rien, mais je les observe. Et j'avoue que c'est marrant. Mais je ne vais pas leur faciliter la tâche. À eux de me dire leur attirance respective.

— Je n'ai pas l'intention de draguer Olivia, Gab. Pacte ou pas pacte, elle est à toi… depuis toujours, me lâche Dean dépité.

Je ne réponds pas.

— Elle ne voit que par toi de toute façon, il faudrait être bien con pour tenter sa chance avec elle. C'est peine perdue.

Ça me fait du bien de l'entendre dire qu'Olivia ne voit que moi. Je gonfle machinalement la poitrine, comme un coq.

— Elle m'a toujours plu. Je ne suis même pas sûr que tu t'en sois rendu compte, continue Dean.

— Je suis peut-être un sale con prétentieux et égoïste, mais je ne suis pas aveugle.

— Pourtant tu te l'es appropriée… sans concerter personne

— Olivia n'est pas une chose, elle a son mot à dire.

— Ouais, bah je n'ai jamais existé que comme un grand frère pour elle. Alors que toi, quand elle te regarde, c'est…

Je ne sais pas quoi lui dire. Oui Olivia est ma moitié, mon évidence. Et je prie pour que la réciproque soit vraie. On a besoin de se retrouver, de se ré apprivoiser. Mais on a le temps à présent.

— J'ai été con Gab, pardon.

Je le regarde un peu surpris qu'il baisse déjà les armes. Je ne bouge pas d'un cil. J'ai connu Dean plus battant.

— L'ouverture, l'inauguration, bah ça me monte un peu à la tête. Je la joue décontracte et zen, mais clairement je suis en flip.

— Ça nous met la pression à tous Dean. Et on n'a pas besoin que, en plus, l'autre con joue avec nos nerfs. J'ai l'impression qu'il fait d'Olivia sa marionnette et ça me rend fou car je ne peux rien faire.

— T'as l'air persuadé que c'est Roger, mais les flics t'ont dit qu'il n'avait pas bougé samedi soir dernier.

— Parce qu'il a sûrement trouvé comment esquiver le contrôle.

— Moi je pense que c'est Victoire. Dès le début, elle n'a pas caché son hostilité envers Olivia.

— T'es focus sur elle, mais, même si elle est foncièrement méchante, elle est trop bête pour mettre sur pied un tel plan. Après, je suis certain que Roger l'utilise. Il se sert d'elle pour avoir des infos.

— Peut-être que je suis obnubilé par Victoire, mais toi clairement c'est par Roger mec ! me dit-il à nouveau à cran.

— Je ne le lâcherai pas.

— Bon j'ai la dalle Gab, on a fini notre petit boudin ?

Je m'approche de lui et le prends dans mes bras.

— Je n'aime pas quand on se brouille mon frère, lui dis-je. Avec Max, je vous considère comme mes frères.

Je frappe à la porte pour que Mia nous ouvre. Ce qu'elle fait en étant super fière d'elle. Tous les deux, on la snobe et allons vers la grande salle.

— Putain les mecs, ce n'est pas trop tôt ! Je commençais à désespérer. La Belle au Bois Dormant s'est endormie il y a une heure, nous dit Max en nous montrant Olivia.

Elle a l'air si paisible, enveloppée dans mon sweat sur l'un des canapés du pub.

— Pizza ? nous propose-t-il.

— Grave ! lui répond Dean.

32
L'inauguration

Fais de ta vie un rêve, et d'un rêve, une réalité.
Saint-Exupéry

Olivia

Ça y est, c'est le grand jour. Nous sommes surexcités. Gabriel n'arrête pas de tout checker. Encore et encore. Dean passe un temps monstre au téléphone en réserve, sûrement pour régler les derniers détails, et Max briefe le personnel de salle.

— Je ne savais pas que Dean avait deux portables ? Parce que le sien est là, me dit Mia.

— Non moi non plus, mais on s'en fout un peu, non ? lui réponds-je.

Max arrive avec des sandwichs pour tout le monde. Il reste une heure avant le grand soir. Les trois boss se réfugient une trentaine de minutes ensemble dans le bureau. Mia et moi mangeons avec le reste de l'équipe dans la grande salle. Je me sens en sécurité ici. J'avoue que depuis une semaine, je flippe totalement. Le moindre bruit me fait peur. Je reste le plus possible avec mes amis. Même à la maison, je n'ai pas confiance. Ici au moins, je me sens plus sereine. Par contre, je n'arrive pas à retourner seule dans la réserve. Trop compliqué pour moi. En mangeant mon sandwich, je fais le tour des œuvres qui ont été choisies pour être accrochées au mur. Elles sont assez sympas, très colorées. L'artiste peintre a clairement du talent, c'est très abstrait, mais c'est vivant, joyeux. Une petite note sur le mur indique : « Toutes ces œuvres sont à vendre. N'hésitez pas à vous rapprocher du personnel si vous êtes intéressé ». J'espère que ça fonctionnera et que ça pourra aider certains talents.

Les garçons reviennent dans la grande salle, Gabriel tape dans ses mains pour attirer l'attention.

— Votre attention s'il vous plaît ! Maxence, Dean et moi tenions à tous vous remercier très sincèrement pour votre aide et votre implication dans ce beau projet qui nous tient à cœur.

Gabriel prend la parole avec prestance. Il impose une autorité naturelle, un vrai charisme inné. Il en a fait du chemin, il s'est accroché à ses rêves, à ses convictions. Et le voilà, aujourd'hui, au milieu de l'ancien bar des Mills pour remercier l'investissement de chacun. Moi, je suis encore et toujours là à l'admirer, comme une gamine de dix ans. Finalement, rien ne change, me dis-je à moi-même.

— Reviens parmi nous, Liv ! me décoche Mia avec un clin d'œil.

Prise sur le vif, je me sens rougir. Elle rigole.

— Aujourd'hui, c'est le grand soir. J'attends de vous du professionnalisme et de la rigueur. Nous serons tous les trois présents dans la salle pendant tout le service. N'hésitez pas à venir vers nous au moindre problème. En toutes circonstances, restez souriants et disponibles. Nous sommes là pour nos clients et non l'inverse. Un client heureux est un client qui revient. On anticipe au maximum, on est pro actif, et non passif. Vous êtes l'image de ce lieu magique à mes yeux, à nos yeux. Nous avons grandi ici, nous y avons eu d'excellents moments de vie et je souhaite que ce soit le cas pour d'autres personnes. Jo et Mandy nous ont transmis le flambeau. Nous nous devons d'être à leur hauteur. Ce bar a toujours été un lieu phare de la ville, nous lui donnons aujourd'hui une nouvelle vie, un second souffle. Une nouvelle page s'écrit et nous comptons sur vous tous. Alors, très bon service à vous et encore merci.

Tout le monde l'applaudit. Les gars se mélangent au personnel pour échanger quelques mots. Je reste en retrait, regardant tout ce beau monde s'agiter.

— La vue est belle d'ici princesse ? me souffle Gabriel dans l'oreille.

Je ne l'ai pas vu approcher félinement par-derrière.

— Oui magnifique ! Je réponds dans un franc sourire. Gabriel, je suis tellement fier de toi, tu as réussi.

— Grâce à toi, à Mia, à Dean et à Max.

— Ne fais pas le faux modeste, ça ne te va pas ! dis-je en le tapant sur le torse. Tu as porté ce projet de A à Z. Personne n'est dupe, c'est ton bébé. J'aime ce que tu en as fait. Bravo.

On se regarde, on se rapproche l'un de l'autre, trop peut-être. Son nez joue avec le mien. Je ferme les yeux pour savourer ce moment rien qu'à nous. Je suis quasi sûre qu'il va m'embrasser. En tout cas je le veux ardemment.

— Ce n'est pas le bon moment ni le bon endroit. Tu mérites la perfection. Mais je te promets que, le jour venu, tu ne le regretteras pas Livie, me susurre-t-il l'air taquin.

Il m'embrasse sur le bout du nez et me laisse là, pantelante. Mia surgit de nulle part et désamorce à sa façon cette tension sexuelle qui flotte dans l'air :

— Besoin d'une serpillière Olivia ?

La soirée se passe extrêmement bien. À l'ouverture, nous étions tous en poste. Quelques clients étaient présents derrière les portes. Ça nous a permis de nous mettre en place correctement derrière le bar et de prendre nos marques. Vers 22 h, le rythme a changé et Dean a dû se placer à l'entrée pour refuser du monde. Il est 22 h 30, c'est géniale toute cette agitation positive ! Le bar vit, l'ambiance est super. Je prends le temps de faire un selfie avec Mia pour l'envoyer à Flora et lui faire partager ce moment magique. Elle me répond aussitôt par texto :

— Génial ! Vous êtes trop belles les filles ! Y a trop de monde !

Je lui réponds vite fait entre deux clients :

— Oui c'est grandiose et Tom Cruise[9] est un petit joueur par rapport à nous !

— Je n'en doute pas ! Travaillez bien et longue vie au LIV' ! Cœur cœur cœur !

Mon Dieu qu'elle est bête !

— Mesdames et messieurs ! Merci d'être venus aussi nombreux ! Et pour notre premier soir, merci d'accueillir sur cette scène un groupe « bien de chez nous », les HEULA !

Gabriel lance le premier concert du LIV' ! Topissime.

— Il est chelou, le mec là-bas avec sa casquette. Il est tout seul, mais je n'aime pas ses vïb' !

Je rigole de Mia et de ses vibrations !

— Demande à Max de le gérer et rejoins-moi de ce côté.

Elle ne se fait pas prier et Max obéit gentiment à sa princesse. On se demande bien qui est le chef derrière ce bar ! Le rythme est dense, mais j'avoue que j'aime ça. Pas de temps mort, les gens sont sympas, on rigole bien.

---

[9] Référence à l'acteur américain, barman dans le film *Cocktail*.

— Max ramène ton cul ici, je voudrais te présenter des copains ! crie Dean de l'entrée.

Max s'exécute en levant les yeux au ciel et nous laisse toutes les deux à gérer le bar. Les choses se compliquent un peu. Je reprends le côté de Max et l'homme à la casquette m'interpelle par un signe de la main.

— Que souhaitez-vous monsieur ? dis-je en m'approchant de lui.

Il relève la tête et me fixe.

— Si tu savais mon ange, lâche-t-il d'une voix que je reconnaîtrais entre mille.

Je lâche le verre que je tenais dans la main, et reste bloquée sur lui. Il sourit de ses dents jaunes. Il réajuste sa casquette et file à la vitesse de l'éclair.

Mia, alertée par le verre, vient vers moi aussitôt :

— Olivia qu'est-ce qui se passe ? Tu as vu un fantôme ou quoi ?

Elle ne croit pas si bien dire. Je m'évanouis, submergée par mes émotions.

33
Un revenant

C'est de ta peur que j'ai peur.

Shakespeare

Gabriel

J'entends Mia hurler mon nom. D'instinct, je comprends qu'il y a un problème. J'arrive en même temps que Max derrière le bar, et je vois Olivia inconsciente par terre. Je la prends aussitôt dans mes bras et l'emmène dans le bureau. J'aboie à Max :

— Retourne avec Mia derrière le bar. Fais venir un gars de la salle pour vous aider. Préviens Dean. Je m'occupe de Liv.

— Tiens-nous au courant Gab, dit-il inquiet.

Je l'allonge sur notre canapé et la recouvre d'un plaid. Je lui prépare un verre d'eau pour son réveil. Je m'assois sur le bord, à côté d'elle. Elle est très blanche.

— Livie, Livie ! Réveille-toi, allez Livie.

Je la secoue un peu au niveau des épaules, je lui donne de légères claques sur les joues. Elle bouge enfin.

— Gabriel ?

— Oui c'est moi princesse. Ne bouge pas ! Tu es allongée dans le bureau, on est tous les deux, tout va bien.

— Non Gab, il est là ! Je l'ai vu, il m'a parlé ! me dit-elle complètement paniquée.

— Eh, calme-toi. Qui est là ?

— Mon père ! Il était au bout du bar. C'est l'homme à la casquette !

Bordel de merde !

— Tu restes ici, tu ne bouges pas. Je ferme à clef le bureau, tu es en sécurité. OK ?

— Gab, non n'y va pas ! Il est toujours dangereux, je l'ai vu dans son regard.

— Ne bouge pas d'ici ! Je lui ordonne d'un ton qui ne souffre aucune contestation.

Je retourne dans le pub et fonce vers Max.

— As-tu vu un mec avec une casquette au bar ?

— Oui, il me faisait flipper. J'ai demandé à Max de le gérer. Il était là au bout du bar, intervient Mia. Et Olivia ça va ?

— Il faut faire le tour du pub, Roger est là ! J'ordonne.

— Quoi ? s'écrient les deux.

— Le mec à la casquette, c'est Roger !

— Cherchez-le, je gère ici, dit Mia.

Putain, il est 1 h du matin, le pub est bondé. Nous cherchons partout jusque dans les toilettes. Mais rien. Je retrouve Max et Dean à l'entrée.

— Putain ce connard vient nous narguer ici ! s'énerve Max.

— Tu n'as rien vu ? je demande à Dean.

— Non rien, j'y suis depuis 22 h. Il est peut-être passé avant.

— Mais il est forcément sorti par là.

— Qu'est-ce que tu insinues ? Vas-y je t'écoute ! s'enflamme Dean.

— Eh, calme-toi Dean. Gab n'insinue rien. C'est une réalité, il est ressorti par là. Mais avec la casquette, difficile de le reconnaître.

— Rejoignez-moi au bureau à la fermeture.

Je retrouve Olivia dans le bureau. Elle s'est assise dans le canapé, elle est pâle comme un linge.

— Tu l'as retrouvé ? me demande-t-elle inquiète.

Je me dirige vers mon ordinateur pour regarder les caméras du pub. Celle du bar montre l'homme à la casquette accoudé au bar. On le voit parler à Olivia, qui s'évanouit juste après. Il évite soigneusement toutes les caméras. Il se paie même le luxe de faire un doigt d'honneur à la caméra au niveau de la porte d'entrée. J'explose mon poing sur le bureau. Je vois Olivia sursauter. Je suis furax. Il a évolué dans le pub comme s'il était chez lui. Quel enfoiré ! J'essaie de retrouver les images de son arrivée.

— Gab ? Tu le vois sur les caméras ? Tu le vois ? C'est lui ?

— Il cache son visage à chaque fois. Je n'arrive pas à voir ses traits.

Je prends mon portable et appelle Benedict.

— Benedict ? Il était dans mon pub ce soir, il a parlé à Olivia ! Vous étiez censé la protéger. Ils sont où vos hommes ?

— Vous êtes où, monsieur Cooper ?

— Je viens de vous le dire, au pub !

— J'arrive !

— C'est trop tard.

Et je lui raccroche au nez. Le connaissant, il va me pourrir à son arrivée. Je retourne m'asseoir à côté d'Olivia. Elle tremble, elle a peur.

— Bois un peu, ça va te faire du bien.

— Je te jure, c'était lui. Il…

— Je te crois Livie, je te crois.

Elle s'effondre en larmes dans mes bras.

— Il ne m'a pas oubliée. Il ne me lâchera jamais, pleure-t-elle.

— Si, on va y arriver.

Quelques instants plus tard, Benedict entre sans frapper, passablement énervé. Ça tombe bien moi aussi.

— Je ne vous permets pas de me parler comme ça, monsieur Cooper !

Je ne prends pas la peine de lui répondre. Je le foudroie du regard et me dirige vers mon bureau pour lui montrer l'arrêt sur image.

— On ne peut pas certifier que c'est lui, assène-t-il.

— C'était lui inspecteur ! Il m'a parlé.

— Mademoiselle, j'ai vérifié : son bracelet émet de chez lui. Il n'a pas bougé. Je suis désolé mais…

— Non Gabriel, je te jure, c'était lui. Je lui ai parlé.

— Vous vous foutez clairement de notre gueule Benedict ? Vous attendez quoi ? Un mort ?

Il bombe son torse comme pour se préparer à un combat de coqs. Olivia se place entre nous deux, avec une main sur ma poitrine.

— Je lui ai parlé. Je peux vous certifier que ce n'était pas mon imagination. Il m'a fait signe de m'approcher, je lui ai demandé ce que je pouvais faire pour lui. Il a levé la tête et m'a fixée avant de me répondre : « Si tu savais mon ange ». Je l'ai vu, je l'ai entendu !

À présent, ma petite lionne reprend des forces et son caractère reprend ses droits. Elle pointe son index sur le torse de l'inspecteur, le fixe droit dans les yeux. Son attitude me fait marrer, mais lui ne rit pas du tout.

— Mademoi…

— Yen a marre de votre « mademoiselle ». Olivia suffira. Alors maintenant, c'est simple : soit VOUS trouvez ses complices et comment il fait pour tromper le bracelet électronique, soit JE m'en charge.

— Ça vous fait marrer, monsieur Cooper ? me scude Benedict.

— Gabriel suffira, je lui réponds en me foutant clairement de sa gueule.

Il s'avance vers moi, mais je ne recule pas face à son air menaçant. Bien au contraire.

— Eh, on se calme, inspecteur ! Si vous lui tapez sur la gueule, je vous préviens, il faudra déjà passer par moi. Et croyez-moi, je sais ce que c'est que de faire face à un homme violent. Vous ne m'impressionnez absolument pas avec vos grands airs et votre grosse voix, lui explique très froidement Olivia.

La tigresse est de retour, et je ris de voir la tête médusée de Benedict. Il fulmine.

— Toi Gabriel, c'est bon aussi.

Benedict rigole et Olivia l'arrête aussitôt par un simple regard.

— Moi, je ne vous connais pas. Mais ça commence très mal entre nous. Et à voir que la situation n'a pas été résolue en six ans, j'ai de gros doutes sur vos capacités professionnelles.

Les trois autres arrivent dans le bureau à ce moment-là et instinctivement foncent vers Olivia. Je leur fais signe de rester où ils sont. Ils me regardent sans trop comprendre.

— Donc, on reprend à zéro, continue Olivia d'un ton autoritaire. Cet homme est passé à deux doigts de me violer et de tuer ma mère en 2015. Il est déjà hors de prison. Soit. Tsss, tsss, tsss, c'est moi qui parle pour l'instant.

C’est hilarant, il se fait gronder comme un petit garçon. Il ne me manque que du pop-corn.

— Je manque de me faire renverser lors d’un jogging, une voiture me force à une sortie de route et je suis enfermée dans la réserve 48 h. Où en est l’enquête ?

— Dois-je vous rappeler que vous n’avez pas porté plainte pour les deux premiers ? lui répond-il.

— Dois-je vous rappeler que vous ne m’impressionnez pas, inspecteur Benedict ?

Ni les gars, ni Mia, ni moi ne bougeons. Nous la connaissons que trop bien. Faire profil bas est la seule solution.

— Mon père vient me narguer sur mon lieu de travail. Donc cela signifie qu’il passe sans difficulté vos hommes. Nous sommes d’accord ?

— Nous n’avons aucune preuve que c’est lui. La lumière était tamisée, vous étiez débordée derrière le bar et…

— Ah, donc j’ai halluciné ? J’ai rêvé ce moment ? Vous me prenez pour une conne, c’est ça ?

— Vous n’allez pas m’apprendre…

— Je ne vous apprends rien. Je constate qu’il vous est plus facile et plus confortable de remettre ma parole en doute plutôt que de chercher comment Roger a fait. Effectivement ça remettrait en cause votre capacité à gérer cette enquête. Mais, ne vous inquiétez pas. Restez bien au chaud derrière votre bureau à regarder informatiquement ses déplacements et attendez qu’il s’en prenne à nouveau à ma mère ou à moi. Soyez prêt à assumer les conséquences de vos inactions ! Mais peut-être que Roger vous a payé ? Après tout, la corruption existe aussi dans la police.

— Vous allez trop loin si vous remettez en cause mon intégrité ! Jamais personne ne m’a parlé comme vous osez le faire aujourd'hui. Vous êtes peut-être couillue, mais je ne suis pas né de la dernière pluie, gueule Benedict.

— Olivia, qu'est-ce que tu vas faire ? Je te connais et là tu me fais peur, intervient Mia, ignorant la réaction du flic.

J'avoue que je crains le pire aussi. Je la connais et, là clairement, elle a un plan en tête. Ça n'augure rien de bon.

— Olivia, dis-nous ton plan, n'agis pas seule, c'est trop dangereux, tente Max, qui a compris aussi qu'elle tramait quelque chose.

— Non, je ne veux pas vous impliquer ou qu'il vous arrive quoique ce soit.

— Olivia, même pas en rêve ! la préviens-je.

Elle me regarde si intensément que je comprends ce qu'elle va faire et que personne ne l'en empêchera. Elle va aller chez Roger. Tout en restant les yeux dans les yeux avec ma lionne, je tente de faire réagir Benedict qui s'est assis dans le canapé impuissant.

— Agissez sinon ça va vraiment se compliquer, inspecteur !

Olivia ne bouge pas d'un poil et braque son regard sur lui.

— Mais on a une image ou quelque chose qui prouve que c'est Roger ? m'interrompt Dean.

Erreur fatale ! Olivia se retourne brusquement vers lui, le regard noir.

— Qu'insinues-tu Dean ?

— Olivia, tu ne peux pas rameuter tous les flics de la ville sans preuve !

Elle se rapproche de lui et, l'index enfoncé dans son torse, elle répond très lentement.

— Je suis folle Dean ? C'est ça ?

— Mais non, mais soyons lucides, tu…

— Tu mets ta lucidité dans ton cul Dean. Je l'ai vu et j'en suis sûre. Si tu ne me crois pas, tout est dit entre nous deux.

— Ne t'emballe pas Liv ! Je te crois, je dis juste que…

Elle lève la main pour lui signifier qu'elle ne l'écoute plus. Elle ouvre la porte sans un mot et part au vestiaire. Je lui cours après ;

— Livie, tu fais quoi là ?

— Ça se voit non ? Je prends mon manteau, mon sac et je rentre chez moi. Je travaille dans trois heures.

Le visage fermé, l'œil mauvais, elle me passe devant. Arrivée à la porte de service, Mia l'arrête.

— Tu ne partiras pas sans moi, compris ?

— Ni sans moi. Max, Dean, vous gérez la fermeture s'il vous plaît ?

— Bien sûr, on gère, me répondent-ils en chœur.

— Olivia, attends, tente Dean, mais Max le retient, lui faisant comprendre qu'il vaut mieux attendre que l'orage passe.

Benedict se lève et me dit à part qu'il maintient la surveillance de mon amie.

— Pas de connerie, sinon ça se retournerait contre vous et je ne pourrais rien pour vous. Vous vous trompez de cible en vous en prenant à moi, je suis de votre côté.

— J'espère, prouvez-le.

34
Une visite s'impose

Je n'ai pas besoin d'ennemis. J'ai de la famille.
Jean-Jacques Peroni

Olivia

Je n'ai pas confiance en ce policier. Je sais ce que j'ai vu. Je n'ai évidemment pas réussi à m'endormir avant d'aller travailler ce samedi matin. Et c'est fatigué et sur les nerfs que je débarque pour prendre mon service. Gwladys, peu habituée à me voir de mauvaise humeur, me laisse bouder dans mon coin. Elle met ça sur le dos de l'ouverture du pub et du stress qui retombe. La matinée passe assez vite et je suis plus que satisfaite de rentrer chez moi pour me poser un peu avant mon service du soir.

Arrivée à la maison, maman est dans le salon, Victoire dans la cuisine. Pas du tout envie de leur parler. Je dois réfléchir à comment je vais débarquer chez Roger. Pour cela, il faut que je me débarrasse des hommes de Benedict qui me surveillent et surtout, et c'est plus dur, de Gabriel. Je marmonne un « salut » et fonce vers l'escalier.

— Olivia, tout va bien ?

— Oui, fatiguée.

— C'était comment l'ouverture ?

— Top ! Je vais faire une sieste, dis-je en montant les escaliers.

— Attends, je voudrais vous parler à toutes les deux s'il te plaît.

— Non pas maintenant je suis naze. Plus tard.

Et je pars. Je veux cette discussion, mais ce n'est pas le moment. Gabriel me tuerait s'il savait que j'ai repoussé la « discussion » !

J'arrive avec Mia à 17 h 45 pour prendre notre service à 18 h. Apparemment le pub a bien tourné pour sa première journée. Les garçons sont contents. Nous déposons nos affaires au vestiaire et Gabriel m'interpelle du bureau.

— Ferme la porte s'il te plaît.

— Bonjour Gab, ça va ? lui réponds-je faussement chaleureuse.

— Et toi ? As-tu réussi à te reposer ? me demande-t-il sur un ton empathique.

— Comme un bébé.

J'ouvre la porte pour repartir.

— Olivia, ferme la porte ! Tu ne vas pas me la faire, surtout pas à moi ! Qu'as-tu prévu ?

— De quoi parles-tu ? feins-je innocemment.

— Je ne te laisserai pas agir toute seule quoique tu aies décidé. Donc accouche.

— Tu as toujours su me parler Gabriel.

Et je suis partie, le laissant en plan dans le bureau. Le connaissant, ce n'est pas fini.

Tout comme « Chez André », je ne suis pas d'humeur. Je souris aux clients, mais ne parle pas avec mes collègues. Gabriel et Max me gardent à l'œil toute la soirée et pas d'homme à la casquette à l'horizon. Mia me redépose à 2 h 30 et je file me coucher. Debout dans 2 h 30. Je ne sais pas combien de temps je vais tenir à ce rythme-là.

En me levant ce dimanche, je décide de rendre visite à Roger après mon service du matin. Rien à battre que les hommes de Benedict me suivent, ils ne m'empêcheront pas de monter. Ils préviendront leur chef, ce qui me laissera le temps de lui parler ou de me faire tuer.

Quand j'arrive en bas de son immeuble, je suis véritablement angoissée. J'ai beau avoir réfléchi tout le trajet, je ne sais pas trop comment m'y prendre. Je décide de faire le tour du quartier pour me calmer un peu, car je ne veux pas qu'il ressente ma peur. Il s'en nourrirait comme un *détraqueur*[10]. Je marche dans les rues avoisinantes une bonne dizaine de minutes jusqu'à me retrouver en face d'un bar-tabac sur la rue opposée. Je rentre et m'assois au bar pour commander un café. Je m'imagine la scène des « retrouvailles » et je me répète comme un mantra l'attitude que je dois avoir. J'attends, impatiente, le serveur qui est occupé par un couple à une table dans le fond du café. Mon œil est tout de suite attiré par la silhouette de la femme.

— Maman ! me dis-je à moi-même.

Mais qu'est-ce qu'elle fait ici ? Je discerne très mal l'homme à qui elle parle. Il me semble que c'est…

— Qu'est-ce que tu fous là Livie ? me chuchote à l'oreille Gabriel.

— Chuuuuuut ! lui dis-je en lui attrapant le bras, pas du tout surprise de le voir débouler. Assis-toi et tais-toi !

— Livie, gronde-t-il.

— Tu as mis du temps à arriver, lui dis-je avec un clin d'œil.

---

[10] Gardiens de la prison d'Azkaban dans *Harry Potter et le prisonnier d'Azkaban*.

— Si tu m'avais tenu informé de tes projets, j'aurais peut-être été plus rapide ! Pourquoi chuchote-t-on ?

— Regarde dans le fond, c'est maman.

— Marie ? Ici ? Mais que fout-elle à Dives ? Et comment est-elle venue, elle vient d'avoir sa chimio ?

— Je n'en sais rien du tout.

Gabriel m'attrape le bras soudainement.

— C'est Roger avec elle, regarde ! me dit-il.

— Tu as vu sa casquette ? C'est la même ! J'avais raison.

— Je n'en doutais pas.

Ils sont en grande conversation tous les deux. Surtout maman. Elle lui remet une enveloppe, qu'il prend et se lève pour s'en aller. Nous finissons vite nos cafés et nous nous cachons le plus possible au moment où Roger sort du bar avec un « On se revoit bientôt Marie ». Il semble repartir vers son immeuble. Marie, quant à elle, n'a pas bougé. Elle est perdue dans ses pensées, triste. Elle passe un appel rapide et se prépare à partir. Je prends mon téléphone et l'appelle.

— Bonjour maman, ça va ?

— Très bien et toi ?

— Je suis rentrée mais tu n'es pas là. Il y a du bruit derrière toi, t'es où ?

— Euh non, je suis avec Marianne, nous faisons un petit tour en voiture, dans la campagne autour, pour que je prenne l'air.

— Ah OK, à tout à l'heure alors.

Et je raccroche. Blessée, je regarde Gabriel.

— Elle m'a menti. Elle nous cache quelque chose, tu avais raison. Que fait-elle avec Roger ?

Ma mère sort du café et rejoint Marianne dehors. Elles se prennent le bras et marchent ensemble jusqu'à la voiture.

— Tu vois : Marie, Marianne et mes parents. Ils nous mentent tous les quatre.

Je crains qu'il ait raison. Le téléphone de Gabriel sonne et j'entends Émilie affolée :

— Gabriel, c'est papa ! Il s'est écroulé devant moi ! On est dans l'ambulance. Oh Gabriel, il ne me répond plus.

— Maman, calme-toi ! Vous allez à quel hôpital ?

— À Caen, je crois… Oui c'est ça, au CHU de Caen.

— Je t'y retrouve maman. Ça va aller, il est solide.

Sans réfléchir, nous courons chacun à notre voiture, direction l'hôpital.

35
L'infarctus

Le mot « infarctus » *est le seul mot irrégulier de la langue française. On dit un infarctus, des obsèques.*

Francis Blanche

Olivia

Je n'arrive pas à suivre Gabriel. Il roule trop vite pour moi. Quand j'arrive aux urgences, les Cooper ont déjà franchi les différents sas. Je demande à la dame de l'accueil, comment les rejoindre. Mais elle me dit qu'à cause de la pandémie, je ne peux pas franchir les portes. J'essaie d'appeler Gabriel, Mia et Émilie, mais ils ne doivent pas capter. Je n'arrive à joindre personne. Je retourne sur le parking de l'hôpital et tente d'appeler Max. Aujourd'hui et demain sont les jours de fermeture du pub, il devrait être dispo.

— Salut Liv ! Ça va ?

— Pas vraiment. Richard semble avoir fait un infarctus. Les Cooper sont avec lui à l'hôpital mais je n'arrive pas à avoir de nouvelles. Aucun téléphone ne capte.

— Merde, vous êtes à quel hôpital ?

— À Caen. Je vais rester dans le hall au cas où l'un des trois ne ressort. Mais je me disais, enfin, tu sais, peut-être que Mia serait contente que tu sois là… pour son frère bien sûr !

— J'arrive ma belle.

— Merci Max. Je préviens Dean.

Aussitôt raccroché, je tente d'appeler mon ami, mais je tombe sur le répondeur. Je lui laisse un message, lui expliquant la situation.

Je fais les cent pas dans le hall, je tourne et retourne en rond. Max met du temps à arriver. J'ai l'impression que le temps ne passe pas. Gabriel apparaît soudain et se dirige vers la machine à café.

— Gabriel !

Je me jette dans ses bras, il ne me repousse pas. C'est un bon point.

— Gabriel ! Comment va Richard ? Et toi ça va ?

Il me sourit tendrement et me caresse la joue.

— Livie, tu es là ?

— Évidemment je suis là, mais on ne me laisse pas passer. Je n'arrive pas à vous joindre par téléphone, alors j'attends ici depuis des heures ! lui dis-je passablement irritée.

Gabriel sourit de ma réaction.

— On ne sait rien pour l'instant. On attend dans un couloir, mais personne ne nous parle.

Sans réfléchir, je le serre encore plus fort.

— Oh Gabriel, je suis là, ça va aller. Vous êtes des hommes solides tous les deux, d'accord ?

Max arrive au même moment et ils se prennent dans les bras.

— Ça va aller mec, OK ?

Gabriel opine sans grande conviction. Son regard est triste, dans le flou.

— J'y retourne, je ramène des cafés pour les filles. Vous venez ?

— J'aimerais beaucoup. Mais on ne peut pas, lui dis-je en lui tenant fermement la main et lui montrant du menton la secrétaire.

— Rien à foutre.

Et ils nous emmènent avec lui vers la première porte.

— Monsieur, s'il vous plaît ! Vos amis ne sont pas autorisés à passer.

— Ce ne sont pas mes amis, madame, ce sont mon frère et ma femme. Donc c'est la famille, dit-il de manière autoritaire.

Et nous passons sans attendre de réponse.

Quand nous arrivons, nous apercevons Émilie assise dans une salle d'attente, Mia la réconfortant. Je m'approche pour prendre Émilie dans mes bras, mais Gabriel ne me lâche pas la main. Alors tant bien que mal, je les prends chacune dans mes bras. Mia fond sur Max, et moi je reste serrée contre Gabriel. Personne ne parle, mais je ressens son besoin de moi. Alors, quand il va pour s'asseoir, je me mets à côté de lui, passe un bras sous son bras, ma main dans sa main et ma tête sur son épaule. Il appuie son visage contre mes cheveux. Et nous attendons.

Enfin, un médecin arrive et tout le monde se lève d'un bond.

— Il est sorti d'affaires, il va bien. Il se repose à présent.

Je prends mon homme dans mes bras. Je le sens lâcher prise.

— J'en étais sûre, vous êtes des rocs chez les Cooper.

Je l'embrasse tendrement dans les cheveux. Quand il relève la tête, ses yeux sont humides et très expressifs. Il ne parle pas, mais son regard oui. Et ce que j'y vois me bouleverse.

— Tu veux rester ici ? lui demandé-je tendrement.

Il acquiesce, alors je prends les choses en main.

— Max, tu ramènes Mia et Émilie au Manoir, pour qu'elles se reposent. Gab et moi, nous restons au chevet de Richard. Nous vous tenons informés dès que nous avons des infos.

Gabriel raccompagne tout le monde à la voiture de Max, pendant que j'attends dans le couloir.

— Vous êtes de la famille de Richard Cooper ? me demande un infirmier.

— Oui tout à fait. Il va bien ?

— Il va être monté en chambre 505 pour la nuit. Vous pouvez y accéder par ces ascenseurs.

— D'accord merci. J'attends son fils pour y aller. Mais il va bien ?

— Oui, madame, il a besoin de se reposer. C'était une alerte sérieuse qui a été prise à temps. Bonne soirée.

Sur ce Gabriel arrive. Je l'entraîne vers la chambre 505, tout en lui expliquant ce qu'il m'a été dit. Nous arrivons en même temps que Richard.

— Papa, ça va ?

Il lui sourit légèrement. Ses traits sont tirés et sa mine fatiguée.

— Monsieur, votre père doit se reposer. Nous le gardons en observation cette nuit, mais il va bien.

— OK merci, nous restons à ses côtés, je ne le laisse pas seul.

— Vous ne pouvez pas, monsieur. Vous pouvez nous appeler pour prendre de ses nouvelles dans la nuit. Mais…

Richard tente d'intervenir en levant péniblement une main.

— Mon fils reste avec moi. Contacter le docteur Lebruni. Il vous le confirmera.

— Oui je vais faire ça, dit passablement énervé l'infirmier.

Richard est installé et branché dans sa chambre. Il s'est déjà rendormi, quand le docteur Lebruni lui rend visite.

— Bonsoir Gabriel, bonsoir mademoiselle.

— Bonsoir JF, tu vas bien ? Je te présente Olivia. Olivia je te présente le docteur Jean-François Lebruni, un très bon ami de papa. Il va bien n'est-ce pas ?

— Oui, ne t'inquiète pas fiston. Ton père nous a fait une belle frayeur, mais il va bien. Il va devoir rester au repos plusieurs semaines. Ça va me laisser le temps de m'entraîner au golf pour le battre à son retour, plaisante-t-il. En tout cas, vous pouvez rester dans sa chambre pour la nuit. Pas de bazar les jeunes, OK ? Allez bonne nuit, je repasse demain matin.

— Merci JF, merci beaucoup.

J'embrasse tendrement Richard sur le front en lui caressant la main. Gabriel m'emmène sur le canapé en silence. Lui aussi a les traits très tirés. Je m'assois confortablement dedans, pendant qu'il ferme les rideaux et éteint les lumières de la chambre. Il récupère deux couvertures auprès des infirmières. Il en place une sur moi délicatement et s'allonge à côté de moi, en posant sa tête sur mes genoux. Instinctivement, je lui caresse les cheveux. Je le sens s'endormir contre moi. Dans la froideur de cette chambre d'hôpital, je me surprends à penser à un « nous », un avenir à deux. Je me penche pour lui déposer un baiser dans sa chevelure.

— Je suis là Gab, je suis là… hier, aujourd'hui et demain.

36
Rendez-vous manqué

La mort est le seul rendez-vous qui ne soit pas noté dans votre organizer.

Frédéric Beigbeder

Olivia

J'ai veillé toute la nuit les hommes Cooper. Je sens Gabriel se réveiller, mais il ne bouge pas. Il me caresse tendrement la jambe, puis se met sur le dos. Il me regarde encore tout endormi.

— Bonjour toi, lui dis-je. Tu as bien dormi ?

— On ne peut mieux. J'avais le meilleur oreiller du monde.

Et il plonge sa tête dans mon ventre et me respire.

— Je suis ravie d'apprendre que je suis confortable.

— Tout ça m'a manqué.

— Tu n'avais pas d'oreiller à toi ? lui dis-je pour dédramatiser l'instant.

— Je n'avais pas toi, me souffle-t-il.

Je lui caresse doucement les cheveux, nos regards sont arrimés l'un à l'autre. Le temps semble s'arrêter. Nous entendons tousser pour nous rappeler que nous sommes trois dans cette chambre et non deux !

— Bonjour, les enfants, désolé de vous déranger au réveil, nous taquine Richard.

— Bonjour, papa. Comment te sens-tu ce matin ?

— On ne peut mieux fiston. As-tu dormi Olivia ?

— J'ai une mine si affreuse que ça ? Merci Richard, toujours aimable.

— Viens là, ma petite. Pour moi, tu seras toujours la plus jolie des roses, me dit-il avec un clin d'œil.

— Attention aux épines ! intervient Gabriel en rigolant.

Je lui tape sur l'épaule, faussement vexée, quand une aide-soignante entre avec le petit-déjeuner. J'en profite pour aller demander les documents pour la sortie de Richard. Je retrouve Gabriel seul dans la chambre, pendant que son père se prépare dans la salle de bain.

— Viens par là toi, me demande Gabriel.

Il m'attrape les mains et les met dans mon dos. Tout près de mon visage, il me chuchote :

— Livie, je pensais ce que je disais.

— Que je suis « un non-évènement » ou que « je n'en vaux pas la peine » ?

— Olivia, me gronde-t-il. Je me suis déjà excusé et je m'excuse encore. Olivia, j'aimerais vraiment qu'on se parle, rien que toi et moi s'il te plaît.

— J'aimerais beaucoup aussi.

On se regarde tendrement, ses doigts jouant avec une mèche de mes cheveux.

— Top…

— C'est comme ça que tu dragues les filles ? Avec un « top » ? je me moque.

— Si tu savais, elles n'y résistent pas, me sourit-il.

Richard nous interrompt une nouvelle fois et ça le fait rire.

— On se retrouve sur notre ponton à 18 h ? me glisse-t-il à l'oreille.

— Avec plaisir.

Quand je rentre à la maison, je trouve maman dans le canapé. Cela me rappelle l'épisode du bar avec Roger et son mensonge. Je m'assois à côté d'elle. Elle sursaute de me voir et je suis frappée par sa pâleur et son extrême fatigue.

— Tout va bien maman ?

— C'est la chimio, je ne suis pas en grande forme. Et puis je me suis inquiétée pour Richard.

— Je pense effectivement que la chimio a sa part de responsabilité. Mais, pourquoi as-tu tes chaussures ? Et pourquoi Titine est garée devant la maison ?

— Je viens juste de rentrer et j'étais trop fatiguée pour faire une manœuvre.

Je veux qu'elle me dise elle-même la vérité. Donc j'attends la suite sans la brusquer.

— Je suis allée chez Roger ce matin.

— Tu as fait quoi ? Toute seule ? je m'énerve.

— Je ne suis pas une enfant qu'on gronde Olivia. Si je veux aller voir Roger, j'ai le droit de le faire.

Je me lève d'un bond du canapé.

— Et pourquoi vas-tu voir ton mari maman ?

— Olivia, n'emploie pas ce ton avec moi.

— Je pense être en droit d'avoir des réponses à mes questions, tu ne crois pas maman ?

— Ne te place pas en victime, je t'ai sauvé la vie. Tu n'as rien d'autre à savoir.

— Tu plaisantes ? Depuis que je suis revenue, tu me mens maman. Comme avec ce Rémi. Pourquoi un privé ?

— Tu devrais arrêter de mettre ton nez partout. Je vais m'allonger un peu. Nous reprendrons cette conversation plus tard.

— Tu fuis comme toujours !

Elle ne prend même pas la peine de me répondre. Je suis folle de rage. Je monte dans ma chambre et tourne en rond. Je suis en boucle sur notre dispute. J'ai rendez-vous dans une heure avec Gabriel, je décide donc d'aller prendre ma douche et de me préparer. Quand je reviens dans ma chambre, j'ai la surprise d'y trouver Dean. Il n'a pas l'air dans son état normal.

— C'est ta mère qui m'a ouvert. Elle m'a dit de t'attendre ici. J'espère que ça ne te gêne pas.

— Non bien sûr ! Mais tu vas bien ? Tu as l'air bizarre.

— Je suis désolé de ne pas avoir été là à l'hôpital.

— C'est à Gab que tu dois le dire, pas à moi.

— Je sais, mais je voulais te le dire aussi.

— OK… autre chose ? Je dois aller retrouver Gabriel à 18 h.

— Ah ! Alors, c'est reparti entre vous ?

— Je ne sais pas. On doit se parler, c'est tout.

— Tu n'as toujours vu que par lui, n'est-ce pas ? me dit-il dépité.

— Il t'arrive quoi là Dean ?

— Rien, je voulais juste m'excuser.

Il s'en va la tête basse. Je n'ai rien compris à cette discussion. C'était vraiment lunaire. J'appelle Mia pour lui raconter.

— Il a toujours été amoureux de toi de toute façon.

— Quoi ? Mais n'importe quoi Mia !

— Tu ne vois jamais rien. Pourquoi crois-tu que Gab et Dean s'engueulent en ce moment ?

— Mais pas du tout, Dean est comme un frère. Rien d'autre.

— Ouais pour toi. Au fait, Liv, merci de t'être occupée des Cooper père et fils cette nuit.

— Tu n'as pas à me remercier. Tu sais bien que vous êtes ma famille. D'ailleurs, j'ai eu l'impression de retrouver Gabriel cette nuit. Il veut qu'on se parle. Je le retrouve à notre ponton tout à l'heure.

Mia me perce le tympan avec son cri.

— Je le savais que vous en pinciez encore l'un pour l'autre !

— Pas si vite. D'abord on se parle, après on verra.

— Tu me raconteras Liv ?

— Of course !

Je finis de me préparer et quitte la maison sans un mot pour maman. Je prends le sentier et fonce vers le ponton. Je ne veux pas le faire attendre. Je suis la première arrivée, avec cinq minutes d'avance. Je suis super stressée. J'ai les mains moites, je gesticule dans tous les sens. Je manque d'air. Bref, je dois me calmer et reprendre le contrôle de mes émotions. Je respire profondément plusieurs fois et regarde le large. Ça m'apaise, comme toujours : le vent, les vagues, l'odeur de la mer, le bruit des mouettes. Comme Gabriel n'est toujours pas là, je décide d'envoyer un texto à Flora :

— Peut-être que tu avais raison… pour Gabriel.

Je reste énigmatique exprès pour l'embêter, et ça fonctionne.

— Aaaaaaaaaahhhhhhhh, je le savais ! Raconte !

— La suite au prochain épisode !

— Nooooooooon !

Je regarde l'heure. Il est déjà 18 h 30, Gabriel est rarement en retard. J'espère qu'il n'a pas eu un problème. J'essaie de l'appeler mais je tombe directement sur sa messagerie. Je deviens de plus en plus nerveuse. Il est 19 h à présent. J'ai peut-être mal compris l'heure. « On se retrouve sur notre ponton à

18 h ? » Il a bien dit 18 h. Ou alors, il a changé d'avis. Il regrette et n'ose pas me le dire. Sous le coup de l'émotion suscitée par son père, il a peut-être dit des choses qu'il ne pensait pas. Je me suis emballée comme une idiote. Je reçois un texto de Mia :

— Tu ne devais pas parler avec mon frère ?

— Si pourquoi ? je réponds tremblante.

— Il est à la piscine avec Max. Dean vient d'arriver.

Mais quelle conne j'ai été ! Je remonte le sentier furax, bien décidée à en démordre avec lui. Et, quand j'arrive devant la piscine, il est effectivement là une bière à la main.

— Ah Olivia, cool tu es là ! me dit Max.

Gabriel pose un regard sombre sur moi. Je me dirige vers lui sans le quitter des yeux. Arrivée à son niveau, je donne un coup dans sa bière qui échoue dans la piscine.

— T'es qu'un connard Gabriel Cooper !

— Tu me fais quoi là ? dit-il en se levant d'un bond.

— Tu me plantes comme une conne sur le ponton où je t'attends des plombes et tu me demandes ce que je fous !

— Moi je t'ai plantée ? Tu m'as envoyé un texto pour me dire que tu regrettais et qu'il valait mieux qu'on en reste là.

— Et en plus tu mens… C'est pitoyable.

Je commence à partir.

— T'as raison, fuis ! Comme tu sais si bien le faire ! me lâche-t-il.

— Comme je sais si bien le faire ?

Je reviens menaçante vers lui, le doigt enfoncé dans sa poitrine.

— Je n'ai jamais fui Gabriel. Jamais. On m'a éloignée d'ici et, après, on m'a empêchée de te contacter.

— Bien sûr, jamais tu n'as pu m'appeler de ta cage dorée ? T'étais menottée peut-être ?

— J'ai essayé mais tu avais changé de numéro de téléphone !

— Je n'en ai pas changé, j'ai perdu mon téléphone le jour où tu es partie.

— Comme par hasard ! Toujours une bonne excuse Gabriel, toujours.

Je suis en pleine crise d'hystérie et tout y passe.

— Tu es un lâche, incapable de tenir tes promesses ! T'avais promis que tu viendrais me chercher si un jour il m'arrivait quelque chose ! T'avais promis ! Mais tu n'es jamais venu. Je t'ai attendu, comme ce soir d'ailleurs, je t'ai attendu et tu n'es jamais venu !

— C'est facile de me balancer ça à la gueule Olivia. Tu ne sais pas tout ce que j'ai fait pour te retrouver. Je suis même allée en Italie avec Max. Vas-y, demande-lui ! Même que ta grand-mère revenait de la messe et qu'elle nous a dit ne plus avoir aucun contact avec votre famille depuis le licenciement de Roger. Je suis venu ! Mais tu n'étais nulle part où je cherchais !

— Menteur ! Elle ne m'a rien dit ! Et la promesse de s'écrire, c'est quoi ton excuse ?

— Comment je pouvais t'écrire, je ne savais pas où t'étais ?

D'une voix dangereusement calme et triste, je lui réponds :

— Si on devait être séparé, on devait s'écrire toutes les semaines. Moi, je t'ai écrit toutes les semaines pendant quatre ans. Je t'ai tout donné : mon adresse, le téléphone de mon grand-père. Tout. Je t'ai supplié de venir me chercher. Mais, clairement, tu étais passé à autre chose.

— Je n'ai reçu aucun de tes courriers Olivia, aucun.

— Bien sûr… Flora m'a dit d'arrêter de t'écrire, que tu avais sûrement tourné la page. Alors, j'ai continué mais je ne les envoyais plus. Pathétique la fille. Tu as dû bien te foutre de ma gueule Gab. T'as bien rigolé ? lui dis-je en le poussant.

— Je n'ai jamais rien reçu Olivia. Je ne me suis jamais foutu de ta gueule, car je n'ai jamais reçu tes putains de lettres. Tu ne vois pas que tout le monde nous ment ici ? Et ça je l'ai inventé ?

Il me met son portable sous le nez pour me prouver qu'il a effectivement reçu un message de ma part.

— Je ne t'ai jamais écrit pour annuler. Ce n'est pas moi.

— Alors qui ? Tu as toujours ton portable sur toi, me dit-il suspicieusement.

— Tu crois vraiment que je t'enverrais un texto pour annuler et que je me pointerais à notre rendez-vous pour t'attendre comme une cruche ?

— Alors si ce n'est pas toi, c'est qui Liv ?

Je suis complètement paumée. Nous nous faisons face l'un l'autre, essoufflés par notre engueulade. Mais nous ne lâchons pas. Personne n'ose parler autour. Et puis soudain, comme une révélation.

— Dean ? Qu'est-ce que tu foutais dans ma chambre tout à l'heure ?

Il regarde ses chaussures et n'ose me faire face. Gabriel le regarde sans trop comprendre.

— Dean ? Qu'est-ce que tu foutais dans ma chambre tout à l'heure ?

— Je te l'ai dit. Je venais m'excuser.

— Auprès de la mauvaise personne. Alors, toi aussi, ne me prends pas pour une conne : qu'est-ce que tu foutais dans ma chambre tout à l'heure ?

— J'avais besoin de m'excuser auprès de toi, c'est tout. Je te signale juste que ta porte de chambre n'était pas fermée à clef et que tu vis sous le même toit que Victoire ! Victoire qui veut se taper Gabriel depuis sa naissance ! Alors laissez-moi en dehors de vos conneries.

Je ne sais plus quoi croire. Une odeur de fumée me vient aux narines et je vois tout le monde regarder derrière.

— Oh mon Dieu, Olivia, il y a le feu chez toi ! Hurle Mia.

37
Une vie en fumée

Si le feu brûlait ma maison, qu'emporterais-je ? J'aimerais emporter le feu...

Jean Cocteau

Gabriel

Je plaque Olivia aussitôt contre moi. Je l'entends dire « maman ». Et je comprends aussitôt que Marie est à l'intérieur. J'ordonne à Mia de rester avec Olivia ici.

— Que fais-tu Gab ? Où vas-tu ? me crie Mia, qui commence à comprendre ce que je veux faire.

Je pars comme une flèche vers la maisonnette et hurle aux garçons d'appeler les pompiers. Il y a une épaisse fumée et des flammes visibles des fenêtres du rez-de-chaussée. La chaleur qui en émane m'arrête net. J'ai un bras devant le visage, quand je sens Olivia me dépasser et courir vers l'entrée.

— Maman ! Maman !

— Olivia ! Non !

Je la rattrape et la tire en arrière par le bras. Elle est hystérique, paniquée. Elle hurle le nom de sa mère. Je lui prends le visage en coupe et tente de lui parler, mais elle n'entend rien. Elle est obnubilée par les flammes.

— Mon ange, calme-toi, calme-toi. Regarde-moi !

Ses yeux sont mêlés de larmes et de peur.

— Je vais chercher Marie, d'accord ? Tu restes là s'il te plaît.

— Non, je viens avec toi.

— Certainement pas Olivia ! On n'a pas le temps, alors s'il te plaît, fais ce que je te dis.

Max lui prend la main et la maintient en place. Une fois sûr qu'elle ne viendra pas, je fonce à l'intérieur.

— Gabriel non ! Gabriel !

J'entends Mia et Olivia crier mon nom mais je dois trouver Marie. Aussitôt dedans, je ne discerne rien. La fumée m'empêche de voir et de respirer correctement. Je me protège comme je peux en plaçant un bras devant mon visage, mais la chaleur me brûle. Le feu est au niveau du salon, mais le rez-de-chaussée est empli de fumée. L'étage semble épargné.

— Marie ! Marie ! Où êtes-vous ? Marie ?

Il me devient de plus en plus difficile de respirer. Mes yeux me piquent. Au moment où je commence à monter l'escalier, je suis sûr d'entendre du bruit venant du salon.

— Marie ! Marie !

J'aperçois son pied devant le canapé. Je cours vers elle. Je la discerne mal. J'essaie de la porter, mais elle est attachée à quelque chose. Elle semble bâillonnée. Putain de merde, c'est quoi ce bordel ?

— Marie, accrochez-vous, on va y arriver.

Je lui arrache son bâillon. J'essaie d'atteindre la cuisine pour y trouver un couteau. Je reviens vers Marie.

— Gabriel ! Ne reste pas, va-t'en !

— Avec vous Marie.

— Olivia… elle a besoin de toi.

— Et de vous ! Allez on s'accroche !

Je découpe péniblement les liens de ses mains. Je la prends dans les bras et cherche un chemin pour sortir. La porte d'entrée est à présent bloquée. Je repose Marie et jette une chaise par la fenêtre pour la casser. Je reprends Marie dans mes bras et enjambe la fenêtre.

— Oh mon Dieu, Gabriel ! crie Olivia en se jetant sur nous. Maman, maman !

— Attends Livie, laisse-moi la déposer dans l'herbe.

Je suis éreinté, l'oxygène me brûle les poumons. J'ai besoin de boire, je suis complètement déshydraté.

— De l'eau s'il vous plaît.

Dean m'en amène. Je vide la bouteille d'une traite, assis par terre à côté de Marie. Liv est sur sa mère, qui ne lui répond pas. Elle a les yeux fermés. Je m'approche d'Olivia, et la prends par les épaules.

— Elle m'a parlé Liv, elle va rouvrir les yeux, j'en suis sûr.

— Maman s'il te plaît, parle-moi !

Elle pleure sur sa mère, la supplie de revenir à elle. On commence à entendre les sirènes des pompiers qui approchent. Mes parents arrivent en pyjama, l'air affolé. Mia les arrête et leur explique tout. Je tiens toujours ma belle dans mes bras.

— Olivia… dit Marie dans un léger souffle.

— Maman, je suis là, dit-elle en lui caressant les joues. Je suis là ma douce maman. Accroche-toi. Ne me laisse pas.

— Olivia, pardonne-moi…

Les pompiers envahissent l'allée. Max les renseigne, une partie des hommes vient vers nous, l'autre vers la maison. Je crois discerner la silhouette de Benedict avec mon père. Ma mère arrive par-derrière et me prend par les épaules.

— Les enfants… pleure-t-elle, il faut laisser les pompiers l'approcher.

Elle tente d'écarter Olivia, qui se débat et fond sur sa mère à nouveau.

— Maman, parle-moi. Je peux tout te pardonner mais parle-moi, la supplie-t-elle.

— Je suis tellement désolée, dit Marie dans un filet de voix.

On ressent toute la difficulté qu'elle a de parler. Les pompiers tentent d'éloigner sa fille.

— Laissez-moi ! Ne me touchez pas ! hurle-t-elle.

Je reste derrière elle, mes bras l'encerclant.

— Maman, je t'en prie, ne pars pas. Je m'en fous de tous tes secrets, je m'en fous maman. Tu m'entends ? Tu ne peux pas me laisser, pas encore une fois.

— Olivia, je t'aime tellement…

Elle se met à tousser, ce qui la fait souffrir énormément. Son visage se tord de douleur.

— Je suis si fière de la femme que tu es, continue-t-elle.

— Non tu n'as pas le droit, maman de me laisser, je te l'interdis !

— S'il vous plaît, madame, écartez-vous !

Les pompiers s'agitent autour de Marie. Olivia se débat dans mes bras. Elle est en larme et crie « maman » sans s'arrêter. Je tente de la calmer, de lui parler à l'oreille, de l'apaiser. Elle rejette tout le monde, comme une bête enragée et blessée. Je suis le seul à pouvoir la toucher.

— Mon ange, calme-toi. Elle est entre de bonnes mains, ils vont la soigner, OK ?

Elle se retourne et se jette dans mes bras. Je ressens tout son désespoir.

— Oh Gabriel ! Elle ne peut pas me…

— Vous êtes Olivia ? lui demande un pompier.

Mon ange blessé acquiesce et il la dirige vers Marie.

— Nous l'emmenons à l'hôpital mais avant elle demande à vous parler. Je vous laisse juste le temps que le camion se rapproche. Son état est critique et nous devons faire vite.

Olivia ne lui répond pas et tombe à genoux près de sa mère, en lui prenant sa main.

— Je suis là maman.

— Olivia… ma chérie… je t'aime… Pardonne-moi.

— Je te pardonne tout, maman, lui souffle-t-elle.

Sa mère a de plus en plus de mal à respirer et à tenir ses yeux ouverts. Elle est branchée, perfusée, là au milieu de l'allée. Olivia lui demande de rouvrir les yeux. Ça lui demande tellement d'énergie.

— Alan…

Marie parle tellement faiblement qu'Olivia est obligée de mettre son oreille tout près de sa bouche.

— Qui ça maman ?

— Roger… Pas seul…

Un bip long et sonore retentit et je comprends de suite ce qu'il est en train de se passer.

— Maman ? Maman ? Gabriel, maman ne parle plus, Gabriel !

Elle m'appelle et s'accroche à moi comme à une bouée de sauvetage.

— Non ! Je ne veux pas qu'elle me laisse, me supplie-t-elle. Pas elle, pas encore. Non !

Tout le monde s'affaire autour du brancard de Marie qu'ils montent dans le camion de pompier. Ils ferment les portes, mais ne démarre pas. On les voit s'agiter à l'intérieur. Olivia est inerte devant les portes, sous le choc. Je la tiens et je la sens fléchir au fur et à mesure qu'elle comprend ce qu'il se passe. Ma mère s'approche doucement d'elle. Elle lui prend le visage, essuie ses larmes et tente de dévier son regard du véhicule.

— Olivia, mon enfant, regarde-moi. Tu n'es pas seule, on est tous là, tous là avec toi.

La porte de l'ambulance s'ouvre et c'est avec le visage grave que le médecin se dirige vers nous. Olivia commence à s'agiter et à reculer. Elle se bouche les oreilles, comme hystérique.

— Non, non, je ne veux pas l'entendre, non ! Gabriel ! Dis-lui de retourner à l'intérieur.

Je la mets face à moi et, en pleurs tous les deux, je la serre le plus fort possible contre moi. Elle ne se débat plus.

— Je suis désolé mon bébé, tellement désolé.

Elle s'effondre, Mia nous prend dans ses bras, mes parents nous prennent eux aussi dans leurs bras. Les copains sont là, à côté, complètement impuissants face à ce qu'il vient de se passer. Nous formons une bulle de protection autour d'Olivia.

On entend un pompier dire que le feu est maîtrisé. Il demande à mon père de ne pas nous approcher de la maison et de ne pas y pénétrer dans les jours à venir. Fragilisée par l'incendie, l'accès y est interdit.

Olivia reste blottie et cachée dans mes bras. Elle ne veut parler à personne et s'agrippe à moi. Je veux l'éloigner de toute cette agitation. Je l'emmène sur un transat de la piscine. L'endroit est plus calme. Je m'assois et la prends sur mes genoux.

— Regarde-moi mon ange, je suis là, OK ? Personne ne t'emmènera nulle part. Tu restes ici avec moi.

Elle acquiesce mais ne dit rien. Elle pleure en silence contre moi. Je lui caresse les cheveux, la dorlote, la rassure. Je souffre avec elle.

— C'est toi et moi, comme avant. Je vais m'occuper de toi, mon bébé. Je suis là rien que pour toi. Je suis à toi mon ange, rien qu'à toi.

Elle me regarde, si fragile, et me caresse la joue.

— Oui ma princesse, rien qu'à toi, comme je l'ai toujours été. À toi.

Je la serre encore plus fort. Mes parents nous rejoignent.

— Mon chéri, peut-être devrait-elle voir un médecin ?

— Non, je ne veux pas Gab ! Ne les laisse pas m'emmener.

— Personne ne veut vous séparer ma chérie. On veut juste prendre soin de toi, la rassure maman.

Mais Olivia continue de refuser.

— Et toi fiston, Mia m'a dit ce que tu as fait. Tu as pris de tels risques ! Je ne veux même pas imaginer si…

— Je vais bien papa. Je n'ai rien. J'ai juste eu du mal à respirer.

— Tu es blessé Gab ? s'inquiète mon petit ange.

— Non je vais bien, dis-je en lui caressant la joue.

— Tu dois aller à l'hôpital, tu dois être examiné. Je ne veux pas qu'il t'arrive quoique ce soit.

Elle se lève, me prends par la main et m'entraîne autoritairement de l'autre côté vers les pompiers.

— Livie, je vais bien, je te dis !

— Monsieur, s'il vous plaît ? Monsieur ? Mon ami, il faut l'examiner s'il vous plaît.

L'ambulancier m'emmène et Olivia ne me lâche pas. Benedict nous rejoint dans l'ambulance.

— Je suis vraiment désolé Olivia pour votre maman.

Elle ne le regarde pas, mais je ressens la colère qu'elle essaie de contenir, contre lui.

— Vous allez bien Gabriel ? me demande-t-il en mettant une main paternaliste sur mon épaule.

— Oui merci, j'ai juste inhalé un peu trop de fumée, mais je vais bien.

— Pas de brûlure ?

— Non je ne pense pas, dis-je en me regardant vite fait.

— Est-ce qu'on sait ce qui a mis le feu ? C'est accidentel ? lui demande sèchement Olivia.

— Nous ne savons pas encore. Une équipe arrive pour commencer à chercher les causes de l'incendie Olivia. Nous allons tout…

— Épargnez-moi votre discours. Pas ce soir, le coupe-t-elle.

— Inspecteur, je peux vous parler un instant s'il vous plaît ?

J'ignore le regard interrogatif d'Olivia.

— Oui bien sûr Gabriel, dit-il en s'asseyant face à moi dans l'ambulance étroite.

Olivia ne comprend pas, je vois qu'elle est tout ouïe. J'aimerais parler à Benedict sans elle, mais c'est peine perdue. Je n'arriverai pas à la faire descendre.

— Quand je suis arrivé dans la maison, il y avait déjà beaucoup de fumée et quelques flammes. J'ai aperçu la jambe de Marie derrière le canapé. Quand je me suis approché pour la prendre dans mes bras, je n'ai pas réussi à la soulever. Et puis j'ai vu qu'elle était bâillonnée et attachée à une chaise. Elle ne pouvait pas s'enfuir.

Olivia met une main devant sa bouche d'effroi. Comprenant tout de suite que l'incendie accidentel se transforme en criminel, Benedict passe aussitôt un appel.

— Ramenez-le-moi au poste de suite !

Il se lève et, avant de partir, nous demande si on a vu ou entendu autre chose.

— Maman avait dû mal à parler, mais avant de… mourir, elle m'a parlé d'un Alan.

— Alan ?

— Je n'en sais foutrement rien, lui répond Olivia. Que vient-il faire là-dedans ?

— Un membre de votre famille ? la questionne Benedict.

— Malheureusement, il y a tellement de secrets dans ma famille… mais je n'ai jamais entendu ce nom. Je ne vois pas qui c'est.

— Merci Olivia. Prenez soin d'elle Gabriel.

— C'est le plan oui, dis-je en adressant un clin d'œil à Olivia, ce qui a le mérite de lui arracher un léger sourire.

38
Orpheline

Chaque pas dans la vie est un pas vers la mort.
Casimir Delavigne

Olivia

Je tremble de froid. J'ai le regard dans le vide. Je sens les gens me regarder, me prendre dans leurs bras, me parler. Mais je ne réponds pas, je ne réagis pas. Je suis vide. Mon regard est hypnotisé par les gyrophares. Je m'accroche à la main de Gabriel. Ma mère a été assassinée. Six ans plus tard, il aura réussi son coup. Et cet Alan, qui est-ce encore ?

Je tremble de plus en plus. Gabriel m'enveloppe dans une couverture de survie. Ma mère a été assassinée, ma maison a brûlé. Je n'ai plus rien.

— Ma chérie, tu vas rentrer avec nous. Ne t'inquiète de rien. Tu vas rester au manoir avec nous. D'accord ? me dit gentiment Émilie.

Je l'entends, mais je ne l'écoute pas.

— Victoire, je dois prévenir ma sœur. Elle doit être informée. Et Marianne, je dois lui dire aussi. Et mon papy, mon Dieu, il ne va pas s'en remettre, dis-je larmoyante.

— Liv, on a prévenu Victoire et Marianne. Elles arrivent. Ta tante va prévenir ton grand-père. On va rentrer, tu es frigorifiée, me rassure Richard.

Gabriel me serre encore plus fort. Nous traversons le jardin pour rejoindre le manoir. Je suis comme un automate.

— As-tu mangé quelque chose ? me demande Émilie, en arrivant dans la cuisine par la baie vitrée.

Ça me renvoie deux mois plus tôt, quand maman toute fière l'ouvrait à 6 h du matin pour m'expliquer son travail. Elle était tellement heureuse de partager tout ça avec moi. Je ferme les yeux et je ressens sa présence, sa chaleur. Je vois son sourire.

— Olivia, tu as faim ? me répète Émilie.

Je fais non de la tête.

— Il faut que…

— Laisse-la pour le moment maman. Elle est transie de froid. Mia, peux-tu lui prêter des vêtements pour la nuit s'il te plaît ?

— Évidemment !

— Merci. Je vais lui faire couler un bain. Mia rejoins-nous dans ma salle de bain.

Gabriel me prend par la taille et m'emmène avec lui. Je me laisse faire, je n'ai pas la force de quoi que ce soit. Ma vie a basculé en cinq minutes. Il m'aide à monter les escaliers et me fait asseoir sur son lit. Pendant qu'il s'affaire dans la salle de bain, je passe ma main sur la couette de son lit. Cela fait une éternité que je ne suis pas venue ici. Je m'allonge et me laisse envelopper par l'odeur de Gab. Je ferme les yeux, en espérant que tout ça ne soit qu'un très mauvais rêve. J'entends mon téléphone sonner, mais je m'en fiche, je ne veux personne. Mon meilleur ami décroche.

— Allô ?

— Qui est-ce ? Pourquoi avez-vous le téléphone d'Olivia ?

— Gabriel Cooper, et vous ?

— Oh Gabriel, c'est Flora ! Dis-moi qu'elle va bien ?

— Elle est traumatisée et en état de choc. Mais physiquement elle va bien.

— Où est-elle ?

— Chez moi. Elle semble s'être endormie sur mon lit.

Il s'approche de moi et se met à mon niveau en s'asseyant par terre. Il me caresse tranquillement les cheveux et ça me berce. Il n'y a que lui qui puisse m'apaiser.

— Gabriel ? Tu es encore là ?

— Oui, je la regarde dormir.

— Je prends l'avion demain avec ses grands-parents. Promets-moi que tu vas prendre soin d'elle. Gabriel ? Elle a besoin de toi… tu es très important pour elle.

— Idem Flora, idem. À demain.

Il raccroche et pose mon téléphone. Je veux que le temps s'arrête. Mia entre doucement dans la chambre et pose des affaires sur le lit.

— Mon ange ? Nous t'avons fait couler un bain comme tu aimes : très chaud avec de la mousse parfumée.

J'ouvre les yeux et le fixe.

— Tu viens ? me demande-t-il gentiment. Mia va t'aider à te déshabiller et à entrer dans le bain.

— Tu t'en vas ? Je lui demande comme une petite fille, les larmes au bord des yeux.

J'aimerais tellement être plus forte. Mais là, je n'y arrive pas.

— Je serai là dans la chambre, je t'attends. D'accord ?

Je dis oui de la tête. Il m'aide à me lever.

— Gabriel, je ne t'ai jamais envoyé de texto, je te le jure. Je t'ai attendu au ponton.

— Je te crois mon ange, je te crois.

Je fonds en larmes et n'arrive pas à me décoller de lui. Mia vient me prendre par les épaules.

— Viens, ma belle, sinon ton bain sera froid, me dit-elle doucement.

Je ne sais pas combien de temps j'y suis restée, mais je n'ai pas arrêté de pleurer. Mia me caressait les cheveux pour me calmer, me parlait mais je ne cessais de pleurer. Quand je sors de la salle de bain, les yeux gonflés par le flot de larmes, je vais directement vers Gabriel. Il pose son téléphone et me prend sur ses genoux. Je m'enroule comme une évidence autour de lui. Mia nous rejoint.

— Ma belle, il faut manger un peu, OK ? me dit-elle.

Gabriel se lève en me tenant dans les bras et se dirige vers la porte. Mia lui glisse quelque chose à l'oreille et il se tend aussitôt. Il me repose et hésite à descendre.

— Il faut qu'elle mange Gab.

Je les suis dans l'escalier. Arrivée en bas, je comprends le problème. Victoire est là, assise dans le canapé du salon. Je m'arrête net et la fixe. Elle a le don de me sortir de ma torpeur. Ça bouillonne en moi, rien que de la voir.

— Où étais-tu ? Je lui demande durement.

Elle se lève et s'approche. Je n'arrive pas à déchiffrer son visage.

— C'est toi qui m'as éloignée de la maison pour lui laisser le champ libre ?

Victoire semble ne pas comprendre mon agression à son égard.

— C'est toi et lui ? Vous avez réussi, vous l'avez tuée ! je lui crie.

— De quoi tu parles ? C'était un accident Olivia.

— Un accident ? Elle s'est bâillonnée et attaché les mains toute seule à une chaise ? Waouh elle était douée maman.

Elle regarde tous les Cooper dans le salon, cherchant une explication.

— Gabriel a trouvé Marie attachée. Et avant de mourir, elle a nommé Roger, lui explique Richard.

— Et tu crois que c'est moi ? Mais t'es folle. Je ne peux pas vous piffrer mais je ne suis pas une tueuse. T'es tarée ma pauvre fille !

Gabriel s'interpose et s'apprête à réagir quand Marianne intervient.

— Victoire, tais-toi ! Respecte ta pauvre mère et toi Olivia, n'accuse pas sans preuve. Vous n'êtes plus que toutes les deux. Il faut vous soutenir l'une l'autre.

Ça ne risque pas d'arriver, je pense. Je suis sûre qu'elle a joué un rôle dans l'incendie.

— Mange un peu Olivia, tu as besoin de reprendre des forces et toi Victoire, retourne t'asseoir, nous ordonne Marianne.

— Désolée, mais il me semble important de savoir où tu étais Victoire ce soir, continue Mia.

— Ça m'intéresse fortement moi aussi, insiste Gabriel.

Victoire hésite à répondre, mais elle n'est clairement pas en position de force.

— J'étais chez Roger, dit-elle en tenant la tête droite.

— Et lui, il était là ? demande Gabriel.

— J'ai eu Rémy dans la soirée, Roger n'aurait pas quitté son appartement. C'est vrai Victoire ? rajoute Richard.

— Il était dans sa chambre quand je suis arrivée, mais il en est sorti vers 20 h 30. Donc trouvez-vous un autre coupable.

— Pourquoi crois-tu qu'il était dans sa chambre ? Tu l'as vu ? demande Émilie.

— Non je ne rentre pas dans sa chambre sans autorisation. Je me suis mise devant la télé. Il y avait un mot dans la cuisine pour me dire qu'il ne voulait pas que je le dérange. Il voulait rester seul se reposer, car il avait trop picolé la veille avec ses copains.

— Donc il n'était pas là, en conclut Gabriel.

Richard intervient :

— Ne tire pas de conclusion tout seul. J'en informe Benedict. Tu ne fais rien de ton côté.

Il se tourne vers moi.

— Olivia, cette maison est la tienne. Tu as ta propre chambre, rien qu'à toi. Mais évidemment, tu dors où tu veux. Toi Victoire, par respect pour ta mère, tu as une chambre pour toi aussi ici. Cependant, si tu décides de rester avec nous, il faudra cesser tes entrevues avec ton père.

— Je ne veux pas arrêter de le voir pour vous faire plaisir ! s'indigne-t-elle.

— Tu n'as pas compris la gravité de la situation, je pense. C'est à toi de voir.

— Je préfère le rejoindre que de rester avec vous tous. Une belle bande d'hypocrites !

Elle s'en va en claquant la porte. Nous restons tous silencieux, incrédules, dans le salon, pendant que je tente de manger un morceau.

— Tes grands-parents et Flora arrivent demain par avion. Je les prends à la maison, nous informe Marianne.

Suis-je devenue insensible ? Je ne ressens rien à part le vide en moi.

— Où veux-tu dormir ce soir ? me demande Gabriel à l'oreille.

— Avec toi, s'il te plaît.

Gabriel me fait son plus beau sourire et me prend par la main pour m'emmener dans sa chambre. Une fois montée, il m'allonge délicatement dans son lit. Je le regarde se déshabiller et se mettre en caleçon. Et puis, j'aperçois son tatouage entre les omoplates. Une fée à genoux en train de lire, ailes déployées. Tout comme mon ange a son visage, sa fée a le mien. Je suis émue, les mains sur ma bouche.

— Malgré ce que tu penses, moi aussi je tiens mes promesses, me dit-il en se retournant, dans un sourire plus que charmeur.

Il entre dans le lit et vient se coller contre mon dos. Il m'enlace. Je ressens sa chaleur, son souffle dans mon cou, tout ce dont j'ai besoin.

— Hier, aujourd'hui et demain. À toi ma princesse, rien qu'à toi.

Et il m'embrasse tendrement dans les cheveux. Je suis bien, je suis protégée, j'oublie tout.

39
Le jour d'après

Longtemps on aime encore en rougissant d'aimer.

B. Saurin

Olivia

La violence de ce qui s'est passé la veille me revient en mémoire au réveil. C'est dur de se dire que tout ça est bien réel. Maman part avec tous ses secrets. Difficile d'envisager que je n'aurai jamais de réponses. Et Gabriel hier soir… tout était si naturel entre nous, comme si nous ne nous étions jamais quittés. J'ai chaud, j'étouffe un peu. Gab est complètement couché sur moi, jambes entremêlées aux miennes, son visage dans mon cou. J'en profite pour caresser son tatouage. Il a tenu parole. Rien que d'y repenser, j'en ai les larmes aux yeux. J'entends du bruit qui vient du rez-de-chaussée, mais je ne veux pas descendre. Je ne veux voir personne. Gabriel se réveille doucement. Il frotte son nez délicatement contre mon cou, et s'étire comme un chat. Il n'ouvre pas les yeux, ne change pas de position. Il semble bien sur moi.

— Bonjour mon ange, me dit-il sans ouvrir les yeux.

— Bonjour toi, tu sembles avoir bien dormi !

— Comme un bébé. Et toi, as-tu réussi à te reposer un peu ?

— J'ai tellement pleuré en si peu de temps, que mes yeux avaient besoin de dormir, je plaisante.

Il se redresse sur un coude et me regarde droit dans les yeux.

— Tu sais que je suis là ma Livie. Tu n'es pas seule.

J'ai du mal à contrôler mes larmes depuis hier, et ce qu'il me dit me donne envie de pleurer.

— Je suis désolée, je n'arrête pas de pleurer. Je n'arrive pas à gérer. Tout se mélange dans ma tête. J'ai si peur pour les gens que j'aime, pour moi. Et je suis tellement en colère contre maman, contre Roger, contre moi, contre tout le monde en fait ! J'ai si mal, je suis triste et complètement perdue. Je veux que tout ça cesse, revenir en arrière, essayer d'empêcher le moment où tout est parti en vrille. Je deviens folle, non ?

— C'est normal tout ce que tu ressens. Il ne faut pas que tu gardes tout ça pour toi. Tes amis sont là, je suis là. Si tu as besoin de hurler, hurle. Si tu veux pleurer, pleure. Si tu veux te défouler, tape-moi dessus. Je serai tout ce dont tu as besoin Livie.

Gabriel m'essuie les yeux gentiment.

— Je suis ton Edward[11], ton Johnny[12], ton Christian[13], ton Hardin[14]… se moque-t-il en mettant la main sur le cœur.

Je le frappe avec un oreiller au visage.

— Tu ne les connais même pas. Je te mets au défi de regarder tous ces films, que moi j'adore !

— L'enfer…

Il me fait rire, quand soudain je réalise qu'il est midi passé.

— Mon Dieu ! Mon service du matin ? J'ai oublié de me lever !

---

[11] Héros de *Twilight.*

[12] Héros de *Dirty Dancing.*

[13] Héros de *Cinquante Nuances de Grey.*

[14] Héros de *After.*

J'essaie de me dégager de Gabriel, qui me maintient dans la même position.

— Liv, tu ne vas pas travailler ni aujourd'hui ni demain. Tu ne vas PLUS travailler ici. D'ailleurs pourquoi tu enchaînes trois jobs ? Tu as besoin de tune ? Je peux t'aider, tu sais ?

Ce qu'il dit a du sens. Après tout, ai-je encore besoin d'avoir trois jobs ? Les dettes de Roger ne sont pas les miennes. Je ne faisais cela que pour soulager maman.

— Maman n'a jamais divorcé, elle devait rembourser les dettes de Roger.

— Putain de merde, je ne savais pas.

— Tes parents non plus. Elle l'a caché à tout le monde. Elle aurait eu trop peur de sa réaction si elle lui demandait le divorce.

Gabriel ne dit rien, il s'est mis sur le dos, fixant le plafond.

— Il y a tellement de zones d'ombre, commence-t-il. Tu crois que dans le bar-tabac avant-hier, elle lui donnait l'argent pour payer les factures ?

— Non je ne pense pas. Elle payait directement aux administrations concernées.

— Elle lui a demandé le divorce ?

— Hier après-midi, avant d'aller te rejoindre sur le ponton, je me suis disputée avec elle. Elle m'a avoué l'avoir vu aussi hier matin, mais n'a pas parlé d'avant-hier au bar. Elle me reprochait de mettre mon nez partout parce que je lui avais dit que je voulais des réponses. Je m'en veux tellement ! La dernière fois qu'on s'est parlé, on s'est engueulé.

Gabriel se redresse pour me consoler.

— C'est dur de me dire que c'est la dernière image de moi qu'elle aura. Si j'avais fait demi-tour pour m'excuser, peut-être qu'elle serait encore en vie. Elle a dû avoir si peur pendant l'incendie.

— Avec des « si », on pourrait tout changer. Il faut que tu arrêtes de t'en vouloir ou de te culpabiliser. Ça ne changera rien, malheureusement.

Je sais qu'il a raison, mais c'est dur.

— Et puis je ne comprends pas ses derniers mots. Pourquoi elle me parle d'Alan ? J'y comprends rien. Et Roger ? Richard dit qu'il n'aurait pas bougé. Mais pourquoi elle me parle aussi de lui ? Elle n'a pas fini sa phrase, mais elle voulait aussi dire un autre nom. Qui ?

— Je ne sais pas. Mais je suis sûr que c'est Roger. Faut que je trouve comment il a fait. Il joue avec tout le monde. Et en même temps, pourquoi voudrait-il tuer la personne qui paye ses dettes ?

— Si cette personne ne veut plus payer, peut-être.

— Ouais… Ta mère t'aurait dit quelque chose à ce sujet ?

— Non rien. Et Victoire ?

— Victoire n'a rien vu, elle est restée dans son salon. Je pense franchement qu'elle n'a rien à voir dans tout ça. Je me trompe peut-être, mais je pense qu'il se sert d'elle, à ses dépens. Elle n'est pas assez maligne. Ce n'est pas elle qui agit.

— Elle n'arrête pas de me dire en coder que je ne leur ressemble pas. Ça veut dire quoi ? Que Roger n'est pas mon père mais que c'est ce fameux Alan ? Ça n'a pas de sens.

— Je vais appeler Benedict ce matin, pour savoir s'il a du nouveau. Je vais aussi contacter le privé Rémi au cas où il ait vu quelque chose. En tout cas beauté…

— Beauté, moi ?

— Oui beauté toi ! Tu arrêtes de bosser ici et « chez André ». Tu gardes ton boulot au pub et tu reprends tes études calmement en octobre.

— Tu as déjà tout planifié pour moi ? Et pourquoi je ne garderais pas plutôt mon job « chez André » et démissionnerais pas du LIV' ? Faisant semblant d'être offusquée.

— Très simple : je te garde près de moi. Sujet clos.

— Sujet clos ? Je ne crois pas non. Je n'ai pas franchement envie de te voir faire le joli cœur tous les soirs.

— Pourquoi t'es jalouse ?

— Pas du tout !

— Je ne vois que toi, tu le sais poupée.

— Poupée ? T'es sérieux là ? Et non je n'en sais rien du tout. Comment je pourrais le savoir ? je dis en boudant à moitié.

— Enlève tes œillères, me répond-il mielleusement.

— Elles sont toutes autour de toi, à minauder, à te toucher…

— Et pas toi ? Tous les mecs te dévorent du regard et toi tu ne vois rien.

— N'importe quoi.

Je croise les bras sur la poitrine. J'ai honte de lui avouer que, pendant que lui enchaînait les conquêtes, moi je restais seule. Ça me gêne de lui dire que je n'ai aucune expérience, il va se moquer et vraiment me prendre pour une gamine. Il tourne ma tête vers lui délicatement.

— Dis-moi ce qu'il se passe là-dedans, en me tapotant le front.

— C'est juste que je n'ai jamais eu de copains. Oui on m'a draguée, mais aucun ne m'a jamais plu. Ils n'étaient pas… toi.

Gabriel me fixe surpris par ma révélation. Il ne dit rien. J'ai de plus en plus honte de mon aveu. Je me cache le visage avec mon bras.

— Pourquoi tu te caches ?

— J'ai honte, je ne sais pas faire, je n'y connais rien. Toi, je sais que tu passes de « bonnes » soirées, mais pas moi, j'avoue en mimant les guillemets.

Il rigole et retire mon bras de mon visage.

— Tu veux dire que jamais personne ne t'a embrassée ici ? dit-il d'une voix rauque en m'embrassant à la commissure de mes lèvres.

Je fais non de la tête, car aucun son ne peut plus sortir de ma bouche.

— Ni ici ni là ? continue-t-il en déposant une série de baisers de derrière l'oreille jusque dans mon cou.

Il n'attend même plus de réponse. Sa bouche me chatouille et ma peau a la chair de poule à chaque bisou déposé.

— J'adore ça que personne ne t'ait jamais embrassée. Je veux être le seul et unique à te toucher Olivia, me murmure-t-il.

Je cherche la moquerie dans son regard, mais il est on ne peut plus sérieux, très concentré à me faire découvrir de nouvelles sensations.

— Vraiment ?

— Vraiment princesse.

Il prend son temps, il me sent, me déguste, comme si j'étais un délice. Il continue de m'embrasser dans le cou et sa main droite passe sous mon tee-shirt. Il me caresse le ventre. Le contact de sa peau sur la mienne… Je suis en feu. Mon corps réagit à chacune de ses caresses.

— Je veux être ton premier et ton dernier mon ange, me souffle-t-il à l'oreille.

Je tremble sous son souffle, sous ses doigts. Que la vie est étrange ! Hier je perds tout et aujourd'hui… Il passe la paume de sa main sur le tissu de ma culotte, et je découvre des sensations complètement inconnues. Juste la pression de sa main sur mon sexe, de sa bouche dans mon cou ! Il est partout sur moi. J'oublie tout. Juste lui et moi.

— Les enfants, vous êtes réveillés ? frappe Émilie à la porte de la chambre.

Gabriel s'effondre dépité sur moi, ce qui me fait rire.

— Les enfants ? insiste-t-elle.

— Oui maman, on est réveillé, grogne-t-il.

— Venez manger. Flora et les grands-parents d'Olivia viennent d'arriver.

Je me redresse net.

— Papy est là ?

— Oui à l'instant.

J'embrasse Gabriel sur le front et je fonce en pyjama hors de la chambre. Je dévale les escaliers si vite que je manque de tomber.

— Papy ! Oh papy !

Je me jette dans ses bras. C'est si bon de le retrouver.

40
Ma petite-fille

Il y a dans le regard des grands-parents une lumière particulière qui ne s'éteindra jamais.

Jean Gastaldi

Vincent

Dans ce malheur, quel bonheur de retrouver ma petite-fille ! Nous pleurons tous les deux dans les bras l'un de l'autre. Au bout de quelques instants, sa grand-mère se racle la gorge. Je m'éloigne de mauvais cœur pour qu'elle puisse dire bonjour à tout le monde. Elle embrasse sa mamie et prend dans ses bras Flora. Je l'observe : elle a les traits tirés, est pâlichonne et amaigrie.

— Viens par ici nipotina.

Elle me prend la main et me suit dans le canapé.

— Comment vas-tu ? je lui demande inquiet.

— Papy, je n'ai pas pu la sauver, je suis désolée, pleure-t-elle.

« La sauver », si elle savait. J'ai essayé dans le passé de la sortir de cette misère, mais Marie ne m'a jamais écouté. Elle était déjà sous l'emprise de Roger et ne voulait jamais le contrarier.

Quand elle nous l'a présenté il y a 25 ans, de suite, le courant n'est pas passé entre nous. Marie était une jeune fille solaire, rêveuse, romantique. Lui était timide, taciturne et introverti. Elle était la lumière et lui ne voulait pas qu'elle brille plus que lui. Après leur mariage, nous sommes partis nous occuper de ma belle-mère en Italie et n'en sommes jamais revenus. Marie a donc pris le relais de sa mère chez les Cooper, puis est très vite tombée enceinte de Roger. Les deux jeunes tourtereaux ont donc créé un foyer pour leur famille dans la maisonnette, là où elle avait elle-même grandi. Roger a trouvé un travail à l'usine du coin. Leur vie semblait tranquille, même si Marie s'éteignait jour après jour. La monotonie, la routine ou la tristesse de la vie. Bref, la réalité du quotidien a remplacé les sentiments. Un retour sur terre un peu brutal pour notre rêveuse. Roger a de moins en moins apprécié la relation de sa femme avec les Cooper, leurs attentions envers ses femmes à lui. Marie est tombée à nouveau enceinte. À ce moment, tout a changé. Roger a commencé à boire, Marie le défendait sans cesse. Vers les six ans d'Olivia, il est devenu violent. Marie maintenait que non, mais la petite se faisait pipi dessus dès qu'elle entendait la voix de son père. Nous avons essayé de lui ouvrir les yeux, mais elle nous a rejetés, pour le plus grand plaisir de Roger. Elle ne répondait plus à nos appels. Il nous empêchait de voir les petites aux vacances. Nous avons tellement souffert de cette situation. Nous avions des nouvelles par Marianne, restée proche de sa sœur. Elle a confirmé nos angoisses plus d'une fois. Mais nous ne pouvions rien faire, à part attendre le coup de fil tant redouté. Et puis un soir, Marianne a débarqué avec une Olivia adolescente et meurtrie. Cette petite est vite devenue mon rayon de soleil et, en six ans, nous avons tissé des liens très forts. Je l'aime cette gamine et la savoir de retour ici ne me rassurait pas. Quelle qu'ait été ma relation avec sa mère, aujourd'hui j'ai beaucoup de peine. C'est affreux pour un parent de voir son enfant mourir, ce n'est pas l'ordre normal des choses.

— Pour sauver quelqu'un, il faut que la personne le veuille ma petite.

Elle me regarde de ses grands yeux bleus remplis de larmes. Elle ne comprend pas.

— Ta maman ne voulait pas être sauvée. Nous avons essayé tant de fois. Mais elle a toujours rejeté notre main. Toujours.

Je suis sec dans mes propos, mais j'ai souffert qu'elle nous tourne le dos et nous coupe de nos petites-filles.

— Papa, ne dis pas ça. Ce n'était pas simple pour elle. Il la menaçait, il la faisait chanter, intervient Marianne.

Il l'ignore et me serre dans ses bras.

— Tu n'y es pour rien. Bien au contraire. Cependant tu m'avais promis de me dire si ça n'allait pas ? lui dis-je plus sévèrement. J'ai appris par Flora, puis par Émilie tout ce qu'il t'était arrivé. Tu dois rentrer avec nous, d'accord ?

— Non, Papy, je veux savoir la vérité, je veux comprendre.

— Nous devons accepter l'idée de ne pas savoir. Ta mère avait beaucoup de secrets.

— Pour toi aussi ?

J'acquiesce tristement. Je me tourne vers Marianne.

— Peut-être est-il temps de nous éclairer Marianne, tu ne crois pas ?

Marianne est mal à l'aise, tout le monde se retourne vers elle, attendant des réponses. Flora et Mia entourent Olivia. J'aperçois Gabriel descendre l'escalier, ce qui donne un peu de répit à Marianne. Contrairement à ma petite-fille, il a pris le temps de se préparer avant de nous rejoindre. Il est tel qu'elle me l'a décrit. Il émane de lui une autorité naturelle. Il balaie la salle du regard et se dirige immédiatement vers Olivia, auprès de qui il s'agenouille pour vérifier si elle va bien. C'est bon, ce garçon me plaît.

— Papy, tu te souviens de Gabriel ? Gabriel, te souviens-tu de mon grand-père ?

Il se redresse et vient vers moi. Il me serre la main et je l'attire dans mes bras. Il se laisse faire et me rend mon accolade.

— Je te présente Flora et son ami Giovanni, mon tatoueur ! Continue Olivia pour Gabriel.

— Gabriel, tu existes vraiment ? le taquine Flora. Gabriel par ci, Gabriel par là. Malgré les circonstances, je suis ravie d'enfin faire ta connaissance.

— Je te retourne le compliment, lui répond-il dans un demi-sourire.

— Et voici ma grand-mère, qui a dû te changer les couches !

Il embrasse d'abord ses parents et sa sœur, et retourne vers Olivia, qu'il prend sur ses genoux tendrement.

— On s'est revu avec ta grand-mère, n'est-ce pas ?

Je suis surpris par la phrase de Gabriel. Je regarde ma femme et comprends, à son air pincé et à sa bouche en cul de poule, qu'il y a quelque chose qui m'a échappé.

— Ce n'est pas la peine de me regarder comme ça Vincent, m'agresse-t-elle. J'ai fait ce que Marie m'a demandé.

— Je t'écoute, lui dis-je durement.

— Rien à dire, à part que ce jeune homme est venu un samedi soir, quelques semaines après l'arrivée d'Olivia chez nous. Par chance, c'est moi qui suis tombée sur lui et je lui ai dit qu'Olivia n'était pas avec nous.

— Pourquoi t'as fait ça mamie ?

— Tu as bien vu comment Olivia souffrait de leur séparation, pourquoi tu as fait ça ? Mais tu avais des contacts avec Marie ? Je lui demande incrédule.

Gabriel enlace Olivia pour la calmer et la rassurer.

— Oui, enfin non… Avec Victoire. Elle a été complètement délaissée cette pauvre petite. J'ai toujours pensé que l'échec de leur mariage et la dissolution de leur famille n'incombaient pas uniquement à Roger.

Je suis scotché par son aplomb. Elle n'en dira pas plus. Elle se colle à Marianne, car elle se sent de plus en plus en terrain hostile.

— Victoire n'est pas ici ? demande-t-elle, en ignorant le reste.

— Elle a préféré retourner vivre avec Roger, lui répond Richard. Par contre, je suis d'accord avec vous Vincent. Marianne, il est temps de dire la vérité à Olivia. À tout le monde.

41
Une part de vérité

La vérité, l'âpre vérité.

Georges Jacques Danton

Marianne

Tout le monde se retourne vers moi. À cet instant précis, je maudis ma grande sœur, Marie, de me laisser faire ça à sa place. Je me lance enfin en regardant Olivia.

— Je ne connais pas les réponses à toutes tes questions. Mais ce que je peux te dire avec certitude, c'est que Marie t'aimait, Olivia, et que tout ce qu'elle a fait, c'était pour te protéger. Tes parents se sont rencontrés jeunes et Marie était follement amoureuse de Roger. Je ne pense pas que l'inverse était vrai. Quand Victoire est née, les choses ont commencé à changer. Il est devenu extrêmement jaloux et possessif envers Marie. Il acceptait mal que sa femme travaille, encore moins ici au manoir et il voulait qu'elle reste à la maison pour s'occuper de leur fille. Marie étouffait. Ce qui devait arriver arriva. Lors d'une soirée du personnel avec les conjoints à l'usine de Roger, elle a rencontré un autre homme. Un collègue à lui. Il lui disait ce qu'elle avait besoin d'entendre. Elle se remettait à vivre et à rêver avec lui. Alan était l'inverse de Roger, mais il…

— Oh Alan ? me coupe Olivia.

— Oui, Alan, Olivia. C'est sûrement de lui dont elle t'a parlé hier. Elle était très amoureuse de lui. Et je pense que lui aussi. Je ne l'ai rencontré que deux ou trois fois, mais je l'aimais bien. Le seul défaut de cet homme est qu'il était marié avec un enfant. À cette époque, il était difficile de divorcer. Il n'avait pas de gros moyens et il ne pouvait pas se permettre de quitter sa famille pour une autre femme. Et puis, Marie est tombée une seconde fois enceinte. Roger a tout de suite compris qu'il n'était pas le père. Depuis longtemps, Marie ne voulait plus qu'il la touche. Il a commencé à boire et à ne pas rentrer le soir. Marie a longtemps hésité mais elle a annoncé à Alan sa grossesse. Elle ne voulait rien de lui. Surtout elle ne voulait pas qu'il se sente piégé. Mais Alan l'aimait. Il avait décidé de quitter sa femme et son fils pour ta maman. Quand Marie l'a su, elle était aux anges. Le jour du grand départ, elle était enceinte de 7 mois. Je gardais Victoire, qu'Alan et elle avaient prévu de venir chercher une fois tout réglé. Marie a annoncé son départ à Roger avant de partir travailler le matin même. Il a rigolé en quittant la maison pour l'usine. Il lui disait qu'Alan se lasserait d'elle encore plus vite que lui. Sans rien dire à ma sœur, il avait fait ses propres recherches. Il avait découvert le nom de son amant. Alan et Marie se sont retrouvés le midi pour se mettre d'accord sur leur organisation : Alan devait passer la chercher après son travail à l'usine pour l'aider à porter ses affaires. Ce soir-là, Marie l'a attendu mais il n'est jamais venu. Elle était anéantie, elle ne pouvait pas croire qu'il la laisse tomber. Quand Roger est rentré dans la nuit, il était ivre. Il rigolait de voir Marie aussi mal. Il lui disait que personne ne voudrait d'elle et de sa bâtarde. Avec

Marie, nous avons cherché Alan les jours qui ont suivi. Sa voiture, avec le coffre rempli de ses propres affaires, était toujours sur le parking de l'usine. Sa femme ne comprenait pas pourquoi elle n'avait pas de nouvelles, car il avait promis de continuer à s'occuper d'eux. Marie a prévenu la police, persuadée qu'il était arrivé quelque chose de grave à Alan. D'autant plus que Roger, en permanence ivre, lui disait qu'elle ne pourrait pas divorcer de lui aussi facilement. « On ne divorce pas de Roger Charles, sale pute. Sinon tu subiras le même sort » lui disait-il en permanence. Le même sort que qui ? Nous avons toujours pensé qu'il l'avait tué. Mais nous n'avons jamais trouvé la preuve. Marie a sombré dans la dépression et puis tu es née, tu as été sa raison d'être. Elle t'a aimée dès ton premier cri et t'a donné le prénom qu'Alan et elle avaient choisi ensemble. Roger est devenu de plus en plus violent envers Marie. Et quand tu as commencé à vouloir défendre ta mère, il a commencé à s'en prendre à toi. Plus tu grandissais, plus tu ressemblais à Alan et plus Roger te haïssait. Un soir où il t'avait maintenue attachée à une chaise de cuisine en pyjama toute la nuit, Marie a pris la décision de le quitter et de t'éloigner le plus possible de lui. Ma sœur m'avait fait promettre que si les choses tournaient mal avec Roger, de t'emmener chez les parents en Italie, pour qu'il ne puisse plus jamais t'approcher. Marie avait prévu de lui remettre les papiers du divorce le soir où il a voulu te violer. Le barman l'a appelée pour la prévenir de l'état de Roger. Elle m'a aussitôt appelée, car elle avait peur pour toi. Elle aurait donné sa vie pour te sauver. Tu sais, toutes ces années où tu devenais une femme, elle a beaucoup souffert de ton absence, d'autant plus que Victoire s'éloignait d'elle. Quand le jugement de l'agression a été rendu, son avocat lui a conseillé de demander le divorce. Ce qu'elle a fait. Elle lui a remis les papiers au parloir. Il est devenu fou, il hurlait et a déchiré l'enveloppe devant elle. Il la menaçait : « Si tu oses divorcer, je la retrouverai et la buterai », « j'ai beaucoup d'amis à l'extérieur qui feront ce que je leur demanderai ». Et puis il a commencé à la faire chanter : « On est marié, alors tu payes mes dettes. Sinon, tu dis adieu à ta petite ». Et donc elle a payé. Elle avait tellement honte d'elle-même, qu'elle n'a pas osé l'avouer à qui que ce soit.

Olivia pleure silencieusement, les yeux tournés vers le sol. Gabriel la serre contre lui et lui parle à l'oreille pour la consoler.

— Vous étiez au courant ? demande Gabriel à ses parents.

— Oui, sauf pour les dettes. Nous pensions qu'elle avait divorcé, dit Émilie toute retournée.

— Émilie, ne pleurez pas. Vous avez été exceptionnelle pour Marie et elle vous aimait énormément. Merci pour tout.

Je lui serre la main et nous pleurons ensemble.

— Nous vous avons vues, Marie et toi, au bar à côté de chez Roger. Pourquoi ? demande Gabriel.

— En effet, Marie culpabilisait de ce qu'elle imposait à Olivia. Elle la voyait enchaîner ses services à droite à gauche avec très peu de sommeil. Elle souffrait de la voir se démener pour payer les erreurs de son père, pardon de Roger. Elle avait décidé de divorcer pour de bon. Elle disait que la troisième serait la bonne. Avant-hier au café, elle lui a remis les papiers du divorce… une nouvelle fois. Ils se sont revus hier matin, car il lui a fait croire qu'il voulait lui remettre en mains propres les papiers signés. On y est allé, mais il nous a ri au nez en nous disant qu'il n'avait pas eu le temps de les lire. Et la suite, on la connaît.

— La police dit que ça ne peut pas être lui. Victoire est son alibi, me précise Richard.

— Richard, tu sais aussi bien que moi, de quoi il est capable. Il a dit à Marie que son bracelet électronique n'était pas un problème. Et qu'il faisait ce qu'il voulait de Victoire. Il la manipule totalement. Elle est ses yeux et ses oreilles. Je suis sûre que c'est lui.

— Ont-ils avancé sur l'enquête Richard ? demande mon père Vincent.

— Apparemment non pas encore.

Olivia n'a toujours pas réagi à mes aveux. Elle ne bouge pas, alors je décide de m'approcher d'elle. Mais à peine ai-je fait un pas vers elle, qu'elle relève la tête et m'adresse un regard noir, me fusillant sur place. Je continue d'avancer et elle se lève brutalement, en me faisant stop de la main. Elle me regarde longuement entre ses larmes, puis elle court dans les escaliers et s'enferme dans la chambre de Gabriel.

— Ne vous en faites pas Marianne, il faut qu'elle digère tout ça.

Émilie tente de me rassurer tant bien que mal, mais je sais qu'Olivia est blessée, qu'elle se sent trahie. Flora commence à monter l'escalier, mais Gabriel la rattrape.

— Je m'en occupe, lui dit-il de manière autoritaire.

— Gabriel, Olivia est ma meilleure amie. Je peux aussi l'aider, tente de lui dire Flora.

— Laisse-le faire. Il est le seul à pouvoir l'apaiser, vraiment je t'assure. Toi et moi, on ne peut pas rivaliser avec la force de leur relation, la console Mia.

42
Accepter la vérité

Libérer l'âme du ressentiment, c'est le premier pas vers la guérison.

Éric Martel

Olivia

Tout recommence à nouveau, comme un air de déjà-vu. Je reste des jours en boule sous la couette de Gabriel à pleurer. Il tente de me sortir de ma torpeur qui dure, mais en vain. Je ne veux ni parler ni sortir. Je reste là. Il me prend dans ses bras, me parle et gère les personnes qui veulent me voir. Il fait barrage. Flora trépigne et m'en veut de la tenir éloignée. Mais je ne veux personne.

L'enquête n'avance pas et nous devons encore attendre pour les funérailles. Le corps de maman est en train d'être autopsié. Alors nous patientons pour l'inhumation. Cette période est longue et interminable. Je ne suis pas de bonne compagnie, mais Gabriel est patient avec moi. Je squatte sa chambre, il ne s'en plaint pas. Un soir, il revient super fier de lui.

— Regarde ça mon ange : dans la main gauche *Twilight*, *After*, *Grey* et *Dirty* Dancing et dans la main droite un sac rempli de M&M's et de Schokobons. Alors heureuse ?

Je sais l'effort surhumain qu'il est en train de faire pour me remonter le moral. Il prend son ordinateur portable et s'installe dans le lit à côté de moi.

— On commence par quoi princesse ?

Je lui montre *Twilight*.

— OK c'est parti pour des vampires et des loups-garous !

— Ce n'est pas que ça ! lui dis-je offusqué.

— Tu vois, je suis prêt pour deux heures de torture, rien que pour entendre ton rire.

Il me passe un bras autour des épaules pour m'attirer contre lui et place les bonbons au milieu.

— Bon c'est parti. T'as quand même conscience que les vampires n'existent pas ?

— Chut !

— Tu crois vraiment que…

— Chut Gabriel !

Pour son plus grand supplice et mon plus grand plaisir, nous avons enchaîné toute la série de films.

Et puis au dixième jour de silence, mon grand-père a perdu patience. Et comme six ans plus tôt, il est entré dans la chambre avec l'accord de mon « garde du corps », s'est assis à côté de moi et a pris ma main.

— Olivia, crois-tu que c'est la bonne solution de t'isoler à nouveau, de te couper du monde ?

— Je sais la vie continue, il faut que je remonte dans le train. Maman n'aurait pas voulu, patati patata.

— Olivia, me gronde-t-il. Nous souffrons tous. Et de te voir dans cet état, nous fait davantage souffrir.

Mon grand-père est toujours là pour moi. Il sait remettre l'église au milieu du village. Oui je souffre, oui j'ai mal. Mais je ne suis pas la seule à souffrir. Il faut que j'arrête de me regarder le nombril et d'être égoïste. Je viens de perdre un de mes piliers, une personne essentielle à ma vie, mais je dois continuer à vivre. Je le lui dois.

— Tu sais que je ne crois pas à toutes ces foutaises d'église. Mais, je veux croire qu'elle est avec nous, me confie-t-il.

— Moi je me dis qu'elle ne souffre plus maintenant. Elle a peut-être retrouvé Alan.

Mon grand-père baisse la tête, peiné.

— Tu sais papy, je ne lui en veux pas pour mon vrai père. Au fond de moi, j'ai toujours espéré que Roger ne le soit pas. C'est juste que j'aurais aimé qu'elle me le dise.

— Je comprends, moi aussi. Ce qui me plaît dans cette histoire, c'est que tu es un bébé de l'amour. Tes parents s'aimaient vraiment.

— Je suis désolée d'avoir été aussi égoïste papy, d'avoir été le nombril du monde.

— Tu n'es pas égoïste, tu souffres. Mais maintenant accepte les autres. Tu cicatriseras plus vite.

Le soir même, alors que Gabriel et Mia sont au pub, je décide de descendre manger avec Émilie, Richard, Flora, Giovanni et mes grands-parents. Ils sont émus par ma présence. Je remercie chacun d'entre eux et promets de me ressaisir. Avant de passer à table, j'envoie un « merci » par texto à Gabriel. Il me répond aussitôt avec plusieurs cœurs.

Quand je remonte dans sa chambre, je me place sans réfléchir à la fenêtre et je regarde ma maison abîmée. Je repense à ma discussion avec papy et je suis étonnée d'avoir accepté si facilement ce nouveau père. Je déteste tellement Roger que c'est comme une délivrance de ne pas être sa fille. Maintenant je comprends mieux nos différences avec Victoire et toutes ses remarques. Ma sœur était au courant de tout. Roger a dû lui raconter. Mon père s'appelait donc Alan et travaillait aussi à l'usine. Si maman était autant amoureuse, elle devait avoir gardé une photo de lui auprès d'elle. Je décide d'aller fouiller ma maison, d'essayer de trouver quelque chose qui lui aurait appartenu. J'enjambe la fenêtre, descends le mur, passe par la piscine et arrive devant chez moi. Par sécurité et ayant retenu les leçons de mes erreurs passées, je préviens Gab par SMS.

— Coucou Gab, ne t'inquiète pas. Je suis retournée à la maison. Je voudrais essayer de trouver une photo d'Alan.

Seulement quelques secondes plus tard, mon téléphone sonne.

— Tu blagues j'espère ? gronde-t-il.

— C'est bon Gab, j'ai fini de faire mon boudin et je te remercie de ta patience. J'ai juste besoin de trouver quelque chose sur lui, tu comprends ?

— Bien sûr que je comprends. Mais je préférerais que tu m'attendes, se radoucit-il.

— Tout va bien, je n'en ai pas pour longtemps.

— Non tu m'attends.

— Trop tard à tout à l'heure.

Il va me tuer de lui avoir raccroché au nez ! Il essaie de me rappeler, alors je me mets sur vibreur. Le connaissant, il devrait être là dans dix minutes. Je m'approche de la porte d'entrée avec les scellés, que je force. La cuisine et le salon ont bien été abîmés. Il y a des cendres partout et une forte odeur de fumée. Je me rappelle les mots prononcés par Gabriel qui a retrouvé maman devant le canapé. Alors machinalement, je m'y dirige et m'accroupis à côté de la chaise. Il y a du sang par terre. Le sien sûrement.

— Je t'avais dit de m'attendre ! s'énerve Gabriel.

Je sursaute et me rends compte du temps que je venais de passer accroupie ici. Gab me relève et me serre dans ses bras.

— Je voulais juste…

— J'ai compris, mais pas de risque inutile princesse.

— J'aimerais regarder dans sa chambre au cas où.

Il me prend la main et m'emmène difficilement à l'étage.

— Regarde bien où tu mets tes pieds ma belle.

Arrivés devant ma chambre, je regarde ce que je peux récupérer. Je prépare une valise de vêtements. Mes photos ne sont pas très abîmées. Je les décroche une par une. Gabriel a trouvé mon classeur de dessins et le feuillette.

— Je devrais être payé pour être ton modèle.

Je lui tire la langue.

— Bah, c'est vrai ! Regarde je suis partout sur tes dessins. Mais en fait t'es une psychopathe.

Je lui balance mes oreillers au visage et nous rigolons.

— Je vais fouiller la chambre de Victoire au cas où.

— Gabriel, as-tu pris des photos de mon mur ? Le selfie entre autres ?

— Non je l'ai dans mon téléphone tout le temps. Pourquoi ?

— C'est étrange, il en manque. Au moins deux.

— Elles ont peut-être glissé derrière le lit.

— Mouais… je ne les ai pas vues.

Je rassemble plusieurs vêtements, mes croquis et mes photos, puis je retrouve Gabriel dans la chambre de Victoire.

— Ya rien, fais chier.

— Quand j'étais petite, elle cachait ses secrets sous son matelas, bien au milieu. Regarde, gagné ! je dis en le soulevant.

Gabriel récupère les documents pour les examiner.

— Ce sont des photos de toi…

— En Italie !

— Regarde celle-là, c'est « chez André ».

— Elle me surveillait… pour lui tu crois ?

— C'est sûr. Celles d'Italie sont annotées au dos. Tu reconnais l'écriture ?

— Ma grand-mère…

— OK, donc elle lui envoyait des photos de toi quand tu étais chez elle, pourquoi ? Mystère.

— Ma grand-mère n'a jamais pu me piffrer, mais c'est réciproque. Je ne pensais pas que ça irait jusque-là. Elle l'a dit l'autre jour, qu'elle communiquait avec Victoire. Et elle défendait presque Roger. Mais, comme pour ma sœur, je ne la vois pas agir. Elle peut être méchante, mauvaise, mais de là à passer à l'action, je ne pense pas.

— Regarde au dos de celle-là : « Tiens ma petite, une photo pour ton papa, pour lui montrer que sa cadette grandit bien. Je pense bien à toi ma chérie, prends soin de vous deux. Mamie ».

— Elle lui envoyait des photos de moi, pensant satisfaire un père, dis-je amère. Même pas pour sa fille.

— Et Victoire a continué de t'espionner à ton retour, dit-il en me montrant une série de photos.

— Comme quoi, je n'étais pas paranoïaque, j'étais bien épiée… par ma grande sœur, dis-je dépitée.

Gabriel m'embrasse sur le front pour me rassurer.

— Allez, allons chercher ce pour quoi on est venu mon ange.

Il me prend par la main et m'emmène dans la chambre de maman. J'ai du mal à y rentrer. Sa chambre a été bien épargnée par l'incendie. Malgré la forte odeur de brûlé, je retrouve sa robe de chambre derrière la porte, sa chemise de nuit sur son oreiller.

C'est dur. Alors Gabriel revient en arrière et m'enlace tendrement.

— Si tu veux, attends-moi ici. Je vais chercher.

— Non, je cherche aussi.

Je commence à fouiller son armoire, le dessous du matelas, sous le lit.

— Aïe ! Putain de latte ! Je viens de m'exploser le pied dessus !

Il s'agenouille pour la replacer.

— Viens voir Liv. Regarde.

Il sort un paquet de lettres non ouvertes de dessous la latte cassée.

— Oh mon Dieu, mes courriers !

Je les prends, les retourne dans tous les sens. Ce sont tous les écrits que j'ai envoyés à Gabriel.

— Voilà pourquoi je n'ai rien reçu, dit-il tristement. Marie les récupérait sûrement pendant son service au manoir.

Il les prend et s'assoit contre le mur. Il ouvre la première et la lit. Il m'émeut, tellement concentré dans sa lecture. Je reprends mes recherches et le laisse continuer à découvrir ma correspondance.

— Tiens, il y a aussi un portable.

Je le retourne dans tous les sens et le reconnais aisément.

— C'est le tien Gab, je le reconnais !

Il ne bouge pas et le regarde de sa place. Rien ne semble le surprendre à présent.

— Je ne l'avais donc pas perdu.

Je continue l'inspection de cette cachette jusqu'à trouver, bien au fond, une boîte en ferraille abîmée par le temps avec la photo du phare de Ouistreham dessus.

— Je crois que j'ai trouvé ce que je cherchais, dis-je émue.

Gabriel jette un œil à ma découverte et se remet dans sa lecture.

— S'il te plaît, pouvons-nous rentrer chez toi ? Je voudrais l'ouvrir ailleurs qu'ici.

Sans un mot, nous repartons avec tous nos trésors dans la chambre de Gabriel. Assise sur le lit, je découvre l'intérieur de la boîte : un petit biberon avec l'inscription « 1er repas 15/03 », l'étiquette de mon berceau d'hôpital, mon bracelet de naissance et une photo de maman avec un homme. Vu son sourire, je suppose que l'homme qui lui tient la main est Alan. Voilà donc à quoi ressemble mon père. Châtain, les traits fins, élancé… un air de déjà vu… mais je ne trouve pas. Peut-être est-ce cette ressemblance entre nous deux qui me perturbe ? Le sourire peut-être ? Je m'allonge sur le lit, la photo collée contre moi. Je pense à la famille que l'on aurait pu être.

Quand je me réveille dans la même position le lendemain, je suis seule dans la chambre. Gabriel n'est plus là. Les lettres non plus. Je me prépare et descends à la cuisine. Il est en train de prendre son petit-déjeuner, le nez dans son bol de céréales.

— Bonjour Gabriel, dis-je timidement. Ça va ?

— Oui.

Je le regarde sans trop comprendre ce qu'il se passe. Pourquoi cette froideur ? Pourquoi ce changement d'attitude ? Mia et Flora entrent dans la cuisine et me proposent une virée shopping. Pendant que nous parlons, Gab s'en va. J'entends la porte d'entrée et sa voiture. Nous faisons les boutiques une bonne partie de la journée et, sans aucune nouvelle de lui, nous décidons de terminer par un verre au pub. Depuis le décès de maman, je n'ai pas encore repris le travail. Mia commence son service à 18 h. Accoudées au bar, nous parlons avec Max, quand

Gab sort enfin de son bureau. Surpris de nous voir, il nous salue et part en salle.

— Il a été bougon toute la journée. Je ne sais pas pourquoi, j'attends que ça passe, nous dit Max.

— Tu me fais vraiment chier Cooper ! T'as tes règles ou quoi ? s'énerve Dean.

— Ça y est, c'est reparti. Putain ils me les brisent menu ces deux-là en ce moment, nous confie Max.

— Casse-toi si je te fais si chier que ça. Je te demande juste de faire ton boulot. Si tu ne veux pas, la porte est ouverte ! lui répond Gab.

— La porte, je vais te la foutre dans ta gueule, crie Dean qui empoigne Gabriel.

Max arrive à temps pour les séparer.

— Les gars, temps mort !

— Je me casse, assène Gabriel.

Il claque la porte sans un mot et sans un regard pour moi.

43
Les funérailles de Marie

Il y a quelque chose de plus fort que la mort, c'est la présence des absents dans la mémoire des vivants.

Jean D'Ormesson

Olivia

Enfin, le jour des funérailles est arrivé. Je le vis comme une douloureuse délivrance, une étape vers demain. Gabriel ne m'a pas adressé la parole depuis trois jours. Il ne répond pas à mes textos et je ne sais pas où il est. J'ai harcelé Mia. Elle prétend ne rien savoir, mais je la soupçonne de ne rien vouloir me dire. Je suis sûre que ça a un lien avec mes courriers. Mais lequel ? Ça me blesse profondément. Je décide de garder la tête haute et de ne pas lui courir après. J'ai changé de chambre pour lui rendre son indépendance et me suis installée au rez-de-chaussée dans une chambre d'amis.

Je suis en train de me préparer pour l'enterrement, de répéter le texte que je souhaite lire, quand Victoire entre dans ma chambre.

— Salut Olivia.

— Tiens une revenante, dis-je amère.

Je ne veux plus faire d'efforts pour quiconque est toxique dans ma vie.

— Qu'est-ce que tu veux ? Tu veux une nouvelle photo de moi peut-être ?

Elle est surprise mais comprend assez vite.

— Roger voulait de te voir grandir.

— Ah bah si Roger voulait, alors… dis-je dépitée. Rassure-moi, tu ne l'as pas invité ce matin quand même ?

— Olivia, je ne suis pas venue pour te parler de lui. Et non il ne viendra pas, je te rappelle qu'il a une ordonnance restrictive à ton sujet.

Ça ne l'a pas empêché de venir au pub ! Bref, no comment.

— Je sais que tu es au courant maintenant pour Alan et je voulais savoir si tu tenais le coup, tente-t-elle maladroitement.

— Oh bah ça alors, ça t'intéresse maintenant ? Je croyais que tu t'en battais le clito de ma vie, que j'étais paranoïaque ?

— J'ai merdé avec toi Olivia, désolée. Papa m'a raconté la trahison de maman et j'avoue que je lui en voulais beaucoup. Je n'aurais pas dû te tenir pour responsable de ses erreurs à elle. Pardon.

Je reste bête devant ses excuses. Pour le coup, je ne m'y attendais pas. Elle ne me laisse pas le temps de répondre et s'en va. Je vais pour la rattraper quand je me prends le torse de Gabriel de plein fouet. Je le fusille du regard.

— Qu'est-ce que tu veux toi aussi ? Ce n'est pas un confessionnal ici, lui dis-je sèchement.

Il s'adosse à la porte, m'empêchant de partir.

— Pourquoi t'as changé de chambre ? demande-t-il, le regard triste.

— Je n'aime pas les grandes chambres impersonnelles avec une salle de bain intégrée. Bon, pousse-toi s'il te plaît, je veux être à l'heure pour l'inhumation de ma mère.

— Livie, attends.

J'évite sa main, m'éloigne le plus possible de lui et croise les bras sur ma poitrine.

— Je suis désolé pour ces derniers jours.

— OK, vous vous êtes donné le mot aujourd'hui ? C'est la journée du Grand Pardon ? Allez, laisse-moi passer, papy m'attend.

— C'est moi qui t'emmène.

— Bah, voyons, tu disparais trois jours sans donner signe de vie et quand tu reviens, je dois dire amen à tout ? Dans tes rêves.

Je le pousse et descends les escaliers.

— Ils sont déjà tous en route. Je leur ai dit de partir devant, que je te conduisais.

Il m'ouvre la porte d'entrée et me fait signe de passer.

— Si tu veux bien te donner la peine, je ne voudrais pas être en retard, me dit-il dans un demi-sourire.

J'enrage. Il se fout de moi en plus ! Je prends mes affaires et fonce vers sa voiture sans un regard. Il m'ouvre la portière et veut m'aider à monter.

— C'est bon, je ne suis pas une grand-mère. Je peux m'attacher toute seule !

Pas un mot échangé du trajet. Ma colère est remplacée peu à peu par le stress de la cérémonie. C'est le moment de lui dire au revoir. Une larme coule sur ma joue et Gabriel me serre aussitôt la main. Je le laisse faire.

Assise au premier rang entre mon grand-père et Gabriel, je suis spectatrice de la cérémonie. Mon meilleur ami me tient la main et veille sur moi. Comme toujours. Mia et Flora sont juste derrière avec Richard et Émilie. Elles me serrent l'épaule pour me réconforter quand elles sentent que je fléchis un peu. Victoire est entre Marianne et mamie. Je suis étonnée de voir tout ce monde dans l'église. Je ne savais pas maman aussi entourée.

Et puis vient le moment de prendre la parole. Pour me donner des forces, Gabriel m'embrasse le dos de la main avant de la lâcher. Mes jambes tremblent. Je me sens très fébrile quand j'arrive au pupitre et lève les yeux vers l'assemblée.

Sensible et généreuse,

Aimante et protectrice,

Forte et combattante,

Une amie, une sœur, une mère présente et dévouée.

Tes combats contre la violence faite aux femmes et contre la maladie ont forcé le respect et l'admiration de chacun.

Maman, tu es un modèle de courage et d'amour.

Ton absence m'est cruelle et douloureuse.

À jamais tu vivras en nous et en tes futurs petits-enfants.

À présent tu rejoins ceux partis trop tôt.

Repose-toi bien et prends soin de toi. Sois en paix, maman. Nous irons sûrement bien, tu nous as transmis ta force.

Continue de veiller sur nous comme tu l'as toujours si bien fait.

Je t'aime maman

Je m'arrête devant le cercueil et prends le temps de l'embrasser tendrement. Naturellement, je retourne vers Gabriel et lui prends la main. Il pose sur moi un regard plein d'amour et de fierté, qui, à ce moment précis, me fait un bien fou. Les lectures se succèdent. Puis nous rejoignons le crématorium en comité réduit où nous assistons au départ de maman sur la musique de *Vivo per lei* d'Andrea Bocelli.

Les Cooper ont gentiment organisé une réception en mémoire de maman au manoir pour clôturer la journée. Je les regarde parler d'elle, trinquer à son souvenir. Mon corps est avec eux, mais pas mon esprit. Discrètement, je m'éclipse et prends le sentier vers la plage. Voilà ce dont j'ai besoin : la mer à marée haute, le vent, mon ponton. J'enlève mes chaussures, foule le sable froid et m'assois au bout, les pieds dans l'eau. Je ferme les yeux et vide mon esprit. Juste le bruit des mouettes et des vagues pour recharger mes batteries. Je n'entends pas Gabriel arriver et s'asseoir à côté de moi.

— J'étais sûr que je te trouverais là.

Surprise, je me redresse et lui en veux presque de casser mon moment de tranquillité. Je ne prends pas la peine de répondre et nous restons là, tous les deux, épaule contre épaule, à regarder l'horizon. Au bout d'un long moment, Gabriel passe son bras autour de mes épaules et me rapproche de lui.

— Tu as été magnifique aujourd'hui. Forte, courageuse, lumineuse, me chuchote-t-il à l'oreille. Elle aurait été très fière de toi.

Je reste le regard humide sur l'horizon, mais je le laisse m'approcher. C'est une évidence, je ne tiens jamais bien longtemps à lui faire la tête.

— Pardonne-moi Livie, continue-t-il en m'embrassant derrière l'oreille. Pardonne-moi.

— Gabriel Cooper qui s'excuse à nouveau, waouh ! Te pardonner de quoi en fait ? Je ne sais même pas ce qu'il s'est passé : un jour tu me fais croire que je suis tout pour toi, et le lendemain, je ne suis plus rien.

— J'étais perdu.

— Si tu regrettes, dis-le franchement. Tu n'es pas obligé de m'ignorer et de m'éviter comme un gamin. Je suis assez grande maintenant, je peux comprendre.

— Je ne regrette rien princesse. Rien du tout. Tes lettres… m'ont retourné la tête. De découvrir que tu souffrais autant que moi… elles m'ont replongé dans l'enfer de ces dernières années. Je suis tellement en colère contre tout le monde de nous avoir séparés. Tout ce complot contre nous : ta mère qui intercepte les courriers, sûrement mes parents qui me volent mon téléphone, ta grand-mère qui m'empêche de t'approcher… Ça me tue de voir tout ce qu'ils ont fait. J'étais en rage dans ma tête, je leur en voulais à tous. Je n'arrivais pas à te regarder sans souffrir de tout ça. Je suis désolé Liv, j'avais besoin de me calmer, de vider ma tête.

— Et de te remettre les idées en place. J'ai compris, ne t'inquiète pas.

— Tu n'as rien compris du tout. Tout ce que je ressens pour toi, c'est super flippant !

Il me prend le visage et me force à le regarder.

— Tu es ma vie, Liv. Je ne veux que toi. Sans toi, j'ai arrêté de vivre ces dernières années. Tu es mon putain d'oxygène ! Pourquoi tu crois que j'enchaîne les histoires sans lendemain, les coups d'un soir ? Parce qu'elles ne sont pas toi ! C'est toi que je veux depuis… depuis toujours. Je ne veux pas être juste ton ami. Ça ne me suffit plus. Je veux un « nous » mon ange. Toi et moi, ensemble. Je n'ai jamais été en couple, et je vais sûrement être une catastrophe. Alors pardon d'avance pour toutes mes erreurs, mais je veux qu'on le tente tous les deux.

Black-out total de ma part. Il continue.

— Je vous aime Olivia Charles ! Je t'aime. Je n'ai jamais dit ces mots-là à personne, car je me rends compte qu'ils t'étaient destinés. Ils ne sont que pour toi.

Double KO. J'ai rêvé ce moment tant de fois qu'il me paralyse totalement.

— Olivia, je ne pense qu'à toi sans cesse, à tes lèvres, à ta peau. Je suis fou de toi. Je ne veux que toi hier, aujourd'hui et demain.

Il faut que je sorte de cette torpeur, que je réagisse. Front contre front, il caresse ma bouche avec son pouce et ferme les yeux. Je caresse son visage délicatement, comme si tout ça n'était qu'un rêve.

— Gabriel Cooper… Gabriel… mon Gabriel… je vous aime, vous et votre caractère de chien. Depuis toujours et pour toujours.

Et là, sur notre ponton qui nous a vus grandir, Gabriel m'embrasse délicatement, tendrement. Je réponds à son baiser, qui devient de plus en plus sauvage. Nos langues se mélangent et nos souffles sont courts. Il me tient si fort contre lui, comme si j'étais vitale, essentielle à sa survie. Je passe ma main dans ses cheveux, ce qui le fait grogner.

— Oh Livie, ma Livie. Arrête-moi, sinon je te fais l'amour ici, sur ce ponton !

— Je ne veux pas que tu t'arrêtes, dis-je rougissante.

Il me regarde et sourit de me voir si empotée et timide.

— Mon bébé, je n'ai pas envie que d'autres puissent profiter du spectacle. Viens, rentrons et continuons notre soirée à l'abri des regards, me dit-il d'une voix rauque.

Il s'avance sur le ponton et je le retiens par la main.

— C'est bien réel, n'est-ce pas ? lui demandé-je à moitié inquiète.

Il revient vers moi, me serre encore plus contre lui, et me caresse la joue.

— Il n'y a pas plus réel que toi et moi.

44
La vie reprend

Notre première rencontre était si belle que j'ai parfois l'impression que notre couple en ait le commentaire infini.

Maud Ventura

Olivia

Nous sommes remontés main dans la main et avons regagné la terrasse sous les regards mi-curieux, mi-amusés de notre famille et de nos amis.

— Viens par ici toi, me dit Flora en me tirant par le bras.

Mia se place derrière moi et me pousse dans la direction de Flora.

— Eh ! C'est un complot les filles ou quoi ?

— Alors toi Gattino, tu n'imagines même pas, que je vais reprendre l'avion demain matin sans savoir ce que signifie ce petit sourire sur tes lèvres ?

Instinctivement, je me touche la bouche et repense aux lèvres de Gabriel sur les miennes.

— Terre à la lune ? Allô !

Elle claque ses doigts devant mon visage.

— Laisse tomber Flora, rien qu'à voir la tête de mon frère, je te dis qu'il y a eu bisou bisou et même plus !

Les deux se mettent à rire de leur bêtise.

— Bon, tu racontes ou je te torture ? rajoute Flora.

Je ne lutte pas, trop excitée à l'idée de leur raconter ce que Gabriel m'a avoué. J'ai tellement de mal à y croire que de leur dire le rend réel.

— Je l'aime mon frère ! Qui eut cru que dans ce grand dadet ronchon, il y avait un cœur ?

— Un romantique, tu peux même dire, rajoute Flora rêveuse.

— Et toi tu as dit quoi ? demande Mia, surexcitée.

Je les laisse mariner un instant. C'est drôle de voir leur tête à toutes les deux.

— À votre avis les filles ?

— Aaaaaaaaaaaaaaaaaaaaaaaaaaahhhhhhhhhhhhhh ! s'exclament les deux ensembles. Elles sautent sur place, se prennent dans les bras et tapent dans leurs mains.

— Tu es son homard[15] ! s'écrie Flora.

— N'importe quoi, t'es complètement barrée ! lui dis-je.

En cette journée si triste, je ris de les voir comme ça.

— Il se passe quoi les filles ici ? On vous a entendues hurler de la terrasse ! Y'a une contre soirée ? demande Dean.

— Gabriel et Olivia ! Commence Mia et termine en lui mimant avec ces index un bisou.

— C'est vrai ? demande-t-il sceptique.

— Mais oui c'est vrai ! crie Flora. Je le savais ! Je te l'avais dit que ça serait comme dans nos films préférés. Je suis si contente, je peux partir en paix. Pardon Marie, paix à ton âme. Mimant le signe de croix.

---

[15] Réplique culte de Phœbe dans *Friends*.

— N'importe quoi les filles, vous êtes vraiment bêtes, leur dis-je.

— Non on n'est pas bête, on t'aime ! Hein Dean ?

— Totalement ! Content pour vous les amoureux, m'embrasse-t-il.

— Assez parlé de moi ! La prochaine, c'est Mia !

— Quoi mais avec qui ? Je ne suis jamais au courant de rien ! rit-il en rejoignant le groupe principal.

— Chuuuuuuut ! Vous êtes folles, il pourrait vous entendre ! se stresse Mia.

— Mais j'espère bien, je la taquine.

Le reste de la soirée se déroule paisiblement. La nuit commence à tomber, la plupart des invités sont partis. Assis sur le muret, Gabriel boit une bière avec Dean et Max. Flora et Mia se montrent des vidéos. Richard, Emily, papy, mamie et Marianne sont attablés dehors. Chacun est en grande conversation et je me blottis tendrement dans les bras de mon homme. J'observe tout le monde, me rendant compte que ma famille, c'est eux. Et je leur en suis très reconnaissante. C'est troublant comment une journée si triste peut être remplie de rires et de souvenirs heureux. Rien qu'en étant tous réunis. Gabriel se pose dans une chaise longue et m'attrape pour que je m'allonge sur lui. Il ne me faut pas longtemps avant que je m'endorme dans ses bras. Il me monte dans la chambre sans me réveiller et me pose délicatement dans son lit. Je suis enveloppée par son odeur, avant de l'être par ses bras fermes.

— Bonne nuit mon amour, me chuchote-t-il avant de m'embrasser dans les cheveux.

Je me réveille en douceur dans ses bras et je veux que tous mes matins soient identiques à celui-là. Je lui dépose plein de petits bisous sur le visage. Il sourit sans ouvrir les yeux.

J'embrasse ses paupières, son nez, sa bouche. Il me retient par la nuque et approfondit notre baiser. Nous nous enlaçons tendrement, se positionnant au-dessus de moi. Une main dans mes cheveux, l'autre se promenant sur mon corps, jouant avec mon nombril. Il rompt notre baiser.

— Mon ange, est-ce que tu es sûre que c'est ce que tu veux ? me demande-t-il fiévreusement.

— Oui… j'ai peur de te décevoir, j'admets dans un souffle.

— Jamais tu ne me décevras. Arrête de réfléchir, suis tes émotions.

Je suis tellement fébrile, Gabriel s'en rend compte.

— Je t'aime Livie, toutes mes caresses ne reflètent que mon amour pour toi, sans jugement. Je veux découvrir chaque parcelle de ton corps… Te goûter me dit-il en me léchant de mon cou à mon nombril, en prenant bien soin de mordiller chacun de mes tétons.

Je suis déjà loin, dans une autre dimension, découvrant les plaisirs charnels. Gabriel s'arrête et me demande muettement la permission de descendre plus bas.

— Oui, je halète.

Il descend ma culotte et embrasse le haut de mon sexe, avant de me pénétrer avec deux doigts.

— Ça va ? Tu as mal ?

Je ne peux lui répondre, tellement de sensations m'assaillent. Il remplace ses doigts par sa langue et là, mille étoiles m'envahissent. Je ne vois plus rien, je ne suis que fusion. Sans me laisser le temps de recouvrer mes esprits, il m'embrasse. Je découvre mon goût sur sa bouche, ce qui m'excite encore plus. Je le sens enlever son caleçon et se rallonger sur moi, après avoir pris un préservatif dans son tiroir de table de nuit. Il se frotte à mon entrejambe et, à nouveau, je me sens partir.

— Tu veux toujours ?

Il est prévenant, à mon écoute et si attentionné. Je le vois le mettre, et je stresse de plus en plus.

— Je prends la pilule… Et tu sais que tu es le seul…

Je lui murmure rouge de honte ces derniers mots.

— Je suis aussi clean. Je fais des tests tous les trois mois. Et depuis ton retour, je n'ai pas eu l'envie de toucher une seule fille. Je peux l'enlever ?

— Oui, dis-je timidement.

— Mon ange, je ne te promets rien. Je veux tellement te prendre, que de te sentir serrée et humide autour de ma queue… je ne vais pas réussir à me contrôler longtemps.

Je rigole devant sa mine gênée. Je lui caresse la joue.

— Je ne veux que toi en moi et rien d'autre.

Sans me quitter des yeux, il me pénètre doucement et totalement.

— Oh putain de merde ! Tu es si serrée, si chaude. J'adore ! dit Gabriel marquant une pause.

J'ai mal, mais je ne veux absolument pas qu'il se retire. Il commence ses va-et-vient doucement, puis plus fort. Je m'habitue à la douleur et commence à prendre du plaisir.

— Oh Gabriel ! Gabriel, gémis-je essoufflée.

Je le sens dans la même émotion que moi. Et puis ensemble, on se perd l'un dans l'autre.

— Olivia !

— Gabriel !

Mon homme reste allongé sur moi. Nous reprenons doucement notre souffle.

— Merci, je lui susurre à l'oreille, très émue.

Gabriel ne répond pas. Il reste le nez dans mon cou et l'embrasse. Puis il se redresse sur un coude et me regarde si intensément.

— Merci à toi princesse.

Il me caresse la joue, me dépose des petits bisous sur le nez, la bouche, le front.

— C'était ma première fois à moi aussi.

— Ne te moque pas de moi, dis-je en mettant mes bras devant mes yeux.

— Ne te cache jamais de moi ! Je suis super sérieux. C'est la première fois que je fais l'amour. Avant je baisais seulement. Pas de sentiment. Mais là, quand tu es amoureux, c'est tellement plus fort ! C'est fou. Je t'aime tant mon amour !

— Moi aussi je t'aime, tu es tout pour moi.

Plus tard dans la matinée, je suis toujours sur mon petit nuage. J'aide Flora avec ses valises, je partage des photos avec Giovanni. Mon grand-père se joint à nous. Je le sens triste.

— Tout va bien aller papy.

— Rentre avec nous, j'ai peur pour toi ici.

— Ne t'inquiète pas, je ne suis pas seule.

— Je sais, mais promets-moi de me donner des nouvelles. Et ne me cache plus rien.

— Je t'aime papy. C'est grâce à toi si j'en suis là aujourd'hui.

On se fait un énorme câlin, avant de les accompagner à leur taxi.

— On se revoit vite ma chérie, promis ? m'implore Flora.

Je la serre encore plus fort et lui promets de venir les voir bientôt. En regardant le taxi démarrer, j'ai le cœur très lourd.

— Viens par ici, ma belle, me dit Gabriel. Il me prend dans ses bras et m'emmène dans le salon.

— Gab, je veux reprendre le travail ce soir s'il te plaît, j'ai besoin de revenir.

— Tu te sens vraiment prête ? Tu ne veux pas te reposer encore un peu ?

— Non, j'ai besoin de m'occuper. As-tu eu des nouvelles de Benedict ?

— Oui, mais l'enquête n'avance pas. Rien de nouveau. Donc, tu ne restes pas seule s'il te plaît.

— Tu crois qu'ils vont trouver ce qu'il s'est passé ?

— Ne t'inquiète pas. On va tout faire pour, me rassure Gabriel.

La vie reprend son cours et les semaines défilent. Mon rythme est nettement plus calme. J'ai arrêté de travailler les week-ends « Chez André ». Par contre, avec Gab, nous y allons très souvent manger. J'ai repris mes études par correspondance et le soir, je travaille avec Mia au pub, sous le regard très protecteur de mon petit copain. Maman me manque chaque jour. Avec Émilie, nous parlons beaucoup d'elle et ça me fait du bien. Gabriel, quant à lui, est merveilleux avec moi. Il est l'ami extraordinaire qu'il a toujours été, et un amant exceptionnel. Il me rend heureuse.

Je n'ai pas revu Victoire depuis l'enterrement, ni même Roger. Je sais que Gabriel continue de chercher des preuves contre lui, mais sans succès pour le moment. Je me sens toujours épiée. Alors je ne prends pas de risque et ne reste jamais sans l'un des garçons. Les tensions se sont apaisées entre Dean et Gab, mais je sens que quelque chose a changé entre eux. Un manque de confiance peut-être.

— Tu es bien mystérieux ces temps-ci toi ?

Je tente d'approcher Dean en pause clope à l'arrière du pub. Il est de plus en plus renfermé sur lui-même ces dernières semaines.

— Pas plus que d'hab.

— Elle s'appelle comment ?

— Qui ça ?

— Celle à qui tu écris tout le temps ! Tu es toujours sur ton téléphone, alors peut-être que t'es amoureux. Y a-t-il une madame Dean ?

— Moi en couple ? Ça ne risque pas d'arriver de sitôt.

— Bah, t'es bien secret ces derniers temps. Tu as un problème alors ?

— Rien que tu n'aies besoin de savoir. Allez reprise !

Il s'en va et croise Gabriel qui me cherche. Je me blottis dans ses bras.

— Tout va bien ma belle ?

— Oui j'essayais de savoir ce qu'avait Dean. Je le trouve soucieux et solitaire.

Gab ne répond pas et pose son menton sur le haut de ma tête.

— Tu ne me dis pas tout, n'est-ce pas ?

— Tant que l'assassin de ta mère n'est pas arrêté, je ne fais confiance à personne.

— D'accord, mais je te parle de Dean là. Ton frère ?

— Allez ta pause est terminée. N'abuse pas parce que tu couches avec le boss !

— Et j'adore ce privilège ! lui dis-je en l'embrassant.

Il me tape sur les fesses pour me faire rentrer.

La soirée se poursuit normalement. Au moment de la fermeture, Gabriel nous rassemble au bar. Tout le monde est parti et les portes sont bien verrouillées. Nous sommes entre nous.

— Les amis, l'année a été pleine de surprises, compliquée… et plutôt intense. On a tous besoin de repos et de changement. Vous êtes tous au courant de ma surprise pour Olivia. Alors comme le pub ferme ce soir pour les vacances de Noël, j'aimerais que vous nous accompagniez. Ça nous ferait du bien à tous d'être ensemble.

— Oh oui ! J'en suis ! crie Mia, surexcitée.

— Pareil, dit Max grand sourire.

— Pourquoi pas, répond Dean, sans entrain particulier.

— Et on parle de quoi là les amis ? je demande.

Personne ne me répond. De connivence, Mia et Max se sourient l'air de rien.

— Gabriel, tu me prépares une surprise ?

— Peut-être… dit-il mystérieusement.

Il prend ses affaires, les autres l'imitent pour partir.

— Gabriel Cooper !

Je lui saute sur le dos pour le retenir. Il me chatouille pour me faire descendre.

— OK, OK, dit-il en levant les bras. Si mademoiselle est d'accord, je souhaite l'emmener fêter Noël en Italie, chez son grand-père.

— Ouiiiiiii !

45
Noël au lac Majeur

La mesure de l'amour, c'est d'aimer sans mesure.
Saint Augustin

Gabriel

Ma surprise a fonctionné à merveille. Olivia est sur un nuage et, malgré l'heure tardive, elle a de suite appelé Flora. Je la regarde s'exciter au téléphone et je repense à ces derniers mois compliqués. L'enquête stagne, Benedict s'énerve de ne rien pouvoir prouver. Alors, avec Rémi, on travaille de notre côté. Je suis à présent certain que Roger a un complice, qui l'aide à détourner ou défaire son bracelet à la cheville, quelqu'un qui effectue certaines tâches pendant que lui se montre où se trouve un alibi. Rémi a photographié un homme qui lui rend visite quasiment tous les jours, mais impossible de voir son visage. Il sait que Rémi est là et prend, donc, toutes ses précautions. Ce qui me chagrine, c'est qu'ils ont toujours un coup d'avance sur nous. Et je suis sûr que l'apparente tranquillité de ces derniers mois est un leurre. C'est pour ça que je veux l'éloigner d'ici. Et l'Italie est la parfaite excuse.

Nous prenons tous les cinq l'avion pour Stresa le lendemain après-midi. À l'aéroport, une voiture de location nous attend direction Cellina. Le trajet, le long du lago (comme elle aime à l'appeler), est très agréable, une vraie carte postale. Elle est aux anges, le sourire jusqu'aux oreilles qui ne la quitte plus. Elle n'arrête pas de nous raconter tous ses souvenirs à chaque village que nous traversons.

— Attention à partir de maintenant, le premier qui voit le clocher a gagné ! s'amuse-t-elle.

Et nous nous prenons tous au jeu.

— Vu ! crie-t-elle. J'ai gagné !

— Mouais c'est normal, tu connais par cœur les lieux, boude Dean, toujours mauvais joueur.

À peine arrêtée, Olivia saute de la voiture et fonce à l'interphone.

— Si ?

— Papy ! C'est nous !

Le portail s'ouvre et la voiture s'avance sur les graviers jusqu'au bout de l'allée. Vincent apparaît entre les palmiers et Olivia lui saute au cou.

— Bonsoir les enfants ! Bien voyagé ?

— Super papy ! Mamie est là ?

— Oui elle est en cuisine, en train de nous préparer un bon dîner. Vous devez avoir faim les jeunes. Venez.

Olivia me prend par la main et est fière de me montrer l'endroit où elle a grandi. Sa grand-mère sort nous saluer, froide, égale à elle-même, mais personne ne s'en soucie.

— Olivia, montre les chambres à tes amis et venez prendre l'apéro.

Les garçons et Mia logent au grenier, entièrement réaménagé en chambres par Vincent. Pendant qu'ils installent leurs affaires,

Olivia m'emmène dans la nôtre au premier étage, face à celle de ses grands-parents.

— Mince va falloir être discret, lui dis-je discrètement.

Elle rigole et me tape sur l'épaule. La chambre est simple, avec un lit double face à la fenêtre, un bureau et une armoire. Sur le mur de son bureau, des photos avec Flora et Giovanni, mais aussi beaucoup de croquis de moi. Elle rougit lorsque je les découvre.

— Ils sont magnifiques, princesse. Tu es vraiment douée, lui dis-je en l'embrassant sur la tempe.

— Ça te plaît ici ? Tu aimes bien ? s'inquiète-t-elle.

— C'est parfait ma belle, je suis super content de découvrir ton univers.

— J'aime te voir ici, me dit-elle timidement.

Je l'embrasse tendrement en la serrant contre moi.

— Partout où je suis avec toi, je suis bien. Ti amo.

— Moi aussi, me sourit-elle.

— Toc toc les amoureux, on descend ? J'ai hâte de goûter le Marsala à l'œuf ! nous dit Mia.

Nous rigolons et descendons tous les cinq. La soirée est très agréable. Flora nous a rejoints et chacun nous raconte des anecdotes sur Olivia ici. Sa grand-mère nous a préparé des gnocchis maison avec du pesto. Un régal ! Nous restons à bavarder longuement autour d'un panettone. Au moment de se coucher, Olivia et son grand-père nous lancent un défi.

— Les enfants, le soir, pour les moins trouillards, on n'utilise pas les toilettes de la maison, mais celles là-bas, au fond du jardin.

Olivia acquiesce, tout sourire de nous imposer ce rite de passage.

— Euh comment ça ? demande Mia.

— Derrière le garage, il y a une cabane. Ce sont les toilettes d'origine de nos parents et grands-parents. Certaines personnes, ici présentes dont je tairai le nom, ont trop peur d'y aller à la nuit tombée.

Je sais sans même suivre son regard qu'il parle d'Olivia, cachée derrière moi.

— Sans moi non plus ! Je flippe trop, vous êtes fous ! gémit Mia.

— Allez les gars, nous on y va, dit Max en se tapant le torse.

Et nous partons tous les trois, chercher la cabane au fond du jardin. Pour le coup, elle est d'origine avec sa cruche en guise de chasse d'eau. Max et moi finissons par pisser dans le fumier pendant que Dean l'explore. Après cette escapade nocturne, chacun rejoint sa chambre. Quand j'ouvre la porte, Olivia est déjà couchée dans le noir. Je me déshabille et la rejoins dans le lit, pour la découvrir totalement nue à m'attendre. Elle est ma perfection. Elle se redresse et s'approche de moi à genou. Elle m'embrasse délicatement en passant une main dans mes cheveux et en faisant glisser un doigt de mon torse à mon sexe, qu'elle empoigne et caresse. Je me laisse faire. Elle me pousse et s'allonge sur moi pour me chevaucher doucement puis plus rapidement. Elle se redresse et continue ses va-et-vient sur moi jusqu'à exploser de plaisir. Elle reste ainsi un petit moment, puis se rallonge contre moi en continuant de déposer des petits baisers sur ma peau. Nous nous endormons ainsi, en complète osmose et harmonie, sans un mot. Juste nous deux.

Le lendemain matin, Olivia nous emmène visiter les îles Borromées sur le lac Majeur, en prenant le bateau de Laveno. Entourés par les sommets enneigés, nous découvrons Isola Madre, Isola Pescadora et Isola Bella sous le soleil frais du Piémont. C'est idyllique et nous passons tous les cinq d'excellents moments. Le mardi, Olivia nous emmène au marché de Laveno, où nous prenons chacun une part de pizza, que nous mangeons sur le port enneigé. L'après-midi, nous partons à travers les bois visiter le monastère de Santa Caterina del Sasso. Nous revenons par la plage de Reno où Olivia se baignait petite, et remontons par les terres jusqu'au village. Olivia et son grand-père y ont leurs habitudes et nous prenons, malgré les températures hivernales, une glace artisanale italienne. Puis nous faisons la course pour remonter à l'heure pour le dîner, en prenant les escaliers de l'arrière-grand-père. Vincent nous raconte l'histoire de ces marches à l'apéro. Le 24 décembre, nous profitons de la journée avec les grands-parents d'Olivia et nous aidons la grand-mère à préparer la messe. Le curé nous autorise à monter tout en haut du clocher et nous courrons comme des gosses jusqu'au sommet. La vue y est à couper le souffle. De nuit, nous nous rendons sur le port de Laveno pour admirer la crèche illuminée, immergée dans le lac. Sur le mont de Laveno, les lettres « AUGURI » s'illuminent. Tout est parfait, c'est idyllique. Nous sommes dans une bulle et cela nous fait du bien. J'en profite pour m'isoler avec Olivia. Elle est blottie dans mes bras, je la sens sereine.

— Ça va mon amour ?

— Très bien ! Et toi tu aimes cet endroit ?

— J'adore mon ange. En plus, j'ai le meilleur guide du pays.

— J'aime te voir ici. Je l'ai tellement rêvé !

— Livie, je ne veux pas t'offrir mon cadeau devant tout le monde. Ferme tes yeux.

Je lui dépose dans la main une petite boîte avec un nœud rouge. Quand elle le découvre, ses yeux se remplissent de larmes. Elle commence à l'ouvrir avec les mains tremblantes.

— Oh mon Dieu, ce collier est magnifique mon amour !

Elle le caresse délicatement, en laissant échapper quelques larmes.

— Je l'ai dessiné pour toi. Ce médaillon représente nos initiales entremêlées.

— J'adore ! Aide-moi à le mettre s'il te plaît.

Elle me saute au cou et m'embrasse.

— Cadeau n° 1 : check ! lui dis-je avec un clin d'œil.

— Comment ça cadeau n° 1 Gab ?

— Tu verras… Suspens…

Les autres nous rejoignent et nous décidons de rentrer pour nous mettre au chaud. Minuit passé, nous regagnons nos chambres.

— Cadeau n° 2 !

Je l'assois dans le lit et entreprends un strip-tease. Elle ne me quitte pas des yeux. Elle est heureuse et j'aime ça. Son visage se fronce quand elle aperçoit mon bandage sous ma poitrine. Je lui prends la main et la passe dessus.

— Giovanni et moi nous sommes absentés aujourd'hui. Je voulais un nouveau tatouage. Un tatouage qui montre au monde entier que je t'appartiens.

Elle enlève précautionneusement le bandage et le découvre sous toute la largeur de ma poitrine gauche. Elle ne bouge pas. Son regard fait des allers-retours entre mon torse et mon visage.

— Mon dieu Gab, tu es fou !

— Oui de toi ! Regarde, c'est ton surnom Liv qui se prolonge dans une ligne de vie, ponctuée par un cœur. Tu aimes ?

— J'adore ! dit-elle toute émue. Elle s'approche pour le toucher mais je l'en empêche.

— Tu dois encore attendre avant de jouer avec !

Elle se lève et se dirige vers l'armoire.

— À mon tour ! Cadeau n° 1 ! s'exclame-t-elle.

— C'est ce à quoi je pense ?

Elle hausse les épaules, intimidée. Et je découvre qu'Olivia vient de m'offrir ses lettres non envoyées.

— Merci mon cœur, lui dis-je très ému.

Cette nuit-là, Olivia s'endort sur mon tatouage, pendant que, moi, je lis, avec beaucoup d'émotions, chacun de ses courriers. Ce cadeau est le plus beau qu'elle puisse me faire.

Au réveil, nous descendons tous, excités comme des gamins, pour voir si le père Noël est passé. Chacun ouvre ses cadeaux dans la bonne humeur et les rires. Olivia m'offre une magnifique montre, avec gravée au dos « À toi pour toujours ».

— J'adore ! Merci mon amour. Voici mon cadeau n° 3 !

Je lui tends une enveloppe blanche qu'elle ouvre suspicieuse en voyant ma mine contrite.

— Deux places pour le concert de Bruel en mars ! Trop Cool ! Et tu es obligé de venir avec moi, je te jure, tu vas adorer Gabriel !

— Je m'en doutais que ce cadeau allait me revenir en boomerang, dis-je dépité, ce qui fait rire Olivia, ainsi que tous les autres, qui se foutent ouvertement de ma gueule.

— Je t'aime Gabriel.

Le midi, le village prépare une polenta géante dans un chaudron. Nous descendons chercher chacun une part, que nous dégustons avec du lapin à la maison. Nous sommes vraiment gâtés. Pour nous aider à digérer, nous décidons de suivre la procession dans le village.

Nous devons déjà repartir. Olivia en a perdu son sourire. Elle pleure dans les bras de son grand-père et de Flora en leur promettant de revenir aux prochaines vacances. Contrairement à l'aller, Liv est silencieuse, dans ses pensées. Je la garde tout contre moi pour la consoler. Nous avons tous passé un très bon moment en Italie et nous avons le cœur lourd de nous séparer à l'aéroport.

Nous profitons tous les deux du reste de nos vacances à la maison, plus amoureux que jamais. Nous alternons grasses matinées avec des balades à cheval ou des promenades à la mer. Je travaille sur mon PC pendant qu'Olivia peint. J'aime la regarder faire, elle est si inspirante. Je lui ai demandé une série de tableaux à accrocher au pub. La boucle sera bouclée. Nous en profitons aussi, avec les gars, pour repeindre la zone réservée au personnel du LIV', que nous n'avions pas encore faite. Les filles ont choisi une couleur taupe et nous passons la journée du 30 décembre dans les travaux du pub. Nous finissons par manger des pizzas le soir, sur la scène. Au moment de partir, Dean retourne dans le bureau chercher nos manteaux et se prend les pieds dans le tapis. Il se vautre platement contre le mur. Il se met de la peinture partout sur la manche gauche de son sweat, ce qui lui vaut une bonne engueulade de la part des filles. Elles veulent refaire le mur avant de partir. Nous ne discutons pas et faisons un billard en les attendant.

Nous décidons de fêter le 31 décembre au manoir avec Max, Mia et Dean. Olivia se charge de tout décorer et Mia du repas. Avec les garçons, on s'occupe des boissons. Le temps est exceptionnellement agréable et nous décidons de nous installer dehors. Nous mettons la musique à fond et profitons tous ensemble. L'énergie positive des vacances est toujours palpable. C'est bon de voir tout le monde heureux. Il est bientôt minuit et Olivia et moi dansons l'un contre l'autre. On se regarde, sans se parler. Juste nos regards suffisent, rien d'autre. Elle et moi.

— Attention les amis, ce n'est pas le décompte pour la Routine[16], mais bien pour le bisou bisou ! crie Mia.

---

[16] Danse de Monica et Ross dans *Friends*.

Nous rigolons de ses références culturelles et nous entamons :

— 5, 4, 3, 2, 1, bonne année ! crions-nous tous ensemble.

J'enlace Olivia longuement, jusqu'à ce qu'on vienne nous décoller.

— C'est bon, tu as toute la vie pour l'embrasser ! Viens là, ma chérie, dit Mia à Olivia.

Accolades, bisous, accolades, bisous… Nous ne sommes décidément plus très frais, ce qui nous rend très démonstratifs les uns envers les autres. Nous partons dans un énorme câlin collectif, dans lequel, maladroitement, Dean renverse son verre sur Olivia.

— Oh le boulet celui-là, dit-elle en lui mettant une tape derrière la tête.

Dean s'excuse et se ressert.

— Je reviens mon amour. Je vais changer mon haut, sinon je vais attraper froid, me chuchote-t-elle avant de disparaître dans la maison.

Nous continuons de danser avec les mecs. Mia met une chanson de Bruel et appelle Olivia pour la chanter avec elle. Mais elle n'est toujours pas revenue. Je réalise que cela fait un moment qu'elle est partie se changer, alors je pars à sa recherche dans la maison.

— Olivia, t'en es où ?

Pas de réponse. Je passe une tête dans la cuisine, puis le salon. Je monte dans notre chambre, personne.

— Olivia ? Olivia ?

Je prends mon portable pour l'appeler. J'entends la sonnerie dans la salle de bain.

— Ah bah t'es là ? Je t'appelle depuis tout à l'heure !

J'ouvre la porte de la salle de bain et découvre son portable sur le lavabo et son médaillon au sol. Sur le miroir, au rouge à lèvres, est écrit : « Et si on jouait ? ».

Je lâche mon verre par terre et comprends de suite que Roger a encore frappé. Je cours en bas prévenir les autres.

— Olivia a disparu ! C'est Roger, il a enlevé Olivia ! Il a laissé un message sur le miroir ! Il se paie le luxe de jouer avec nous.

— Oh mon Dieu ! s'exclame Mia.

— Qu'est-ce que tu racontes Gab ? me demande Max.

— Il a enlevé Olivia ! Je lui crie dessus. Sous notre nez, putain. Sous mon nez. Faut prévenir Benedict. Mais je ne veux pas l'attendre. Je…

Mon téléphone sonne et je décroche aussitôt sans regarder l'interlocuteur.

— Olivia ?

— Non c'est Victoire. Il faut que je te dise que Roger…

— Quoi putain ?

— Je viens de rentrer de soirée et j'ai trouvé son bracelet électronique sur la table. Je préfère te prévenir au cas où.

— Le bâtard ! C'est trop tard Victoire ! Il est où ?

— Je ne sais pas… Je n'étais pas au courant de ses projets, je te jure.

Je lui raccroche au nez et fonce vers ma voiture.

— Où vas-tu Gab ? pleure Mia.

— Je ne vais pas attendre les bras croisés qu'il la tue.

— Attends les flics au moins, me dit Dean. Ne fonce pas tête baissée. Méfie-toi de Victoire, c'est peut-être un piège. Et ça ne veut rien dire le mot, c'est peut-être Olivia qui te fait une blague.

Je m'arrête net et reviens en arrière.

— T'insinues quoi, Dean ? Que ce n'est pas Roger mais Victoire ? Même mieux que ce n'est pas Victoire, mais Olivia qui se fout de nous depuis le début ? je lui demande très menaçant.

— Je dis qu'il faut étudier toutes les possibilités.

Je m'apprête à lui foutre mon poing dans la gueule, quand Max me retient. Il me prend les clefs de voiture des mains.

— Je conduis mec. On va la retrouver. Dean… Reste avec Mia ici et attendez les flics. Prévenez Richard. Ne touchez à rien dans la maison au cas où. On commence par où Gab ?

— J'en sais foutrement rien. Comment a-t-il pu l'enlever sous notre nez ? Il nous surveillait ? Il ne peut pas être sorti de la maison sans qu'on le voie. C'est trop risqué.

— Par la plage ? Le sentier ?

— Viens !

Nous ne trouvons aucune trace dans la maison, aucune porte ou fenêtre ouverte qui aurait dû être fermée. Nous prenons le sentier de nuit. Nous trouvons des traces de pas qui descendent jusqu'à la plage et partent sur la gauche. Ça nous emmène dans la dune face au ponton.

— Une fois, j'ai surpris quelqu'un ici qui l'espionnait. Il était garé plus haut.

— Et bien Gab, je pense que c'est ça. Regarde, on voit des traces de pneus, comme s'il avait démarré en trombe ou patiné sur place.

— Merde !

— Gab, calme-toi, réfléchissons. Olivia s'est absentée une dizaine de minutes avant qu'on ne s'en rende compte. Donc, ils ne peuvent pas être très loin.

— Au pub Max, faut qu'on aille vérifier la réserve !

46
Un réveil brutal

Le courage n'est pas l'absence de peur, mais la capacité de vaincre ce qu'il fait peur.

Nelson Mandela

Olivia

Ça tape dur dans ma tête. Cette douleur est affreuse et lancinante. Je n'arrive pas à ouvrir mes yeux, ils sont collés. Il n'y a pas un bruit, à part ce bourdonnement dans ma tête. Je ne comprends pas ce qu'il s'est passé. J'étais avec Gabriel, on dansait, on était bien. Dean renverse son verre sur moi et je décide d'aller me changer. Je monte directement dans ma chambre et me dirige vers la salle de bain. Le parfum que je sens me dérange, mais je n'arrive pas à l'identifier. Je commence à enlever mon haut et soudain, par-derrière, un bras m'encercle à la taille et l'autre main me plaque un tissu humide sur le nez. J'entends juste « bonne année Olivia », avant de sombrer. Après plus rien.

Mais où suis-je ? Dans la réserve ? Je ne pense pas. J'arrive péniblement à ouvrir mes yeux. La pièce est trop sombre pour que je puisse discerner quoi que ce soit. Mon corps est lourd, j'essaie de bouger mes bras, mais je n'y arrive pas. Mes poignets me brûlent, quelque chose les enserre. J'ai les bras écartés et attachés par des menottes, mais je ne vois pas à quoi. Mes pieds nus touchent à peine le sol. J'ai très froid. Je semble être en soutien-gorge et en culotte. J'essaie d'appeler à l'aide, mais je suis bâillonnée. Ça me donne envie de vomir. Il y a la même odeur que dans ma salle de bain, mais je n'arrive toujours pas à l'identifier. Il n'y a aucun bruit. J'essaie de me défaire de mes menottes en bougeant dans tous les sens. Ça m'arrache la peau, elles sont tellement serrées. Je ne peux pas crier, je ne peux pas bouger… Que se passe-t-il ?

Soudain, j'entends un bruit de chaise dans la pièce. Je lève la tête et arrête de gesticuler pour identifier d'où vient le bruit. J'entends quelqu'un marcher en traînant ses pieds au sol. Je reconnais cette démarche, cette odeur de tabac froid et d'alcool. Mon Dieu, c'est mon tour ! La lumière s'allume brusquement, elle est très vive. Elle m'agresse les yeux, que je ferme pour me protéger. J'entends rire à l'autre bout de la pièce. Quand je les ouvre enfin, je le vois adossé au mur, une clope à la bouche, tout sourire.

— Bonsoir, ma petite. Tous mes meilleurs vœux pour cette nouvelle année.

Il rit plus fort tout en me fixant. J'ai peur, je sais de quoi il est capable. Je ne reconnais pas les lieux, il n'y a pas de fenêtre, personne ne peut savoir où je suis. Je suis à sa totale merci. Je n'ai aucune échappatoire. Il s'approche lentement, comme un félin ayant repéré sa proie. Son regard est terrifiant, j'y vois ce qu'il veut me faire et je sais que je ne ressortirai pas vivante d'ici.

— Enfin, que tous les deux, en face à face. Depuis le temps… dit-il en sortant une lame de derrière son dos.

Il s'amuse à faire glisser la pointe de son couteau de mon cou au bas de mon ventre. Le froid me saisit encore plus et déclenche une chair de poule sur mon corps. Ça l'amuse.

— Tu aimes l'endroit que je nous ai trouvé ? me demande-t-il.

Je ne peux pas lui répondre à cause du bâillon, mais je détourne le regard pour lui montrer mon désaccord.

— Ah, j'ai toujours aimé ton petit côté rebelle. Une tigresse, comme dit ton petit-ami.

Gabriel ! Il doit être mort d'inquiétude. Oh mon Dieu ! Est-ce qu'il lui a fait du mal ? Je m'agite et hurle dans mon bâillon pour savoir où il est.

— Je ne comprends rien à ce que tu dis, se moque-t-il.

Il passe derrière moi et me tire les cheveux en arrière pour m'arrêter de bouger. Il se colle à mon dos et dans mon oreille, il me dit :

— Regarde l'écran devant toi, on a de la visite !

Effectivement, je n'avais pas vu les télés accrochées au mur, il y a aussi une table devant avec un ordinateur portable et une chaise à côté.

— Regarde ton preux chevalier servant qui vient à ton secours ! C'est beau, j'adore.

Sur l'écran, je discerne Max et Gabriel descendre de la voiture et courir vers la porte de la réserve du pub. Ils sont là ! Je hurle autant que je peux, je me démène et bouge fort mes menottes pour faire du bruit. Je pleure tellement, je me fais mal pour les avertir. Roger rit de plus en plus fort.

— Tu me fais tellement rire à essayer de les prévenir. Ma pauvre chérie, tu crois vraiment que je n'ai pas réfléchi à cette magnifique pièce. Totalement insonorisée. On va pouvoir se faire plaisir, faire tout ce qu'on veut, sans que quiconque ne s'en rende compte au-dessus.

Je suis fixée sur les écrans. Je vois Gab courir dans toutes les salles du pub et chercher partout une trappe ou une porte. Je le vois s'énerver et jeter des chaises contre le mur.

— Il est futé ton mec. S'il savait qu'il chauffe. Tu es si près de lui pourtant. Attends je vais t'aider à le prévenir.

Il me coupe mon bâillon. Je hurle aussitôt, j'appelle Gabriel et Max, je me casse la voix pour leur dire que je suis là. Mais ils ne m'entendent pas.

— Complètement insonorisée ! Rigole Roger. Tu veux que je mette le son ? Ça pourrait être drôle, non ?

Il touche son ordinateur et j'entends les garçons. Je pleure de rage de ne pouvoir les alerter.

— On va la retrouver Gab. OK ?

Il ne lui répond pas. Il jette des bouteilles contre le bar et Max l'empoigne pour le calmer.

— On va y arriver Gab !

— On va chez lui, faut retrouver Rémi, il a peut-être vu quelque chose !

Non Gab, je suis là ! Mais ils repartent tous les deux, me laissant là seule avec ce fou.

— Peut-être la prochaine fois ma belle, se moque Roger. Bonne chance avec Rémi.

— Où sommes-nous ?

— Tu aimes ? Tu travailles ici depuis six mois et tu ne connaissais même pas l'existence de cette pièce ! C'est dingue ce manque d'observation. Juste en dessous de la réserve, tu sais la réserve ? Tu connais bien.

— Comment toi tu connais cette pièce ?

— Pourquoi es-tu aussi agressive et pressée ma jolie ? On a tout notre temps.

— Ils vont me trouver, parce qu'ils vont me chercher jusqu'au bout !

— Peut-être que oui, peut-être que non, rit-il.

Il replace le bâillon sur ma bouche et éteint la lumière.

— Dors, Olivia, tu vas avoir besoin de force.

Je continue d'essayer de hurler, de bouger, mais je ne le vois plus. J'entends à nouveau la chaise, je pense qu'il s'assoit à son bureau et je vois son visage à la lumière de son ordinateur. Il est concentré sur son écran et ne se préoccupe plus de moi. Son téléphone sonne, il regarde le nom qui s'affiche et coupe l'appel.

— Ta sœur ! Quel pot de colle celle-là !

Sait-elle que je suis là ? Je bouge, mais il ne lève même pas un sourcil. Je continue de me démener et d'essayer de faire du bruit. Il se lève brusquement et attrape un seau en se dirigeant vers moi.

— Tu commences à me gonfler, ferme-la ! dit-il en me balançant un seau d'eau froide à la figure.

Ça me glace complètement et a le mérite de me calmer aussitôt. Il se rapproche, attrape d'une main ferme mon menton et me dit durement :

— Ça y est, t'as compris que c'est moi qui décide !

Il retourne s'asseoir et passe un appel.

— Tout est un ordre ici. Ils sont venus mais n'ont rien trouvé.

J'entends la voix d'un homme lui répondre, mais je ne discerne pas les mots.

— Je te l'avais bien dit que Victoire le préviendrait, continue Roger.

L'autre lui donne une information qui lui déplaît.

— C'est ton boulot de leur faire croire que c'est elle ma complice. Bouge ton cul.

Et il raccroche. Il croque dans son sandwich et m'ignore complètement, très concentré sur son écran. Je ne me vois aucune issue. À nouveau, il se relève, prend sa chaise et sa bouteille, puis vient s'installer devant moi à califourchon.

— Et si on parlait un peu ?

47
Douce vengeance

La victoire, pour moi, n'est rien sans la vengeance.
Louis-Grégoire le Hoc

Roger

Des années à attendre ce moment et enfin, elle est là sous mon joug. J'aime sentir sa peur. Mais elle tient mon regard, elle continue de me défier. Elle doit comprendre qui décide à présent. Je me relève, m'approche d'elle et lui balance un énorme coup de poing dans le ventre. Son bâillon étouffe son cri de douleur et son corps se balance aux menottes.

— Voilà, maintenant je pense que tu as compris. Dès que tu oublieras un peu trop qui décide, je me chargerai de te le rappeler.

Elle ne peut pas me répondre, elle accuse le coup. Je l'observe un long moment, détaille la femme qu'elle est devenue. Elle lui ressemble beaucoup à ce fils de pute !

— C'est à cause de vous tout ça. J'étais un petit gars bien, sans histoire, avant que ta mère ne jette son dévolu sur moi. Elle s'est jouée de moi, alors elle a eu ce qu'elle méritait.

Je me relève à nouveau et elle craint une nouvelle attaque de ma part. J'en joue, je passe derrière elle et lui défait son bâillon.

— C'est mieux comme ça, tu pourras intervenir. Ça sera plus intéressant.

J'essuie le sang qui coule de sa bouche. En réaction, elle crache par terre, ce qui me fait sourire.

— Une vraie hargneuse !

— C'est toi qui l'as tuée ? me demande-t-elle.

— Évidemment, je n'aurais pas laissé ce plaisir à mon ami.

— Quel ami ?

— Tss tss tu vas trop vite. Laisse-moi te raconter ma vision des choses. Moi je voulais faire les choses bien au début. Mais il a fallu faire mes preuves auprès de ses parents. Ils ne m'ont jamais accepté. Leur fille était trop bien pour moi. Elle voulait des paillettes, et moi je lui offrais une vie de famille pépère. Tout est de sa faute à ta mère. Elle n'a eu que ce qu'elle méritait. Tu crois vraiment que j'allais la laisser me quitter enceinte d'un autre ? Elle m'a humilié ! Je lui crie en pleine face.

— C'est à cause de toi qu'il a disparu Alan ?

— Ne prononce pas le nom de ce traître devant moi ! Je lui hurle dessus en la giflant.

— Tant pis pour toi, je n'ai plus envie de te parler, lui dis-je.

J'éteins la lumière et me pieute sur le matelas de l'autre côté.

— Tu vas me garder combien de temps Roger ?

Oh putain, j'ai oublié de lui remettre son bâillon.

— Réponds ! Qu'est-ce que tu veux faire de moi ?

Je retourne vers elle et lui donne un coup de pied dans le dos. Elle hurle de douleur.

— C'est moi qui décide ici. Compris ?

Elle acquiesce de la tête.

— Bien. Bonne nuit.

On frappe à la porte trois coups, une pause, deux coups, une pause et un coup. C'est notre code. Ça fait réagir Olivia qui bouge et hurle à l'autre bout de la pièce.

— Tu n'as pas ta clef ?

— Non trop risqué.

Il rentre en prenant bien soin de garder sa capuche et de rester dos à Olivia.

— Tiens je t'ai rapporté à manger. Ils sont sur Victoire pour le moment. Tu n'as pas à t'inquiéter, ils sont à mille lieues d'ici.

Olivia s'agite pour lui montrer sa présence, mais on l'ignore.

— Ils n'ont pas retrouvé Rémi encore.

— OK, garde-les loin d'ici. On n'en a pas fini encore tous les deux, hein ma chérie ?

— J'y vais, Gabriel m'attend.

À son nom, Olivia se déchaîne et hurle de tout son corps. Je rigole à sa réaction.

— Gabriel l'attend… ton chéri l'attend… Hum ça sent la trahison dans son propre clan, nan ? Bref on en était où hier déjà ?

Je mange devant elle mon croissant.

— Non ma belle, ce n'est pas prévu au programme que tu manges ou boives. Dommage car il est délicieux. Alors hier on s'est arrêté… ah oui ta mère la pute, enceinte de mon pote. Mon pote qui est le père de mon ami. Celui que tu viens de voir. Et oui, tu comprends mieux sa motivation à lui aussi hein ? Bon par contre il ne sait pas que j'ai buté son père. C'est un détail de l'histoire.

Je lui laisse son bâillon, je n'ai pas envie qu'elle me coupe tout le temps. Puis c'est marrant de la voir essayer de parler sans le pouvoir.

— Qu'est-ce que tu dis ? Articule, je ne te comprends pas. On va supposer que tu veux savoir comment j'ai fait ? Ta mère m'avait dit qu'ils partaient tous les deux le soir même, alors à la fin de la journée à l'usine, je lui ai demandé son aide sur le parking et lui ai fracassé la tête avec un marteau. Je l'ai mis dans mon coffre. Je suis allé à la marina, j'ai mis son corps dans son bateau et je l'ai jeté en pleine mer.

Je ressens à nouveau la rage qui m'habitait ce soir-là. Pour être franc, elle ne m'a plus vraiment quitté.

— Tu vois ce que ta mère m'a forcé à faire ? C'est à cause d'elle que je suis devenu un assassin. Et toi, tu lui ressembles tellement à cet enculé ! Vous me donnez envie de gerber toutes les deux. Ta mère avait le même regard que toi maintenant, le soir où j'ai brûlé sa maison. Elle voulait divorcer et arrêter de payer mes dettes. Elle se prenait pour qui celle-là ?

Je commence à ranger mes affaires dans un sac.

— Tu te demandes comment j'ai fait pour passer à travers les radars du bracelet électronique ? Mon ami est fort, très fort. Les caméras de surveillance, mon bracelet, tout ça, c'est lui. Fort le gars, hein ? Et votre Rémi… ridicule. Je sortais par-derrière, il n'y voyait rien. C'était trop facile même. Bon c'est pas que je m'ennuie, mais un peu quand même.

Sur ce, je quitte la pièce et m'installe dans celle d'à côté. Je veux la voir flipper toute seule dans le noir et le silence au moins 48 h. Après, changement de décor.

— On se réveille là-dedans, lui crié-je en allumant la lumière.

Oulala elle a pris cher. Elle semble très affaiblie, mais il faut toujours se méfier avec elle. Je m'approche et essaie de la faire réagir en lui plantant le bout de ma lame entre les deux seins. J'enfonce assez pour qu'elle saigne. Mais c'est à peine jouissif, car elle ne réagit quasiment pas, tellement elle est affaiblie.

— Alors, elle est où la tigresse ? Quoi ? Je n'entends pas ? dis-je en lui enlevant son bâillon.

— Dans ton cul connard !

Ah, je la retrouve enfin.

— Si tu te demandes qui te suivait ou te faisais des blagues en voiture… C'est mon ami. Ne t'inquiète pas, tu vas bientôt le rencontrer. Ah tiens, le voilà.

Cette fois-ci, il a pris sa clef.

— Roger, faut qu'on bouge. Gab a des doutes. Il ne va pas tarder à débouler ici !

— Oh mon Dieu ! gémit-elle.

— Mon ami, je crois que tu as oublié un élément essentiel : ta capuche.

— Ah merde !

— Comment peux-tu… Non ce n'est pas possible… Pourquoi ? Toi ! Tu es un frère pour nous ! Comment as-tu pu ? pleure-t-elle.

Il s'approche d'elle et lui passe son pouce sur la bouche. Elle se débat et le mord. J'en rigole, mais pas lui. Il lui fout un coup de genou dans le bide.

— Salope ! Tu aurais dû la crever Roger !

— Espèce de traître ! Connard ! T'es qu'une merde !

Il se retourne et lui remet une droite en pleine face.

— Ta gueule la morveuse !

Elle commence à rire de plus en plus fort.

— Tu vas vite t'arrêter de rire princesse, dit-il froidement.

Il la frappe à nouveau mais elle ne s'arrête pas de rire.

— Oh que non, parce que c'est trop drôle ! Tu t'es fait avoir ! Il s'est servi de toi, comme il le fait avec tout le monde.

— Ta gueule, Olivia, tu ne sais rien de mon histoire !

— Assez pour savoir que t'es un fils de pute qui a trahi ses frères pour un alcoolo qui a tué ton père ! Parce que c'est ça Roger, hein ? Alan était son père ? Au petit garçon abandonné avec sa mère pour ma mère et moi ? Cet Alan que tu as froidement tué le soir où il devait la rejoindre ?

Elle rigole comme une hystérique, une folle. Mon ami se retourne vers moi et cherche à vérifier dans mes yeux ce qu'elle vient de dire.

— Ta gueule Olivia, lui dis-je, mais elle continue.

— Parce que tu ne savais pas ? Tu ne savais pas que Roger avait tué ton père ? Dommage, mauvais camp.

— Roger, c'est vrai ce qu'elle dit ? T'as buté mon père ?

Il m'attrape par le col et me plaque au mur.

— Réponds !

— Ton père était un faible, il était comme elles. Rien à voir avec nous. Il a eu ce qu'il méritait.

Je n'ai pas vu la suite arriver. Mon complice a planté son couteau dans mon ventre, l'a ressorti et l'a replanté à nouveau. Il m'a lâché et j'ai senti mon corps glisser au ralenti contre le mur. Il m'a foutu un coup de pied dans le ventre et je suis tombé sur le côté, la gueule dans mon sang.

— T'es qu'une merde Roger.

Je l'ai entendu partir et claquer la porte, tandis qu'Olivia lui hurlait de revenir et de ne pas la laisser seule avec moi.

C'est quand même con quand on y pense de finir comme ça.

48
À sa recherche

La vraie peur, c'est quelque chose comme une réminiscence des terreurs fantastiques d'autrefois.

Guy de Maupassant

Gabriel

Cela fait trois jours que je la cherche partout, en vain. Je n'arrive pas à trouver comment il a fait. Comment est-il entré chez moi sans que je ne m'en rende compte ? Avec Max, nous sommes allés chez lui directement après le pub. Victoire était encore là, assise les yeux dans le vide. J'ai retourné tout l'appart, mais je n'ai rien trouvé.

— Arrête de pleurer Victoire, tu ne vas pas nous la faire à nous, lui dit Max.

— Je ne comptais pas pour lui non plus en fait.

— Tu n'as rien à voir dans tout ce qui est arrivé à Olivia ?

— Non, Max, rien !

— Essaie de te rappeler quelque chose à son sujet, je ne sais pas moi, s'il avait des potes, ou des habitudes. Putain cherche ! s'énerve Max.

— Je n'étais pas tout le temps avec lui ! Il me posait toujours des questions sur Olivia depuis son retour. C'était son obsession. Il y avait bien quelqu'un qui venait lui rendre visite, mais c'était toujours la nuit vers 2-3h.

— Qui ça ? je m'emporte.

— Je ne sais pas Gab, je ne l'ai jamais vu ! Soit il me faisait partir avant, soit il fermait discrètement ma porte de chambre à clef quand je dormais ici. Le lendemain, il y avait toujours des cadavres de bière dans la cuisine.

Je fonce à la cuisine et effectivement, il y en a plusieurs. J'appelle Benedict aussitôt.

— Gabriel, ne touchez à rien. J'envoie une deuxième équipe à l'appartement. Victoire ne doit pas partir. Compris ?

— Pourquoi une deuxième équipe ?

— On a retrouvé Rémi, égorgé dans sa voiture en bas de l'immeuble.

— Merde.

— Ouais, son appareil photo a disparu, ainsi que son téléphone. Pas de trace d'un ordinateur non plus. J'envoie des hommes chez lui aussi, au cas où il ait laissé des documents ou autre. On a aussi trouvé la Jaguar, dans une des rues avoisinantes.

— La jaguar noire ? Comment ça se fait que l'on n'ait pas retrouvée avant ?

— Ça ne sert à rien de vous énerver contre moi. L'étau se resserre, il a forcément fait une erreur et on va sûrement retrouver des empreintes sur les bières, dans la voiture de Rémi ou dans la Jaguar. On ne lâche rien. Maintenant rentrez chez vous.

— Je ne peux pas rester à ne rien faire.

— Je comprends mais de nuit, on ne trouvera rien sur la plage et pour le reste, il faut laisser faire les équipes techniques.

Cela fait plus de 48 h que je ne dors plus, que je ne mange plus. L'enquête n'avance pas, je ne sais toujours pas où est Olivia. Avec les gars, nous décidons de laisser le pub fermé. Personne n'a la tête à ça.

— Eh grand frère, tu viens prendre un petit-déj avec moi ? me quémande Mia.

— Non merci, je n'ai pas faim.

— Ça ne sert à rien de rester là tout seul sur ce ponton. Ça ne fera pas avancer les choses.

— Comment il a fait putain ? Tout a dû se passer si vite, comme si c'était planifié qu'elle retourne seule à l'intérieur.

— Ne dis pas n'importe quoi, Dean n'avait pas prémédité de renverser son verre sur elle. Tu deviens fou à ressasser tout seul dans ton coin.

Quelque chose ne colle pas depuis le début, mais je n'arrive pas à savoir quoi. En fait, depuis la séquestration dans la réserve, je trouve que quelque chose ne va pas. Mais quoi ?

— S'il te plaît, rentre avec moi. Je suis toute seule là-haut, les parents sont chez les flics, Max dort et Dean est sorti.

— Où ?

— J'en sais rien, il a une vie tu sais ! Et puis je m'en fous de Dean, mais pas de toi. Tu m'inquiètes. Quand on va retrouver Olivia, elle aura besoin de nous et si on est tout sec et affamé, on ne lui sera d'aucune utilité.

Elle me tire par le bras pour la suivre jusqu'à la maison. J'accepte de prendre un bol de céréales avec elle.

— On ne sait pas où est Dean ?

— Non, Gab, je ne sais toujours pas où il est, s'exaspère-t-elle. Il s'occupe peut-être de sa mère. Déjà le premier au matin, il m'avait laissée pour aller la voir.

— De quoi ? Tu veux dire que quand on cherchait tous, lui était rentré ?

— Non il a cherché avec moi, mais il a dû s'absenter un peu le matin.

— Il a reçu des appels dans la nuit du 31 ? Je veux dire, quand vous étiez ensemble ?

— Euh oui, un, mais c'était sa mère pour la bonne année. Enfin c'est ce qu'il m'a dit.

— À quelle heure ?

— Tu me fais chier avec Dean, t'as qu'à lui demander ! Ah voilà les parents !

Ils arrivent tout juste d'un entretien avec Bruno Benedict. Ils semblent très préoccupés.

— Ça n'avance pas, c'est ça ? je commence à m'énerver.

— Si, ils ont récupéré des empreintes chez Roger : les siennes, celles de Victoire et un troisième jeu d'empreintes. Mais elles ne sont pas enregistrées dans leur fichier.

— Super, donc zéro nouvelle.

— Ces empreintes, ce sont les mêmes retrouvées dans la réserve du pub à la suite de la séquestration d'Olivia, continue mon père.

Je relève la tête et essaie de comprendre.

— Ça veut dire quoi papa ? demande Mia.

— Que c'est la même personne qui boit des bières avec Roger et qui a retenu Olivia dans la réserve. Les mêmes empreintes relevées dans la Jaguar.

— Donc il avait vraiment un complice. Roger commandait et lui agissait.

— Ce n'est pas tout fiston : ces mêmes empreintes sont sur la rambarde de notre escalier.

— L'ordure, il était chez nous ? demande Mia.

— On ne sait pas, répond Émilie.

— Benedict nous a donné des photos prises par Rémi, qu'il ne nous avait pas encore montré. Mais j'avoue que ça ne m'aide pas.

Je lui arrache les photos des mains. Dessus, on y voit un homme avec un sweat à capuche de nuit rentrer dans l'immeuble, celui que j'avais déjà vu.

— Qu'est-ce qui prouve que ce mec allait chez Roger ? demande Max

— Regarde sur les photos, tu as la date et l'heure. Ça correspond avec les déclarations de Victoire sur les visites du fameux « ami », lui répond Richard.

Je les retourne dans tous les sens, mais je n'y vois rien. Il y a forcément quelque chose, mais quoi ?

Max arrive dans la cuisine au même moment que Dean.

— Bonjour les garçons, un café ?

— Je veux bien Émilie, merci, lui dit Dean.

— Moi aussi merci.

Je les laisse parler dans la cuisine et pars dans le salon pour me concentrer. Je fixe les photos encore et encore, jusqu'à comprendre ce qui me gênait.

— Putain de merde !

— Qu'est-ce que t'as mon pote ? me demande Max, en me rejoignant.

— Regarde les photos, il n'y a rien qui te saute aux yeux ?

Max cherche mais ne voit pas. Je lui montre du doigt. Il reste silencieux. Je sais qu'il a compris. Tout comme moi, la vérité est trop dure à accepter.

— Ça ne te rappelle rien ? lui dis-je en lui pointant la tâche sur le bras du mec.

Quand j'ai moi-même compris qui était le complice de Roger, j'ai cru que le sol s'ouvrait sous mes pieds. On a tout fait ensemble. Tout. Il sait tout de moi, il est mon frère. Je me sens trahi, je suis en colère. Comment ? Pourquoi ? J'ai l'impression d'être dans un cauchemar sans fin.

— Viens avec moi au pub tout de suite. Que toi et moi, OK ? Je veux que l'on soit seul. Je me méfie de toutes les oreilles autour de nous.

Max est sous le choc et cherche encore à nier l'impensable.

— Il y a forcément une explication. Quelque chose que l'on n'a pas vu… Mais ce n'est pas ce que tu crois. Tu te trompes. Ce n'est pas possible.

Je ne lui réponds pas et le laisse assimiler ce qu'il vient de comprendre. Par discrétion, j'envoie un SMS à ma sœur dans la cuisine. Je la préviens que Max et moi avons un truc à faire assez urgent et je lui demande de rester avec les parents et de ne rien dire à personne de mon message. Elle me répond aussitôt par texto.

— Vous me faites pas flipper les gars. Donnez-moi un indice ?

Je préfère lui répondre plutôt que d'ignorer son message, ce qui la rendrait dingue et mettrait la puce à l'oreille des personnes autour d'elle.

— Non, rien pour l'instant, je dois vérifier deux trois trucs avant. Ne dis rien à Dean à notre sujet. Trouve un prétexte pour le faire partir.

— Pourquoi ? Et je lui dis quoi pour le faire partir ?

Elle me gonfle avec ses questions, on manque de temps.

— Demande-lui d'aller voir Benedict pour savoir s'ils ont du nouveau. Que ça te rassurerait, parce que tu penses que les parents ne lui mettent pas assez la pression. Dès qu'il est parti, tu t'enfermes dans la maison avec les parents. Mais tu ne dis rien à personne, tu fais ça naturellement, OK ? Tu gardes bien ton portable avec toi.

— OK, les gars, faites gaffe s'il vous plaît, me textote-t-elle.

Nous filons au pub sans un mot. Je pense que Max retrace dans sa tête tous les derniers évènements et fait le lien.

— Max, j'ai besoin de revoir les enregistrements caméra d'Olivia dans la réserve.

— Ouais OK, mais c'est Dean qui gère ça, je ne suis pas sûr de savoir où c'est enregistré dans l'ordinateur.

— Cherche, s'il te plaît.

Il retrouve tous les enregistrements que je voulais et nous les visionnons encore et encore. Jusqu'à ce qu'on se rende compte que les images sont fausses.

— Regarde, l'image saute là, comme si on coupait l'enregistrement et qu'on mettait une image fixe à la place.

— Qui aurait fait ça ? demande Max dans une énième tentative de nier la réalité.

— Je sais que c'est dingue et complètement ahurissant, mais Dean est différent ces derniers temps.

— Attends, ne recommence pas avec lui ! Tu deviens fou Gab ! hurle Max.

Il arpente le bureau de long en large, se prenant la tête dans les mains.

— Ce n'est pas possible ! Dean, c'est notre frère ! Tu ne peux pas douter de l'un d'entre nous, il y a forcément une explication à tout ça ! me gueule-t-il dessus.

— Je sais ! Tu crois que ça me fait plaisir ? Je n'arrête pas de tout ressasser dans ma tête, je vais devenir complètement taré ! Mais tout me ramène à lui. J'arrive toujours à la même conclusion. Arrête de te voiler la face. Écoute-moi, le mec sur la photo prise le 30 décembre à 23 h 15. Il a une tâche claire sur sa manche gauche, comme Dean qui s'était vautré sur le mur juste peint et qui s'était mis de la peinture sur toute la manche de son pull. Il s'est absenté après l'enlèvement d'Olivia, laissant Mia toute seule chercher. Il a prétexté aller voir sa mère après un appel reçu. Les bières chez Roger, c'est la marque de Dean. Et c'est un vrai geek, il fait ce qu'il veut des caméras de surveillance !

— Non arrête, Gab, ce n'est pas possible. Comment peux-tu ? Il est des nôtres ! Il ne t'a jamais laissé tomber quand Olivia est partie, jamais !

— Max, ouvre les yeux ! Il fait tout pour qu'on croie que c'est Victoire ! Et puis Marie quand elle était en train de mourir, personne n'a compris ce qu'elle disait à Olivia. Mais rappelle-toi, elle lui a dit de se méfier de Roger et d'une autre personne. On est resté focalisé bêtement sur lui et Victoire, comme nous l'a suggéré Dean… encore. Mais maintenant on sait qu'Alan était l'amant de Marie et Marie a essayé de nous dire le nom du complice.

— Putain, ce n'est pas possible, pourquoi ? Pourquoi Olivia ? demande Max.

— Je n'en sais foutrement rien. Mais je te mets ma main à couper que les empreintes retrouvées chez Roger sont celles de Dean.

— Mec, si on a tort, Dean ne nous le pardonnera jamais.

Il s'arrête de marcher et me fixe, comme ayant eu une révélation.

— Il faut qu'on rentre, on ne peut pas laisser Mia seule avec lui.

On a foncé à la voiture et sommes repartis vers la maison. Quand nous sommes arrivés, Mia et les parents étaient seuls.

— Enfin vous êtes là. Vous m'avez fait flipper ! Nous dit ma sœur.

— Où est Dean ? demande Max.

Émilie nous explique qu'il voulait aller voir sa mère, qui s'inquiétait pour Olivia.

— Pourquoi sa mère l'a appelé ? demandé-je.

Ma sœur nous explique ce qu'il s'est passé en notre absence.

— Non, je ne crois pas. Il m'a demandé où vous étiez partis. Je lui ai dit que je ne savais pas, mais que j'étais super stressée. Je lui ai demandé de mettre la pression sur l'inspecteur, parce que j'avais l'impression que ça n'avançait pas. Il m'a dit OK, mais qu'avant, il passait voir sa mère.

Je ne sais pas si Dean est dupe du subterfuge de Mia. Je pense que le temps nous est compté, alors je leur explique mes doutes à son sujet. Les trois se sont assis, atterrés.

— Ce n'est pas possible, vous faites fausse route les enfants, pleure Émilie.

— C'est vrai, maman, répond Mia. Dean s'est sali au même endroit au pub, même qu'on était bien énervé ce soir-là avec Olivia. Et si tu réfléchis, Olivia est rentrée seule dans la maison, car Dean avait renversé son verre sur elle. Il m'a aussitôt invitée à danser. On était devant la porte. On bloquait le passage. Olivia a dû nous contourner pour passer. Et de cette façon, il était sûr que vous ne pourriez pas passer sans qu'il ne vous voie. Mais pourquoi ?

— Quel est le nom de famille de Dean ? demande mon père.

— Thomas. Dean Thomas, répond Max.

Ma mère appelle aussitôt Marianne, partie à l'aéroport pour récupérer ses parents et Flora, venus en soutien. Elle lui demande le nom de famille d'Alan. Émilie fronce les sourcils et raccroche.

— Non, Richard ce n'est pas ça. Le nom de famille d'Alan est Caballo, pas Thomas.

Mon père appelle Bruno Benedict pour l'informer de nos déductions. L'inspecteur ne laisse paraître aucune émotion et nous informe ne pas écarter cette piste.

— On ne montre pas à Dean qu'on a compris. Je vais le suivre, voir s'il nous mène à Olivia, dis-je.

— Tu crois qu'il la séquestre à côté de nous ? demande Mia.

— Forcément puisqu'il prétexte des visites à sa mère pour s'absenter, lui répond Max.

— Fiston, ce n'est pas à toi de le suivre. C'est aux policiers.

Son téléphone sonne à nouveau. Quand il raccroche, le couperet tombe.

— C'était Benedict. La mère de Dean a repris son nom de jeune fille Thomas un an après la disparition de son mari, Alan Caballo. Alan était le père de Dean.

49
Mon bouquet final

La jalousie est un monstre qui s'engendre lui-même et naît de ses propres entrailles.

William Shakespeare

Dean

Désolé maman de te prendre comme excuse à mes agissements, mais je sens que le vent tourne et il vaut mieux que je déplace Olivia plus tôt que prévu. Gabriel m'a dans le collimateur depuis un moment, il ne va pas falloir grand-chose pour qu'il comprenne. En arrivant en ville, je m'assure, avec téléphone portable, de détourner les images des caméras de surveillance du pub, pour ne pas qu'on me voie faire mon business. Dans le parking du personnel, je me gare cul à la porte de la réserve. Mieux vaut ne plus perdre de temps. À l'intérieur, je déplace soigneusement les caisses du mur devant la porte de sortie et je prends la poignée dans ma poche pour ouvrir la porte cachée qui mène au sous-sol. Les mecs ne connaissent pas son existence, ils n'ont même pas regardé les plans quand on a signé. Moi oui. Je descends vite dans la première pièce où Roger a dû dormir deux nuits, pour vérifier qu'il n'y a rien qui ramène à moi. Puis je vais dans la seconde, plongée dans le noir. Lorsque j'allume, Olivia ne réagit presque pas. Elle ne semble même plus avoir la force de lever la tête. Merde, elle ne doit pas crever tout de suite. Je m'approche d'elle et lui tire la tête en arrière, ce qui la fait couiner.

— Ouvre ta bouche princesse, faut que tu boives un peu.

— Dean, murmure-t-elle.

— En temps normal, j'aurais adoré t'entendre gémir mon nom, mais là j'ai pas le temps. Magne-toi, ouvre ta putain de gueule.

Je lui vide la bouteille dans son gosier et en fous partout.

— Alors c'était comment les adieux avec Roger ? Émouvant ? dis-je en donnant un coup de pied dans son cadavre par terre.

Je retourne vers les ordinateurs, les débranchent et les fourrent dans mon sac.

— Pourquoi tu fais ça Dean ? dit-elle péniblement.

— Pourquoi princesse ? Tu n'as pas une petite idée ?

Je commence à nettoyer les empreintes sur le bureau, pour être sûr qu'on n'y retrouve pas les miennes.

— Marie a brisé ma famille, ma pauvre mère a dû cumuler deux, voire trois boulots pour qu'on sorte la tête de l'eau. J'ai grandi seul moi.

— Non tu avais Gabriel et Max !

— Deux gosses de riches qui par pitié partageaient leur part de gâteau avec moi. Enfin pas tous les gâteaux. Parce que monsieur Gabriel Cooper s'était octroyé le plus beau des gâteaux, sans demander notre avis. Il avait décrété que tu étais à lui et on n'avait pas notre mot à dire. Et toi, conne comme tes pieds, tu buvais ses paroles. Tu n'as toujours vu que par lui, alors que je faisais tout pour toi moi aussi ! Mais tu n'as jamais tourné la tête vers moi ! J'étais juste un grand frère, un putain de grand frère !

— Tu as toujours été important pour moi.

— Oui comme le meilleur ami de ton mec, le pauvre looser, sans père.

— Je ne t'ai jamais vu comme ça, c'est n'importe quoi.

— Le soir de l'incendie, tu m'as jeté comme une merde de ta chambre, tu n'as même pas cherché à savoir ce que je te voulais. Si tu avais pris la peine de m'écouter t'avouer que je t'aimais, tout ça ne se serait pas passé. Marie serait encore en vie.

— Quoi ?

— C'est moi qui ai envoyé un texto de ton portable à Gabriel ce soir-là. Pendant que tu l'attendais gentiment sur votre ponton de merde, j'ai prévenu Roger qu'il pouvait passer, que Marie était seule. Vous pensiez que j'étais en train de m'envoyer en l'air derrière les haies, mais en fait, je regardais Roger dire ses quatre vérités à ta mère. Elle a eu l'air surpris de me voir.

— Comment… essaie-t-elle de dire.

— Sois plus claire dans tes questions ! Comment quoi ? Comment j'ai connu Roger ? Je te rappelle que j'ai grandi avec vous. Ta question est plutôt : pourquoi je me suis retourné contre vous ? Intéressante ta question, intéressante. La vengeance fait faire de grandes choses.

Je prends la chaise et m'assois coudes sur mes genoux, face à elle.

— Quand tu as disparu, nous étions tous dévastés. Mais Gabriel plus que tout le monde bien sûr. Il était ingérable, il te cherchait partout, n'avait plus aucun respect pour personne. Mais on ne devait rien dire, « le pauvre Gabriel ». Mais moi, ce que je ressentais, tout le monde s'en foutait ! Un jour, je l'ai accompagné à la prison rendre visite à Roger. Il ne voulait pas y aller seul, il avait peur de ne pas pouvoir se contrôler en sa présence. Il voulait lui demander où tu étais. Mais Roger n'en savait rien. En repartant, Roger m'a fait rappeler. Il m'a dit qu'il savait ce qui était arrivé à mon père. Je l'ai envoyé chier, mais j'ai commencé à réfléchir à ses mots. Et je l'ai recontacté... plusieurs fois. À sa sortie de prison, il m'a parlé de son plan, il avait besoin de mes compétences informatiques. J'ai refusé. Mais quand tu es revenue et que j'ai observé ta façon de regarder Gabriel à ton arrivée, j'ai vu rouge. Rien n'avait changé. D'ailleurs, c'était moi dans la Jaguar. C'était la première fois que je faisais ça et je m'en suis pas mal sorti. J'ai quand même flippé quand j'ai aperçu la voiture de Gabriel ce soir-là. Mais il n'a pas fait attention. Après, ça a été facile quand je t'ai poussée hors de la route ou quand j'ai crevé tes pneus.

— C'est toi qui me suivais ?

— Oui ma poule ! Enfin, je n'ai pas tout le mérite. Victoire aussi je crois. Mais j'ai fait des belles photos de toi. Tu sais quoi ma belle, quand j'y repense, je me suis bien branlé en les matant.

— T'es qu'une ordure, tu ne vaux pas mieux que lui.

— Sûrement, dis-je en regardant. Roger par terre, mais en même temps, c'est encore de ta faute tout ça. C'est toi qui m'as appris qu'il avait tué mon père. Bon allez, assez blablaté. On change de décor pour le grand final, tu vas adorer !

— Quel grand final ? Dean quel grand final ?

Je passe derrière elle pour défaire ses menottes. Avec une paire je lui attache les bras dans le dos, et avec la deuxième les chevilles.

— Dean, réponds-moi !

J'allais oublier l'essentiel : son bâillon ! Aussitôt mis, je la prends comme un sac à patates, récupère le sac avec les ordis et fonce vers ma voiture. Je la fous dans mon coffre et retourne en arrière pour fermer la porte et remettre les caisses devant.

Je me gare à l'écart de la route et de la plage, l'endroit même où je me planquais à chaque fois pour l'observer. Là où Gabriel a failli me choper.

— Je crois que tu aimes cet endroit princesse ? lui dis-je, fier de mon coup.

Elle me regarde l'air affolé, sans trop comprendre où je veux en venir.

— Moi j'étais amoureux de toi, comme un fou. Je t'aurais rendue heureuse tu sais… si seulement tu m'avais laissé une chance.

Elle commence à gesticuler, je la prends sur mon épaule, prends mon sac et me dirige vers « leur » ponton.

— Tu imagines la gueule de ton chéri, quand il te retrouvera noyée, attachée à votre ponton ? Putain, j'espère que je serai là pour le voir.

Elle remue de plus en plus. Je la jette sur le sable. Vu son état physique et ses liens, elle ne peut pas aller bien loin. Elle essaie quand même de ramper, pendant que je cherche mes bottes de pêche dans mon sac. Je la regarde faire et la laisse essayer de s'enfuir péniblement. Une fois mes bottes mises, je m'approche d'elle en deux enjambées.

— Tu as bien joué mon bébé ?

Elle me regarde paniquée et essaie de se débattre quand je l'attrape et l'emmène sous le ponton.

— Si j'ai bien compris, tu adores te poser juste au-dessus et observer la mer. Regarde, je t'offre une place de luxe.

Je l'accroche au pilier sous le ponton, juste en dessous de l'endroit où ils aimaient s'asseoir. J'enroule des cordes autour d'elle et fais des nœuds bien solides. La nuit a déjà commencé à tomber, donc on ne peut pas la voir de la plage avec la marée basse. Ni du ponton. C'est parfait.

— Tu vois, tu es aux premières loges pour regarder la mer montée. Et tu as de la chance, c'est une marée à fort coefficient ! Ce n'est pas top ça. Marée haute à 22 h 24.

Olivia bouge, essaie de défaire ses liens, mais entre les menottes et la corde, c'est peine perdue. Je sors mon couteau sous son regard effrayé.

— Je te retire ton bâillon quelques secondes, mais si tu t'avises de crier, je te tranche la gorge suffisamment pour que tu te sentes te vider de ton sang et te noyer.

Quand je le lui retire, je plaque aussitôt la lame sur son cou. Je préfère ne prendre aucun risque.

— Alors tes dernières volontés mon trésor ?

— Tu n'es pas obligé de faire ça, on peut encore tout arranger ! Moi j'ai grandi avec un père qui me battait et je ne suis pas devenue criminelle pour autant !

— Blablabla, rien d'autre ?

— Va te faire foutre, Dean !

— À vos ordres, ma tigresse.

Je lui remets son bâillon et retourne prendre ma voiture pour retrouver mes amis. J'essaie d'appeler Max, puis Gab, mais les deux sont sur répondeur. Je me gare chez les Cooper et retrouve Émilie et Richard dans la cuisine. Elle semble complètement effondrée.

— Salut la compagnie !

— Bonsoir Dean, me répond froidement Richard.

— Ça va ? Du nouveau ? demandé-je.

— Rien, Dean, rien, me dit-il pensif.

— On attend Marianne, elle a récupéré les grands-parents d'Olivia et Flora à la gare.

Les vieux semblent complètement dépassés. Je préfère lever le camp, avant que leur déprime ne m'atteigne.

— Vous pourrez dire aux garçons que je les attends dehors sur la plage, s'il vous plaît ?

Tant qu'à faire, autant la regarder se noyer en attendant les potes.

50
Les masques tombent

La jalousie est comme un acide qui attaque d'abord le cœur du jaloux lui-même pour atteindre ensuite celui qu'il jalouse.

Ostad Elahi

Gabriel

Max, Mia et moi sommes en route pour la maison de Dean. Nous avons décidé de ne prévenir personne. Nous passerons par la fenêtre, pour ne pas être vus de sa mère. Nous ne voulons pas qu'elle l'avertisse par téléphone. Mia surveille la rue dans la voiture, Max fait le guet au pied du mur et moi je grimpe. On l'a fait tellement de fois ados, quand Dean était privé de sortie. Quand je pénètre dans sa chambre, il n'y a rien d'anormal. Je cherche dans son bureau, sous le lit, rien. Je cherche une cachette dans les lattes du parquet. Rien. Je pense à ce que m'a dit Mia dans la voiture :

— Regarde bien aussi dans ses placards. Dans les séries, les tueurs cachent plein de trucs dans les penderies derrière les vêtements !

Alors, qui ne tente rien n'a rien. J'entends sa mère bouger en bas, j'essaie vraiment de rester discret. J'ouvre sa penderie et pousse les habits suspendus et… Bingo ! Le mur du fond est recouvert de photos de mon Olivia. Que des photos d'elle depuis son retour ! Elle avait raison, elle était suivie, et c'était lui ! Il y a même le selfie de nous qui manquait dans sa chambre à elle ! Putain, dire que je n'ai rien vu ! Mon téléphone vibre et c'est Dean. Évidemment je ne décroche pas, mais je referme vite la penderie et fonce retrouver Max.

— Dean vient d'essayer de m'appeler, me dit-il.

— Ouais moi aussi. Je n'ai pas décroché. Barrons-nous vite d'ici !

Une fois dans la voiture, Mia démarre aussitôt.

— Alors ? me demande-t-elle impatiente.

— Tu avais raison sœurette pour la penderie.

— Nooon ? Raconte !

— Il a tout son pan de mur recouvert de photos d'Olivia. Il est obsédé par elle.

— Putain de merde ! s'écrie Max. Je n'ai rien vu. Je savais qu'il avait un crush pour Liv, mais pas à ce point-là.

— Ça me fait tellement mal de me dire que tout était faux avec Dean… nous dit tristement Mia. On va où ?

— Va au pub, faut qu'on se pose et qu'on réfléchisse. On appellera Benedict de là-bas.

Arrivés au pub, on se pose tous les trois dans le bureau.

— OK maintenant on sait que Dean était derrière tous les harcèlements et menaces contre Olivia. On est quasi sûr qu'il est de mèche avec Roger. Pourquoi se sont-ils alliés ?

— À cause du père de Dean, Alan, répond Max. Mais jamais il n'a semblé souffrir de l'absence de son père. Comment a-t-on fait pour ne rien voir mec ? Je m'en veux, je culpabilise. Putain ! Tous les trois… c'était ad vitam æternam. Jamais il n'a été sincère avec nous ? Depuis le début, il voulait se venger de nous ?

— Je ne sais pas. Je me sens tellement trahi. Si je m'écoutais, je le retrouverais pour lui défoncer la gueule. Mais il faut qu'on retrouve Liv avant… avant de le buter.

— Certainement pas Gab ! J'ai déjà perdu Dean. Je n'ai pas besoin de te perdre toi aussi… mon ami… mon frère.

Je ne réponds pas, car je ne sais vraiment pas comment je vais réagir en le voyant. Max me ramène à nos recherches.

— T'es certain qu'on a fouillé à fond la réserve ?

— Oui juste après sa disparition. Pourquoi ?

— Regarde les caméras. Ça saute, comme la fois de sa séquestration ici, me montre-t-il, affairé sur les ordinateurs.

— Fais voir !

Comment a-t-on pu passer à côté de ça une nouvelle fois ?

— Effectivement, à midi ça saute, confirmé-je.

— Pile quand il est censé être chez sa mère. Gabriel, tu crois qu'Olivia est ici ? rajoute Mia fébrile.

— Gab, les papiers de l'achat du pub, ils sont où ? demande un Max extrêmement concentré.

— Tu penses aux plans ? demandé-je intrigué.

Je fonce vers l'armoire du bureau et prends le dossier en question. Excités par cette idée, on étale, précipitamment, la carte sur le bureau.

— Si seulement c'était la carte du Maraudeur[17], on pourrait voir ses pas ! rajoute Mia très sérieusement.

Max secoue la tête en souriant de sa référence et moi je l'embrasse machinalement dans les cheveux. Sa naïveté m'a toujours beaucoup touché.

Max pointe du doigt les pièces que l'on connaît.

[17] Référence à la carte dans *Harry Potter*.

— Regardez les gars, ça c'est quoi ? C'est la réserve ?

— Non, on dirait que c'est en dessous, dis-je.

— Vous vous rappelez, il était tout le temps dans la réserve ces derniers temps. On se moquait de lui avec Olivia. On avait même remarqué qu'il utilisait un autre téléphone. Putain si j'avais su…

— On arrête de s'autoflageller tous les trois. C'est facile avec du recul de voir tout ce qu'on a raté. Mais, on oublie, on avance, leur dis-je.

Les deux acquiescent et on continue de décrypter la carte.

— C'est bien ça ? C'est sous la réserve, regarde ça, c'est un escalier ? leur demandé-je.

Sans se concerter, on se lève d'un coup et on fonce vers la réserve.

— Regarde, si on se situe bien, là c'est la porte pour le pub, là, celle de la sortie, donc ici, on devrait avoir une porte, dis-je en montrant les caisses le long du mur.

— Mia, appelle Benedict, dis-lui de nous rejoindre ici, je lui ordonne. Max, aide-moi vite à dégager les caisses là le long du mur.

Après avoir tout balancé en vrac dans la réserve, nous restons un instant stupéfaits devant notre découverte.

— Putain, il y avait une porte là, juste sous nos yeux ! dis-je dépité.

On se jette tous les trois sur cette porte sans poignée et on hurle le prénom d'Olivia en tapant dessus le plus fort possible. Nous n'arrivons pas à l'ouvrir. Je démonte la poignée de la porte principale pour l'essayer sur celle-là. Sans forcer, la poignée glisse et s'emboîte correctement. La porte s'ouvre enfin.

— Les garçons, attendez les flics ! J'ai un texto de papa, Dean est sur la plage et nous attend. Mais on ne sait pas où est Roger, c'est trop dangereux, crie Mia apeurée.

— Désolée Mia, je ne peux pas attendre ! Dis aux parents de rester ensemble, loin de Dean, à l'intérieur de la maison et de bien tout fermer.

Max et moi nous regardons et, d'un accord tacite, nous descendons. Il n'y a aucun bruit, mais on aperçoit de la lumière en bas. Apparemment, il y a deux salles, toutes les deux portes ouvertes. La première est dans le noir. Avec la fonction lampe torche sur nos portables, Max l'inspecte et me fait signe qu'Olivia n'y est pas. Nous continuons d'avancer vers la deuxième pièce éclairée. Nous sommes sur le côté de la porte. Aucun son ne sort. Nous coupons la lumière de nos téléphones et je passe doucement la tête à l'intérieur de la salle. Je ne peux pas dire ce que je ressens quand je vois qu'Olivia n'y est pas, mais qu'à la place, il y a Roger au sol dans son sang. Je glisse le long du mur et je craque. Max, paniqué par ma réaction, me passe devant pour voir.

— Oh putain, j'ai flippé à mort ! Gab, ne t'inquiète pas, on va la retrouver, on va y arriver. On se rapproche, c'est sûr.

On entend du bruit dans la réserve et du monde descendre.

— C'est la police Gab, c'est la police, dit-il en s'asseyant à côté de moi.

Benedict nous passe devant, furieux qu'on y soit allé seul.

— On n'a rien touché Inspecteur, lui dis-je abattu.

Je dois lui faire pitié, car il ne m'engueule pas. Il se met à mon niveau et, avec une main sur l'épaule, essaie de me rassurer.

— On a une équipe chez Dean pour fouiller sa maison. Sa mère est au commissariat et on l'empêche de contacter son fils pour le moment. Il est seul à présent.

— Oh mon Dieu ! crie Mia.

Merde, je ne l'ai pas entendu descendre. Je me mets tout de suite devant elle pour lui barrer la vue et Max la prend dans ses bras.

— Est-ce que c'est Olivia qui l'a tué ? Elle a réussi à s'échapper ? demande-t-elle en pleurs.

Benedict fait le tour de la pièce, échange avec ses hommes, puis revient vers nous.

— À première vue, ce ne serait pas Olivia, il n'y a aucun signe de lutte. Elle aurait plutôt été déplacée.

Il retourne vers ses équipes. J'en profite pour m'éloigner en attirant Max et Mia avec moi. Ils me comprennent et nous remontons les escaliers sans trop nous faire remarquer. Ils ont envahi les lieux, personne ne fait attention à nous. Nous remontons en voiture et décidons qu'il est temps de le confronter.

— Tu rejoins les parents à l'intérieur Mia, compris ?

— Certainement pas les garçons, je viens avec vous. Je vous empêcherai de faire l'irréparable.

— Je suis d'accord avec ton frère, je préfère que… tente Max.

— Sujet clos, je viens.

— Tu fais chier Mia, lui assène Max.

Quand nous nous garons dans l'allée, nous faisons le tour de la maison pour rejoindre la plage. Il est bientôt 19 h 30, il fait nuit. L'atmosphère est lourde entre nous. Dean est là sur le sable à regarder la mer.

— Salut Dean, lui dit froidement Max.

Nous nous asseyons chacun d'un côté. Je ne peux pas le regarder, et je fixe l'horizon. Mia, portable à la main, s'assoit un peu plus haut derrière.

— Ah bah les mecs, vous étiez où ?

Sa nonchalance, son apparente tranquillité… c'est plus que je ne peux supporter. Je l'attrape avec un bras autour du cou et le traîne au sol.

— Eh, tu fous quoi là ? s'énerve Dean.

— Putain, je n'ai qu'une envie, c'est de te buter. Tu étais mon frère, ma famille, et tu me poignardes dans le dos, comme le sale traître que tu es ! lui sifflé-je à l'oreille.

— De quoi tu parles ? Putain, lâche-moi tu m'étrangles ! Max, aide-moi au lieu de nous regarder comme un con !

— On sait tout Dean, TOUT ! Les caméras de surveillance, la Jaguar, le sous-sol du pub, tes visites nocturnes à Roger. Tout !

Max intervient pour me faire lâcher prise. Dean se retire, les mains sur les genoux pour reprendre son souffle. Je suis face à lui prêt à lui sauter à la gorge. Il se redresse et, au lieu d'exprimer des remords, bombe le torse et me défie avec un sourire carnassier.

— Tu aurais dû la voir, dénudée, pendue par les bras comme un vulgaire morceau de viande.

— Non Gab, il n'attend que ça, que tu te jettes sur lui, me crie Max en venant derrière moi pour me ceinturer.

— Elle t'a attendue, elle t'a appelée, une vraie tigresse ton Ol…

Je perds contrôle et rien ne va pouvoir m'arrêter. Je lui saute dessus, il tombe à terre et je serre mes mains autour de son cou le plus fort possible. Je te vengerai Livie.

Olivia

Quand j'ai vu Dean revenir, j'ai vraiment cru qu'il venait me libérer. Mais à présent, attachée au ponton, le film de ma vie défile dans ma tête. Et Gabriel ne quitte pas mes pensées. Je vois la mer montée et je comprends l'inéluctable. Dean a raison : existe-t-il plus bel endroit pour mourir ? Je n'ai plus de force, j'ai la tête qui tourne. Chaque partie de mon corps souffre. Je suis transie de froid, j'ai faim, j'ai soif, j'ai peur. Le vent devient de plus en plus fort et les vagues s'écrasent sur moi. La mer monte vite. Je ne vois pas comment me dégager de mes liens.

Le vent me porte des voix qui viennent de derrière. Je ne suis pas seule ! Je reprends espoir, je bouge à m'arracher la peau, mais rien ne se défait. La mer est au niveau de ma poitrine mais je peux y arriver.

— Non Gabriel lâche-le !

Gabriel est là ! Je dois lui montrer que je suis là ! Je donne tout pour me défaire de mes liens, mais rien n'y fait. J'essaie de faire bouger le poteau auquel je suis attachée, mais rien.

— Max sépare-les ! crie Mia.

— Je vais te buter fils de pute !

J'essaie de tourner la tête pour voir d'où viennent les voix. J'aperçois du coin de l'œil Gabriel frappait Dean à terre. Il est à califourchon sur lui, et le frappe sans s'arrêter. Max lui attrape les bras par-derrière et l'écarte de Dean.

— C'est comme ça que tu traites ton pote de toujours Gab ? le nargue Dean.

— Où est Olivia ? hurle Gabriel.

Max peine à le retenir.

— Depuis la première fois où elle a disparu, je ne peux plus te sentir Gab ! T'es qu'un sale con pété de tunes ! Tu te crois supérieur à tout le monde, t'avais besoin d'être remis à ta place !

— J'ai toujours été là pour toi Dean, toujours !

— Non, tu m'as imposé tes règles ! C'est Olivia que je voulais et tu m'en as empêché !

— Elle n'a jamais voulu de toi Dean, tu n'avais aucune chance avec elle. Elle est à moi ! Où est-elle ?

J'aimerais lui crier que je suis juste à côté. Je tourne la tête le plus possible pour les voir, mais l'eau monte tellement, je l'ai au menton. Je m'aperçois qu'en tournant la tête, mon bâillon frotte contre le pilier. Alors je tente le tout pour le tout. Je frotte comme une dératée, le plus fort et le plus vite que je puisse. Je commence à boire la tasse, mais je continue. C'est ma seule chance de survivre. Au loin j'entends Dean rire.

— Vous m'avez toujours sous-estimé les gars, mais là, avouez que j'ai bien joué.

— Mais pourquoi ? lui demande Max dépité. On était des…

— Des quoi ? Des frères ? Vous êtes des putains de bourges condescendants ! On n'a rien en commun tous les trois. Je vous vomis.

Au moment où Gabriel se jette sur lui, je devine un objet brillant dans la main de Dean qu'il sort de dessous son tee-shirt.

— Aaaargh ! s'écrie Gabriel.

— Nooon ! crie Mia, qui se jette sur Dean pour lui arracher son couteau. Elle lui donne des coups de pied à la tête. Max, inquiet, se jette sur son ami.

— Gab, réponds-moi, ça va ?

— Occupe-toi de lui, lui répond Gabriel, coupé en deux par la douleur.

Mon Dieu, que se passe-t-il ? Je frotte frénétiquement jusqu'au moment où…

— Gabriel ! Gabriel ! Gabriel !

Je crie le plus fort possible, jusqu'à ce que l'eau soit trop montée pour que je puisse continuer.

— Vous avez entendu ? Arrêtez merde ! hurle Mia.

Le silence le plus complet.

— Taisez-vous ! Putain écoutez ! dit-elle d'une vois plus basse.

— Quoi ? lui demande Gabriel un genou à terre, la main sur son flanc en sang.

— Gabriel ! je crie dans un dernier effort à m'arracher les cordes vocales.

— Olivia ! Olivia ! Où es-tu ? crie Gabriel, retrouvant force et énergie pour se redresser sur le sable.

Je n'arrive plus à lui répondre. Dean se jette sur lui pour l'empêcher de venir me libérer. Max se mêle à la bagarre, Mia court jusqu'à la mer, elle me cherche. Je crois apercevoir la police arriver et ceinturer Dean.

— Mia, je tente faiblement. Mia !

— Elle est là ! Gabriel ! Je l'ai trouvée ! Vite, elle se noie ! hurle Mia.

Je ne peux plus tourner la tête, je n'ai plus d'air. Je discerne des ombres, j'entends des gens courir dans l'eau et nager jusqu'à moi, je sens des bras autour de moi, des mains sur mon visage. Mais je n'y arrive plus.

— Mon ange, accroche-toi, on va y arriver, me dit Gabriel. Mia, récupère le couteau de Dean. Vite ! Tu n'es plus seule ma chérie, on est là. Accroche-toi !

Gabriel tente un bouche-à-bouche pour me donner de l'air. Ils sont à plusieurs à essayer de cisailler les cordes. Et puis, enfin, elles cèdent et je refais surface. Malgré sa blessure, Gabriel donne tout et me prend aussitôt dans ses bras pour me porter hors de l'eau.

— Une ambulance ! Ici une ambulance ! crie Gabriel.

— Ils sont là, ils arrivent, pleure Mia. On a réussi, on l'a sauvée ! Oh mon Dieu, il y a du sang partout.

Ils sont tous les trois autour de moi, je n'arrive pas à ouvrir les yeux, mais ils sont là, je les sens.

— Mon ange, c'est fini, on est là, me chuchote Gabriel à l'oreille. Je t'aime mon ange, accroche-toi. Je suis si fière de toi.

— Tu es blessé ? dis-je faiblement.

— Ce n'est rien mon bébé, rien du tout. Une égratignure.

— Dean…

— Ne t'en inquiète plus, la police l'a arrêté.

— Et Roger… il l'a tué…

— Oui, on l'a retrouvé aussi. C'est fini mon cœur. Tout le monde va bien, rassure-toi. Où as-tu mal mon bébé ?

— Partout, lui dis-je en souriant entre mes larmes.

Il me caresse les cheveux, pose son front contre le mien. Sa douceur me fait tellement de bien, elle m'enveloppe et je pars doucement…

— Liv ? Liv ? Elle ne respire plus ! Vite un médecin ! hurle Gabriel.

Épilogue

Pour être heureux dans la vie, il faut simplement laisser venir ce qui vient et laisser partir ce qui s'en va.

Paolo Coelho

Olivia

Je n'ai plus beaucoup de souvenirs de ce moment. J'ai eu des phases de conscience, où je les sentais s'affairer autour de moi, où je voyais leurs visages inquiets, où je sentais la main de Gabriel dans la mienne.

Je suis restée plus de vingt jours dans le coma. Je ne pouvais pas interagir avec les gens autour de moi, mais je pouvais les entendre, les sentir. Gabriel ne m'a pas quittée. Il est resté près de moi tout le long, à me tenir la main, me caresser la joue, me déposer des baisers sur le visage. Je l'ai senti pleurer, s'inquiéter, je l'ai entendu me parler de notre futur. Tous ont essayé de le convaincre de rentrer se reposer, mais il refusait de me quitter. Il s'allongeait dans le canapé de la chambre pour dormir, et dans ces moments-là, je sentais la main de mon grand-père, de Flora, de Mia, d'Émilie ou encore de Marianne. Ils me racontaient ce qu'il se passait, me lisaient des livres, me faisaient écouter de la musique.

Et puis un jour, alors que Gabriel s'était assoupi sur mon bras, j'ai bougé un doigt. Il a réagi aussitôt.

— Olivia ! a-t-il murmuré en se redressant, peinant à y croire.

J'ai réussi à serrer faiblement sa main.

— Elle a bougé ! a-t-il crié en appuyant sur le bouton pour prévenir aussitôt les infirmières.

— Écartez-vous s'il vous plaît, monsieur !

Et puis, doucement, j'ai ouvert les yeux, difficilement au début, aveuglée par la lumière. Mon corps n'était que souffrance, comme passé sous un rouleau compresseur. Et, je l'ai vu mon homme, ma raison d'être, souriant, les larmes aux yeux. J'ai alors compris que c'était le début d'une nouvelle vie pour moi, pour nous.

Les vingt premières années ont été chaotiques, les quatre-vingts prochaines seront heureuses.

Après plusieurs semaines d'hôpital et de convalescence, la vie a repris son cours au printemps. Gabriel et moi sommes inséparables, il me couve et prend soin de moi en permanence. Nous mettons tous du temps à nous remettre de la trahison de Dean. Personne ne comprend. Gab en est ressorti tellement meurtri. Il cherche à me protéger et à me le cacher, mais il en souffre encore aujourd'hui. C'est une plaie béante, qui n'est pas prête de cicatriser. Dean a été incarcéré et nous n'avons pas cherché à reprendre contact avec lui… lui non plus d'ailleurs. Sa mère a tenté de venir s'excuser auprès de moi, mais je n'ai pas voulu la recevoir. Tout est encore trop frais pour moi. Elle cherchait mon pardon, portant le poids de la culpabilité des actes de son fils. Actes qu'elle condamne, mais comme une mère, actes auxquels elle peut trouver des raisons. Je ne suis pas prête à pardonner à Dean ni à lui trouver des excuses. Chacun est maître de ses décisions et de ses choix de vie. Il a pris le mauvais chemin. Le seul contact que nous avons accepté avec eux est professionnel. Nous avons racheté les parts du pub de Dean. Aucun des deux ne s'y est opposé.

J'ai repris mes études par correspondance et mon job au LIV'. Gabriel et moi avons emménagé ensemble, près du manoir, sur les hauteurs de la ville. Je passe des journées entières à peindre sur notre magnifique terrasse qui surplombe la mer.

Aujourd'hui, nous avons décidé d'être heureux, nous allons de l'avant.

Et puis Richard a voulu tous nous rassembler pendant les vacances d'été, profiter les uns des autres et de la dolce vita en Italie, chez mes grands-parents. Nous sommes tous super contents de nous retrouver ensemble et de recréer des souvenirs heureux. Le seul hic : Victoire. Ma tante a souhaité sa présence avec nous pour que l'on renoue des liens ensemble. Ce n'est pas gagné. Gabriel est rancunier, mais j'ai découvert que je l'étais encore plus. Je ne veux plus faire d'effort, quel qu'il soit. Je veux de la douceur, de la facilité, sans aucune personne toxique à mes côtés. Finies les concessions, finis les sacrifices. Alors avec ma sœur, les retrouvailles sont complexes. Il va nous falloir du temps, beaucoup de temps.

Après un très bel après-midi passé tous ensemble sur la plage d'Arolo, Gabriel a souhaité nous inviter à la pizzeria du village. Chacun se prépare dans sa chambre et j'aime ce moment où nous ne sommes que tous les deux.

— Tu as bien bronzé mon ange, me glisse-t-il à l'oreille.

— Je te plais comme ça ?

Mes cicatrices s'effacent peu à peu. Je n'ai quasiment plus de traces visibles sur mon corps de mon agression.

— Toujours, me dit-il en m'embrassant tendrement, comme si j'étais une pierre précieuse d'une valeur inestimable. J'aime sa façon de m'aimer.

— Les amoureux, dépêchez-vous, on va être en retard ! dit Mia, en entrant dans notre chambre sans prendre la peine de frapper.

— J'aurais été à poil, c'était pareil ! en rigole Gab.

— J'ai déjà vu ton cul cher frère ! dit-elle malicieuse.

— Et toi, au lieu de nous faire chier, tu en es où avec Max ? la taquine Gabriel.

— Point mort, dit-elle avec un voile de tristesse dans les yeux.

Je la prends dans mes bras pour la réconforter.

— Laisse-lui du temps ma belle. On doit tous cicatriser de la trahison de Dean.

Nous descendons au rez-de-chaussée et attendons mon grand-père dehors sur la terrasse. Quand il sort, pochette sous le bras et clefs à la main, je le trouve très classe et séduisant.

— Waouh papy, quel bel homme tu es !

— C'est normal ma petite, ce n'est pas tous les jours que je…

Papy ne peut même pas finir sa phrase, Gabriel et Max sont pris d'une soudaine quinte de toux. Mia et Flora se moquent, et je tape dans le dos de mon homme pour l'aider à la faire passer.

— Bah alors les garçons ? dis-je en plaisantant.

Nous empruntons tous ensemble l'allée de graviers, chacun allant d'une histoire ou d'une anecdote à raconter. L'ambiance est légère, agréable. Nous longeons l'église et nous nous apprêtons à descendre les marches de mon arrière-grand-père, quand Gabriel me retient par le bras et me retourne. Dos à l'église, nos proches derrière lui, il pose un genou à terre. Mon monde chavire.

— Oh mon Dieu ! dis-je en mettant mes mains devant ma bouche.

Il sort de sa poche un petit coffret qu'il ouvre devant moi. Il en sort une magnifique bague qu'il glisse à mon doigt sans attendre ma réponse.

— Olivia Charles, tu es mon évidence, ma vie, mon souffle. Je veux t'offrir une vie pleine de nous et que de nous. Une vie ensemble à rêver et à être heureux. Ça te tente ?

— Ouiiiiii ! crié-je de joie.

— Je t'aime, madame Olivia Cooper, je suis à toi pour le restant de mes jours. Et il m'embrasse tendrement.

— Je t'aime tant Gabriel, je suis si fière de devenir ta femme.

Je pleure de joie. Sa demande est celle dont je rêvais secrètement petite. Ici au pied de cette église. Parfait.

— Et moi ton époux ! me murmure-t-il.

Nous nous embrassons passionnément sous les cris, pleurs et accolades de nos proches. Je ne les entends plus, jusqu'à ce que mon grand-père s'approche et me glisse à l'oreille :

— Je me devais d'être bien habillé pour le plus beau jour de la vie de ma petite fille.

Je me décolle de Gabriel pour me plonger dans les bras de mon grand-père, cet homme qui m'a redonné goût à la vie et que j'aime plus que tout.

Les filles, Victoire y compris, sont toutes guillerettes et sautent dans tous les sens. Elles me font rire.

— J'ai attendu ça toute la journée, rigole Mia.

— C'était interminable aujourd'hui ! confirme Flora.

Je les enlace tendrement. Je les aime tant.

— Bienvenue officiellement dans la famille Cooper, me dit Richard, en me tirant vers lui.

Cet homme, si peu expressif, rayonne.

— Tu es la seule belle-fille que je voulais, me dit Émilie dans un clin d'œil.

— J'espère maintenant que la lignée va s'agrandir !

Gabriel m'entoure de ses bras, et pose son nez dans mon cou.

— Ne t'inquiète pas papa, on va tout faire pour qu'il y ait plein de mini nous !

Il me retourne contre lui.

— Tu es d'accord, madame Cooper ?

Je me serre contre lui.

— Oui plein, dis-je la voix pleine d'émotions. Je veux une tribu Cooper !

— Tu es la seule et unique pour l'éternité mon ange.

Collée à Gabriel, tremblante, nous reprenons notre marche vers le restaurant. Au moment d'entrer à l'intérieur, je le retiens dehors pour lui parler.

— Je veux plein de mini nous, plein. Et surtout, j'aimerais que notre première fille porte le deuxième prénom de maman, si tu es d'accord.

— Tout ce que tu voudras, tant que ce sourire reste collé à tes lèvres.

Il m'enlace tendrement.

— Dis-moi, quel est ce prénom ?

— Charlotte, j'aimerais que notre première fille s'appelle Charlotte.

— Ta mère serait tellement fière de toi ma chérie, me dit Marianne les yeux baignés de larmes, derrière nous.

Deux ans plus tard...

Le 11 avril à 15 h 35, nos vœux se sont réalisés. Notre petite Charlotte a pointé le bout de son nez. Notre petite merveille...

Remerciements

Ce livre a été une formidable thérapie pour moi. À travers cette magnifique aventure qui m'a aidée à relever la tête face au cancer, je tiens à remercier ma famille et tous mes amis. Durant la maladie, vous avez tous été un soutien sans faille pour Bruno, Charlotte et moi. Vous avez tout de suite compris que, dans cet enfer, ma priorité était ma fille. Vous l'avez encadrée et protégée pour que je sois la plus sereine possible. Je n'aurais jamais assez de mots pour vous remercier pour tout votre amour et votre bienveillance.

Merci à Bruno, mon mari, mon ours au grand cœur. Je t'aime tant. Dans cette tempête, tu as été d'une patience et d'un soutien exceptionnel. Face à mon manque de confiance en moi, tu as cru en mes capacités à écrire ce roman. En route pour de nouveaux projets !

Merci à Charlotte, ma fille, mon rayon de soleil, ma raison d'être. Du haut de tes dix ans, tu es une jeune fille magnifique, courageuse et forte. Je suis la plus fière des mamans. Reste comme tu es, sensible, drôle et intelligente. Prends confiance en toi : tu vois, tout arrive, quand on y croit. Je t'aime plus que la galaxie.

Maman, ton absence m'est toujours aussi cruelle. Tu es dans chacun de mes gestes, chacune de mes pensées. J'espère que tu serais fière de moi, comme moi je suis fière d'être ta fille.

Imprimé en Allemagne
Achevé d'imprimer en avril 2022
Dépôt légal : avril 2022

Pour

Le Lys Bleu Éditions
40, rue du Louvre
75001 Paris